Des Frères en Uniforme :
Noël Chez la Famille Bryson

Des Frères en Uniforme
Tome 4

Jeanne St. James

Traduction par
Juliette Carpentier / Valentin Translation

Crédits :

Correcteur de la version originale : Proofreading by the Page
Couverture: Golden Czermak at FuriousFotog
Traduction de l'anglais au français: Juliette Carpentier/Valentin Translation

www.jeannestjames.com

Inscrivez-vous à ma lettre d'information pour recevoir des informations privilégiées, des nouvelles d'auteurs et des nouveautés: www.jeannestjames.com/newslettersignup

Avertissement : Ce livre contient des scènes explicites, quelques déclencheurs possibles et un langage adulte qui peut être considéré comme offensant pour certains lecteurs. Ce livre est destiné à la vente aux adultes UNIQUEMENT, selon les lois du pays dans lequel vous avez effectué votre achat. Veuillez stocker vos fichiers dans un endroit sûr, où ils ne pourront pas être consultés par des lecteurs mineurs.

Ceci est une œuvre de fiction. Toute ressemblance avec des personnes réelles, vivantes ou décédées, ou des événements réels, est purement fortuite.

Dirty Angels MC, Blue Avengers MC & Blood Fury MC are registered trademarks of Jeanne St James, Double-J Romance, Inc.

Pour ne rien rater de ses actualités et de ses parutions, consultez son site web www.jeannestjames.com ou inscrivez-vous à sa newsletter (Seulement en anglais) : http://www.jeannestjames.com/newslettersignup

Liens d'auteur : Instagram * Facebook * Goodreads Author Page * Newsletter * Jeanne's Readers Group * BookBub * TikTok * YouTube

Série Des Frères en Uniforme

(Disponible en français) :

Des Frères en Uniforme : Max (Tome 1)
Des Frères en Uniforme : Marc (Tome 2)
Des Frères en Uniforme : Matt (Tome 3) - comprend aussi
Teddy (Nouvelle 3.5)
Des Frères en Uniforme : Noël Chez la Famille Bryson
(Tome 4)

Partie Un

Le matin du réveillon de Noël

Chapitre un
Max & Amanda

UN MURMURE grave et rocailleux résonna au creux de l'oreille d'Amanda et fit durcir ses tétons comme de petits cailloux.

— Tu sais ce qui arrive aux vilaines filles qui ne savent pas se tenir ?

Amanda sourit et s'étira, tout en gardant les yeux fermés. La voix de son mari était exquise.

— *Mmmh.* Leur mari leur donne la fessée.

— BEURK, maman, c'est dégoûtant !

Amanda ouvrit brusquement les yeux et vit sa fille de 10 ans, Hannah, debout à côté du lit, le visage contorsionné en une grimace de dégoût. Elle déglutit pour faire redescendre dans sa poitrine son cœur qui battait la chamade.

— Pourquoi est-ce que papa te donnerait la fessée ?

Oh merde.

— Il n'aurait aucune raison de m'en donner une, mentit-elle en se rasseyant, et elle remarqua alors qu'il n'y avait personne de l'autre côté du lit. Où est ton père ?

Il n'était certainement pas en train de lui murmurer des promesses cochonnes à l'oreille, *bordel*.

— Il est en train d'aider Liver [1] et Greg à se préparer.

Amanda fronça les sourcils si fort qu'ils se collèrent.

— Arrête d'appeler ton frère Liver.

Sa fille se mit à pouffer de rire de cette façon si caractéristique reconnaissable entre mille, c'était une véritable experte en la matière.

— Mais c'est son nom.

— Non, nous lui avons choisi un prénom qui lui va à la perfection.

— Alors tu aurais dû avoir un fils parfait.

Hors de question que son fils de 5 ans re-rentre dans son vagin, ça, c'était impossible. Elle n'acceptait pas les retours.

Après la naissance d'Oliver, elle avait peu ou prou menacé Max de mort s'il *songeait* seulement à avoir un troisième enfant. Elle était même parvenue à le forcer à se faire castrer, et l'avait menacé de le faire elle-même en plein milieu de la nuit avec un vieux couteau rouillé s'il refusait.

Max, qui connaissait trop bien sa femme, avait décidé de ne pas courir ce risque et pris rendez-vous pour une vasectomie le lendemain.

Ce fut une sage décision.

Deux grossesses, cela lui avait amplement suffi. Le seul point positif qui était ressorti de ces dernières, c'étaient ses deux enfants. Elle douta toutefois de cette affirmation à ce moment précis, tandis qu'elle regardait Hannah, les sourcils froncés, qui se tenait debout, une main sur la hanche.

Elle avait 10 ans, mais se comportait comme si elle en avait 16. Elle ressemblait à son père.

C'est drôle, ce dernier persistait à dire qu'elle ressemblait à Amanda.

Ils étaient au moins d'accord sur le fait qu'elle ressemblait à Max physiquement, avec ses cheveux châtain foncé et ses yeux d'un bleu cristallin.

Amanda bâilla.

— Qu'est-ce qu'il fait avec eux ? Il leur fait prendre le petit-déjeuner ?

— Non, maman ! Il les prépare parce que grand-père va venir nous chercher.

— Quoi ?

— Apparemment, c'est pour un cadeau de Noël en avance, ou un truc dans le genre. C'est ce que papa a dit à Liver.

— Hannah...

Sa fille fit les gros yeux, elle était très douée pour cela aussi. Elle s'entraînait certainement tous les jours devant un miroir à faire cette posture, la main sur la hanche, avec les yeux écarquillés.

— *Oooooliver*. Voilà, tu es contente ?

Pas vraiment, non.

— Le cadeau de Noël de qui ?

Hannah haussa les épaules.

— Chais pas.

— *Je ne sais* pas, corrigea-t-elle sa fille.

— Tu n'as pas l'air de le savoir, puisque tu me le demandes.

— Hannah.

Amanda prit une profonde inspiration. Il fallait avoir beaucoup de patience avec les enfants. Personne ne l'en avait avisée avant que l'un des spermatozoïdes de Max, le meilleur nageur de tous, fusionne avec l'un de ses ovules qui n'en avait pas trop envie.

— Dis *je ne sais pas*.

— D'accord... *toi*, tu ne sais pas.

Amanda leva les yeux au ciel, et sa fille l'imita.

Oh, bon Dieu, elle allait mettre une petite annonce dans le magasin discount du coin et y revendrait Hannah pour un prix modique. *Oh, et puis zut*, elle la donnerait même gratuitement.

Merde, elle retrouverait son chemin jusqu'à la maison. Cette gamine était sacrément futée pour ses 10 ans. Et puis, son père ne serait certainement pas très content qu'elle aille vendre sa « fifille à son papa », et il serait susceptible de placer sa propre femme en état d'arrestation.

Hmm.

Cela lui rappela qu'ils n'avaient pas sorti les menottes dernièrement...

— Maman !

— Quoi ?

— Je peux t'emprunter ton maquillage ?

Alors c'était pour *ça* que sa fille avait interrompu son rêve torride ?

— Non, tu n'as que 10 ans. Et puis, la dernière fois que tu me l'as emprunté, sans ma permission d'ailleurs, tu as fini par ressembler à un raton laveur complètement éméché.

Hannah renifla avec dédain.

— Eh bien, si tu voulais bien m'apprendre la technique...

— Tu as 10 ans, lui rappela Amanda pour la millionième fois. Ton père ne veut pas que tu portes de maquillage, et ce sera à lui de décider quand tu en auras le droit. D'ailleurs, au cas où tu n'aurais pas remarqué, je ne suis pas très douée pour ça.

— Alors Teddy pourra m'apprendre.

— Très bien, va voir Teddy, mais avant cela, il va te falloir la permission de ton père pour te maquiller.

— Je vais aller lui demander.

— Très bien, vas-y, et arrête de venir me poser des questions auxquelles tu sais très bien que je vais répondre par la négative avant même que tu ne me les poses.

— Bref, tant pis, maman, dit-elle en poussant un soupir d'agacement qui lui était si caractéristique.

— Oui, *tant pis*, l'imita-t-elle. Allez, viens faire un bisou à ta méchante maman et va te préparer pour aller chez tes grands-parents. En passant, si grand-père te voyait avec du maquillage, il jetterait sûrement tous tes cadeaux dans la cheminée, et tu serais privée de sortie pendant un mois.

— Il ne peut pas me priver de sortie.

— Ah bon, tu crois ? Il le fait toujours avec ton père et tes oncles.

Hannah gloussa.

— C'est vrai ?

— Oui, et puisque c'est lui, le patriarche de la famille, il peut priver de sortie qui il veut dans la famille.

— Même grand-mère ?

— Je suis sûre que grand-mère a droit à un autre genre de punition, dit-elle en retroussant les lèvres pour tenter de dissimuler un sourire sarcastique.

— Quel genre de punition ?

Oh merde.

— Euh... ça reste entre eux.

— Je vais lui demander.

Oh merde !

— Non, tu ne le lui demandes pas ! C'est... ce sont leurs affaires, pas les tiennes. Allez, viens me faire un bisou, puisqu'on ne se reverra pas avant tout à l'heure.

— Quand ça, tout à l'heure ?

— Au défilé de Noël. Papa va être tout devant, juste derrière le maire.

— Vraiment ?

— Hannah, franchement, tu n'écoutes jamais aucune de

nos conversations à table ?

— *Siiii.*

Amanda poussa un soupir.

— Non, là, tu racontes des bobards.

— Je ne suis pas pire que toi, laissa échapper Hannah en se penchant brusquement en avant pour déposer furtivement un baiser sur la joue d'Amanda, avant de sortir de la chambre à toute vitesse.

Amanda fixa le pas de la porte vide et sourit.

Bon Dieu, ce qu'elle aimait cette enfant. Elle valait *peut-être* bien ces longues heures de douleur et de torture – ainsi que toutes les insultes qu'Amanda avait proférées à l'égard de Max – pendant le travail, le jour de l'accouchement.

Amanda se dit qu'elle devrait se lever, prendre une douche et se préparer pour la journée, mais il était rare que les fruits de ses entrailles ainsi que son frère Greg aient déserté la maison. Elle jeta un coup d'œil à l'horloge. Comme il serait agréable de pouvoir dormir encore une heure sans être réveillée...

Elle se tortilla de nouveau sous les couvertures et poussa un soupir en s'étendant de toute sa largeur, puisqu'elle avait le lit deux places pour elle toute seule. Elle ferma ensuite les yeux et se lança à la recherche de ce fameux rêve...

— Tu sais ce qui arrive aux vilaines filles qui ne savent pas se tenir ?

La femme de Max s'étira et un sourire coquin se dessina sur son visage.

— *Mmh.* Leur mari... une seconde, je ne vais pas encore tomber dans le piège.

Elle ouvrit les yeux d'un seul coup et se rassit brusquement dans le lit, faisant claquer sa tête contre le menton de Max.

— Putain ! crièrent-ils tous les deux en même temps.

— Aïe, gémit Amanda en se frottant le sommet de la tête.

— Dis donc, ta tête est plus dure que mon menton, se plaignit-il en massant celui-ci, pris d'une douleur pulsatile.

Sa femme n'avait pas seulement la tête dure, c'*était* une forte tête.

Elle promena son regard le long de son corps nu tandis qu'il s'agenouillait sur le matelas à côté d'elle. La surprise qui les avait saisis tous les deux laissa bien vite place à une sensation de chaleur.

Voilà qui était mieux.

— Eh bien, bonjour, chef Bryson, je crois que vous avez oublié votre uniforme. Avez-vous vos menottes, au moins, puisque je suis une vilaine fille ?

Max leva un sourcil.

— Je suis certain de pouvoir en trouver une paire quelque part dans notre chambre. Est-ce que la clé des menottes est toujours scotchée au dos de la tête de lit ?

— Pourquoi ? Tu as prévu de te les passer ?

— Et toi, alors ?

— *Oooh*, mais tu as ronronné, là.

Il agita les sourcils.

— Ça te plaît ?

Elle leva un doigt et inclina la tête pendant un long moment.

— Tu sais ce qui me plaît ? Le silence. Pas de cris, pas de bagarres, personne qui ne monte et descend les escaliers en faisant autant de bruit qu'un éléphant, pas d'aboiements de chien lorsque Chaos essaie de les rassembler, ni de Greg qui lance des *putain* et des *merde* à toute volée, pas de verres qui cassent, pas de portes qui claquent.

Elle inspira profondément par les narines, ferma les yeux en papillonnant des paupières et souffla en laissant échapper un long *aaaaaah.*

— Ton canon absolu de mari est un as lorsqu'il s'agit de faire cesser tout cela par magie, avoue-le.

Il avait suggéré cette idée à ses parents, qui avaient sauté sur l'occasion et décidé de venir chercher *tous* leurs petits-enfants ce matin, sauf Lévi, le bébé, pour les garder à dormir cette nuit.

— Cette maison vide, c'est peut-être... le meilleur cadeau de Noël de tous les temps !

Elle ferma les yeux et se laissa retomber sur le lit. Sa tête rebondit sur les oreillers.

— C'est tellement génial, bon sang.

— Je sais. Maintenant, tu as une dette envers moi.

— Mmmh, gémit-elle en ouvrant un œil. Maison vide ou non, hors de question que je te donne un autre enfant.

— Ça fait cinq ans.

Elle ouvrit son autre œil et le dévisagea.

— Mon cher mari, toi qui as encore la chance d'être en vie pour le moment, tu cours le risque d'être étouffé à mort. Nous n'allons pas faire un bébé tous les cinq ans. Après mon dernier accouchement, je me suis rendu compte que cinq ans ne m'avaient pas suffi à tout oublier. Tout le monde m'a menti à ce sujet, dit-elle en levant une main. Et puis, tu as oublié quel âge j'ai aujourd'hui. Je suis *beaucoup* trop vieille.

— C'est vrai.

Amanda tira brusquement l'oreiller sous sa tête et frappa violemment Max avec.

— Tu n'es pas censé répondre par l'affirmative à cette remarque, et puis de toute façon, tu as subi une vasectomie.

— Si tu te souviens bien, le médecin a dit que l'opération était réversible... Tu sais, au cas où je déciderais de te remplacer par un mannequin plus jeune, répondit Max en souriant avec un haussement d'épaules.

— Je crois que je vais mettre une petite annonce pour toi *et* Hannah, tous les deux, au magasin discount.

— Quoi ?

— Rien, grommela-t-elle.

Il poussa un soupir, bascula sur son flanc pour faire face à Amanda, et appuya sa tête dans sa main.

— Écoute, l'arrivée de Lévi dans la famille a réveillé mon instinct paternel.

— Ton instinct paternel, pour faire quoi ? Changer des couches pleines de merde ? Nettoyer des projectiles de vomi ? Quoi, qu'est-ce qui te manque, là-dedans ?

— Eh bien, pour le vomi, on y a encore le droit.

Max ravala la salive qui s'amoncelait dans sa bouche. Parfois, il était pris de haut-le-cœur rien que de penser à toutes les choses absolument dégoûtantes qu'avaient pu faire leurs enfants.

Amanda était elle aussi en train de prendre un teint un peu verdâtre.

— Bon, il faut qu'on arrête de parler vomi.

— Je suis d'accord. Ce n'était pas à ça que c'était censé servir.

— De quoi ?

— D'avoir envoyé tout le monde chez mes parents pour passer un peu de temps seul avec ma femme.

— Mmmh, c'est mieux que les bébés, ça. Jusqu'à quand sont-ils partis, déjà ?

— Nous ne les reverrons pas avant l'ouverture des cadeaux sous le sapin chez mes parents.

— Quoi ?

Le sourire de Max s'agrandit.

— Oui... voilà leur cadeau de Noël : toute une journée et

toute une nuit pour nous *tout seuls*.

— Oh mon Dieu… rien que ces deux mots, *tout seuls*, ça me donne envie d'avoir un orgasme, dit-elle en glissant sa main sous les draps.

— Moi, j'en ai déjà eu un, dit-il en agitant les sourcils.

— *Oooh*, répondit-elle en plissant le front. Attends une seconde, au défilé, tout à l'heure…

— Oui, eh bien, je serai dans le cortège, et toi, tu pourras te cacher pour qu'ils ne te voient pas. Je suis certain que nous pourrons te trouver un costume de sorte qu'ils ne te reconnaissent pas.

Amanda se mit à rire.

— Tu sais, je crois que je vais utiliser cette technique quand j'aurai l'intention de les harceler à l'avenir.

— Je nierai toute implication là-dedans.

Il glissa sa main sous les couvertures et la laissa glisser le long de son bras jusqu'à ce qu'il débusque la main de sa femme. Elle était à l'endroit exact où il pensait la trouver.

— Mais moi, tu ne peux pas me renier, murmura-t-il.

— Oh que si, mais avant que je ne t'échange moi-même pour un nouveau modèle, j'aimerais bien aller faire un petit tour dans l'ancien.

— Il va peut-être falloir que tu graisses les pièces rouillées.

Elle retroussa les lèvres.

— Pareil pour toi.

Bordel de merde, il aimait sa femme. Le jour où il l'avait rencontrée, en lui mettant une amende sur le parking municipal, jamais au grand jamais il n'aurait pensé que plus d'une décennie plus tard, ils auraient deux enfants et un chien. Amanda était à l'époque une gamine gâtée (elle l'avouait elle-même), et sa vie avait été complètement chamboulée lorsqu'elle avait obtenu la garde de son frère adulte handicapé.

Pire, Max s'était arraché les cheveux sur son compte. Mais à mesure qu'elle avait gagné en maturité sous ses yeux, il était tombé profondément amoureux d'elle et s'était rendu compte qu'il ne pouvait vivre sans elle, même si elle passait son temps à le faire tourner en bourrique, et exprès, en plus.

Toutefois, désormais, Amanda était une très bonne mère, dirigeait avec beaucoup de succès sa petite entreprise, et faisait figure de compagne parfaite pour lui. Personne d'autre qu'elle n'arrivait à canaliser avec autant de brio la forte tête de flic qu'il était, et ancien soldat des Marines à la retraite, de surcroît. Putain, heureusement qu'elle y arrivait.

Il plaisantait lorsqu'il disait vouloir un troisième enfant, mais en y repensant, l'image d'Amanda qui portait ses bébés avait été la plus belle chose au monde.

À présent, les bébés en question n'étaient plus des bébés et étaient en train de se transformer à toute vitesse en des clones de leurs parents, tout aussi têtus qu'eux. Au moins, ce n'étaient pas les enfants du facteur, aucun doute là-dessus.

Malgré tout, la vie était belle, et l'enfoiré qu'il était avait bien de la chance.

Il s'apprêtait également à passer un bon moment avec la femme qui poussait sa main entre ses jambes... *comme s'il* avait besoin d'un geste d'encouragement. Il glissa un doigt entre les plis de son sexe et sentit qu'elle mouillait déjà.

Il sourit.

— Veux-tu que j'aille prendre ma douche d'abord ?

— Est-ce que tu en as vraiment besoin ?

Il ne s'était pas encore lavé, car il avait été trop occupé à aider les enfants et Greg à faire leur sac et à se préparer pour aller chez ses parents.

— Oh, tu sais... ça fait un moment que tu n'as pas fait usage de ta bouche, et je voudrais juste m'assurer que tu n'as pas oublié ta technique.

— Ça ne fait pas si longtemps que ça, pouffa-t-il.

Amanda leva un sourcil parfaitement épilé. Il avait tout intérêt à l'être, puisqu'elle passait pratiquement sa vie vissée sur l'un des fauteuils des *Grandioses coupes de cheveux*. Teddy avait même certainement apposé une plaque en bronze sur l'un de ces fauteuils rien que pour elle.

— C'était quand, la dernière fois qu'on l'a fait ? l'interrogea-t-elle.

Il fit la moue en signe de doute.

— Exactement, dit-elle en soufflant à la manière de Hannah.

— *Alooooors...* nous pourrions le faire dans la douche, revenir au lit pour remettre le couvert, puis retourner sous la douche pour une troisième manche avant le défilé.

— Et après le défilé ?

— Après le défilé, nous le ferons sur toutes les surfaces intérieures et extérieures de cette putain de maison.

Elle se mit à rire et lui tapota la joue.

— Regarde-toi, tu es tellement sûr de toi que tu penses pouvoir le faire autant de fois en l'espace de vingt-quatre heures. Tu mets la barre très haut.

— Tu t'endormiras après la deuxième manche.

— Non, je ne m'endormirai pas, insista-t-elle.

— Alors tu vas devoir renoncer à boire du vin si tu veux arriver à la troisième manche avant de te mettre à ronfler.

— Oh, non. Le sexe, c'est l'occasion parfaite pour un bon rouge.

Il sourit.

— Oui. Un beau cul bien rouge, tout juste fessé.

Il fit comme s'il suçait le bout d'un crayon dans sa bouche.

— Je vais rajouter ça au planning.

— Oh mon Dieu, est-ce que nous sommes vraiment

devenus ce genre de couple ringard et vieux jeu qui fait un planning pour le sexe ? Est-ce que nous sommes vraiment devenus ce genre de personnes ? Où est passée notre spontanéité ?

— Eh bien, d'abord, il y a eu Greg, puis Hannah, et enfin Oliver pour nous la faire oublier, lui rappela-t-il.

— Mmmh.

Il se pencha tout près d'elle et murmura :

— Mais ils ne sont pas là, tous les trois, alors pourquoi est-ce que l'on perd du temps ?

— C'est vrai, tu as raison, dit-elle en tournant la tête pour lui faire un petit baiser furtif. Alors, on va à la douche ?

— Tu te rappelles la première fois que nous sommes entrés tous les deux dans cette douche ?

Elle posa le bout de son doigt sur ses lèvres.

— Tu veux dire le soir où tu as sciemment omis de me dire que j'étais en train de manger le papa de Bambi ?

— Oui, c'était bien ce soir-là, répondit-il. Nous pourrions refaire le même scénario, sans le dîner.

— Du moment qu'on ne refait pas la scène du lendemain matin... J'étais passablement énervée contre toi.

— Hmm... tu étais plus que « passablement énervée ». J'ai dû ramper sur le ventre sur des charbons ardents et des bouts de verre cassés pour te récupérer.

Cela avait été une bien triste période de sa vie. Il s'était comporté comme un idiot, têtu qu'il était, et avait failli la perdre.

— Tu l'avais mérité.

— Je n'ai rien à dire pour ma défense là-dessus. J'avais peur de l'engagement, et regarde où nous en sommes aujourd'hui.

Elle se mit à rire.

— Oui, regarde-nous, nous sommes devenus deux vieux

ringards qui se perdent dans une longue conversation avant le sexe.

— Très bien. Inutile d'en parler pendant des heures avant de passer à l'action, nous allons nous y mettre tout de suite. Faisons un pacte : nous allons baiser spontanément quand et où nous en aurons envie jusqu'à demain matin.

— Sauf sur le parcours du défilé cet après-midi. Nous pourrions nous faire arrêter par tes propres officiers pour attentat à la pudeur, exhibition et détournement de mineurs.

— Très bien, alors mettons-nous d'accord là-dessus : l'attentat à la pudeur et l'exhibition sexuelle resteront cantonnés sous notre toit.

— Nous ne l'avons pas encore fait non plus dans ton nouveau 4x4, lui rappela-t-elle.

Il suça de nouveau son crayon invisible.

— D'accord, alors je fais un amendement au contrat pour étendre notre exhibition à l'allée de garage.

— Et voilà que nous sommes repartis à en parler au lieu de passer à l'action. Nous avons déjà rompu notre pacte.

— Nous allons nous y mettre tout de suite, marché conclu ?

Amanda acquiesça.

— Marché conclu.

Il sourit et s'empara de sa bouche. Il en avait fini de parler, le moment était venu de passer à l'action.

Il enfonça en elle le doigt avec lequel il l'avait caressée pour venir tapoter légèrement contre son clitoris au plus profond de son sexe. Elle cambra le dos et poussa un soupir dans sa bouche.

Putain, le sexe avait toujours été torride à l'extrême avec elle. Même après toutes ces années, il l'était encore.

Après l'avoir vue vêtue de son jean taille basse moulant, de ses bottes à hauts talons et de son T-shirt court, qui marchait à grandes enjambées sur le parking avec beaucoup d'allure, il n'avait plus jamais regardé une autre femme.

Pas même dans ses rêves.

Sa femme était son plus grand fantasme devenu réalité, et il espérait seulement qu'il en était de même pour elle.

Il espérait seulement pouvoir la rendre heureuse jusqu'à son dernier souffle.

Il interrompit leur baiser.

— Bébé...

Elle posa un doigt sur sa bouche.

— Tu sais très bien ce que j'ai envie que tu fasses avec cette bouche, et il ne s'agit pas de parler.

Il ressortit son doigt enfoncé en elle et roula hors du lit avant de se diriger vers la salle de bains principale.

— Tu ne vas pas me porter comme un homme des cavernes ? lui cria-t-elle.

Il percevait son intonation boudeuse dans sa voix.

Il marqua un temps d'arrêt et jeta un coup d'œil par-dessus son épaule.

— Si je commence à avoir quelque chose qui me pousse dans le dos, cela va faire capoter tous nos plans. Tu as envie de prendre ce risque ?

Il entendit sa réponse, bien qu'elle murmure dans sa barbe :

— Tu vois ? Il me faut un nouvel Apollon, avec toutes les dernières options.

— Oui, mais tu m'aimes, insista-t-il.

— J'adore ton cul, il est toujours aussi parfait.

— Viens le chercher.

Il se donna lui-même une claque retentissante sur sa fesse nue et alla dans la salle de bains pour faire couler la douche.

— Je ne me souvenais pas que la douche était si petite, dit sa femme en tenue d'Ève en entrant dedans, lui donnant par la même occasion un coup de coude dans le ventre accidentellement.

— Tu prends ta douche dedans tous les jours... Bon, c'est vrai, peut-être pas tous les jours. Certains jours, tu fais la grève de la douche, dit Max en plissant le nez.

— Très drôle. Je voulais dire maintenant que nous sommes tous les deux dedans. Peut-être que nous étions plus souples, à l'époque.

— Ça ne fait pas si longtemps que ça, Mandy, dit-il en reculant maladroitement pour qu'elle puisse se mettre sous le jet.

Elle poussa un soupir lorsque l'eau chaude coula sur elle.

— Il y a la période A.E. et la période P.E. La première fois que nous sommes montés dans cette douche, c'était pendant la période A.E.

— Hein ?

Elle se retourna et vint appuyer ses fesses tout contre sa queue. Max était certain qu'elle ne l'avait pas fait exprès, mais sa queue, elle, n'en avait que faire.

— Avant les enfants et post-enfants, expliqua-t-elle. Ta vie n'est plus jamais la même une fois que tu es entré dans la période P.E.

— Si tu veux, on peut les mettre à l'adoption, suggéra-t-il.

Elle jeta un regard par-dessus son épaule, et ses cheveux auburn prirent une teinte châtain foncé lorsqu'ils furent mouillés par l'eau.

— *Oooh*, tu penses que les gens le remarqueraient ?

— Les enfants, peut-être, oui, dit-il en haussant les épaules. Je suis certain qu'ils finiraient par s'y faire au bout d'un moment, mais nous, nous perdrions notre déduction fiscale.

— Putain, murmura-t-elle, maintenant, on va être *obligés* de les garder.

— Oui, je crois qu'on va devoir se les coltiner.

Elle se saisit du gel douche et le laissa tomber. Le flacon atterrit pile sur le bout de son gros orteil droit.

— Hé ! Pourquoi tu as fait ça ?

Elle haussa les épaules.

— Eh bien, je croyais que nous rejouions la scène de notre première fois dans cette douche. Tu te rappelles que j'avais fait tomber le savon ? Mais à l'époque, c'était un pain de savon solide, pas une bouteille de ton gel douche doré préféré de chez Bath & Body Works [2]. Tu es beaucoup plus sophistiqué aujourd'hui.

— Si tu te souviens bien, le savon n'a pas atterri sur mon pied puisque j'étais à l'extérieur de la douche quand tu l'as fait tomber. Malgré tout, nous aurions pu faire semblant plutôt que tu me mutiles comme ça. D'ailleurs, j'étais habillé, aussi, et comme tu mourais d'impatience de te délecter de ma virilité aussi sexy qu'irrésistible, tu m'as traîné dans la douche pour me combler de plaisir.

— Non, c'est faux.

— Si, ça aussi, c'est vrai ! Tu mourais d'impatience de goûter une bouchée de tout cela, dit-il en désignant d'un geste son corps mouillé.

Il était plutôt en bonne forme physique pour ses 44 ans, s'il le disait lui-même.

Il s'attirait d'ailleurs toujours beaucoup de compliments lorsqu'il revêtait son uniforme. Oui, peut-être que tous ces compliments lui venaient de sa mère, mais et alors ? Ça comptait aussi, non ?

— En réalité, si je me souviens bien, j'étais partie courir et tu m'as poursuivie. Ensuite, tu m'as kidnappée et emmenée dans ton antre pour me combler de plaisir, *moi*.

— Pourrions-nous nous en tenir à notre résolution de ne pas parler et plutôt nous combler de plaisir ? demanda-t-il avec impatience.

Elle passa une main dans ses longs cheveux mouillés plaqués contre ses épaules et son dos. Après deux enfants, et presque douze ans après leur rencontre, elle était toujours aussi sexy que le jour où il l'avait ramenée chez lui pour la première fois.

Le mariage et la maternité n'avaient pas amoindri le désir qu'il ressentait pour elle. Le principal problème dans leur couple était qu'ils avaient du mal à trouver le temps et les conditions propices pour s'accorder un moment intime.

Mais cette fois, ils étaient sûrs de pouvoir être seuls pour les vingt-quatre heures à venir, et l'horloge tournait.

Mieux encore, sa queue était suffisamment en forme pour faire tout ce qu'il avait prévu au planning.

Il repoussa une mèche de ses cheveux mouillés sur une épaule et fit glisser sa bouche le long de sa peau humide. Il lécha quelques petites gouttes d'eau qui lui collaient à la peau jusqu'à remonter au niveau de son cou.

— Pour ton information, tu as détruit mon pouvoir d'attraction aux yeux de toutes les autres femmes, murmura-t-il contre sa peau chaude.

— Cela faisait partie de mon plan diabolique.

— Ça a marché du tonnerre, bordel.

Il la mordilla de bas en haut de la nuque, ce qui la fit frissonner, malgré le jet d'eau chaude.

Elle tendit une main dans son dos et enfonça ses doigts dans les cheveux de son mari en laissant échapper un léger gémissement. Ce petit bruit fit se cambrer la queue de Max contre ses fesses.

Wouhou, ils avaient vingt-quatre heures devant eux, alors il pourrait aussi la prendre par-derrière. Il faudrait qu'il n'oublie pas de vérifier qu'ils avaient du lubrifiant, sinon, ils auraient bien quelque chose qui ferait l'affaire dans la cuisine.

— Oh hé ?

Il laissa échapper un *mmmh* contre sa peau.

— Tu as arrêté de me mordiller. À ton âge canonique, tu as oublié ce que tu étais en train de faire ?

— Non, je n'ai pas oublié. Je me suis laissé distraire en songeant à toutes les façons cochonnes dont je pourrais baiser ma femme.

— *Ooooh.* Eh bien, aux dernières nouvelles, ta femme, c'est *moi.* Je suis impatiente d'essayer toutes ces choses cochonnes que tu as en tête. Tu te souviendras des idées auxquelles tu penses ?

— Oui, j'en suis assez certain. J'ai le pressentiment qu'après coup, toi aussi, tu t'en souviendras.

Elle se retourna et faillit le faire tomber à la renverse, mais il retrouva de justesse son équilibre.

Elle le regardait en plissant ses yeux noisette.

— Ce petit sourire narquois ne me plaît pas.

Il baissa la tête jusqu'à ce que ses lèvres ne soient plus qu'à un dixième de millimètre de celles d'Amanda.

— Tu as oublié de ramasser le gel douche.

— Mmh-hmm. Je connais le truc.

Le sourire de Max s'agrandit. Il vint se coller à elle, s'empara de sa bouche et en explora les moindres recoins avec sa langue. Elle recourba ses doigts à l'arrière de sa tête et l'embrassa plus profondément, un gémissement lui sortant du fond des entrailles.

Ses tétons durs comme la pierre vinrent frotter contre son torse, le narguer. Il lui saisit les seins, à présent plus gros que le jour de leur première rencontre, et titilla ses deux tétons du bout de ses pouces, lui arrachant un nouveau gémissement.

Il les pinça tous deux entre ses doigts et les tordit doucement jusqu'à ce qu'elle se mette à haleter dans sa bouche. Il continua de les tordre jusqu'au point critique au-delà duquel il savait que cela devenait douloureux, et Amanda finit par interrompre leur baiser, à bout de souffle.

— Max, murmura-t-elle, le regard voilé et chaud comme la braise.

Oh, putain que oui, elle était la femme de sa vie.

Il s'était entêté à nier l'évidence dans un premier temps, jusqu'au jour où il s'était aperçu qu'il devenait dingue à l'idée de la perdre. Ce fut à ce moment-là qu'il avait compris qu'il ne pouvait vivre sans elle.

Et, bordel de merde, c'était vrai, il ne le pouvait pas.

Ils en avaient fini de parler.

Il la plaqua dos à la paroi de la douche et se mit à genoux.

Pas pour ramasser le gel douche.

Bon Dieu, il ne se rappelait pas avoir eu mal aux genoux la dernière fois qu'ils avaient fait ça. Il passa outre cette sensation d'inconfort.

— Agrippe-toi à moi, bébé.

Amanda le saisit par les épaules, et il lui releva la jambe par-dessus son bras appuyé contre la paroi en carrelage pour lui écarter les cuisses. De l'autre main, il lui écarta la minette.

Oh, bordel, le petit bouton rose au centre de son intimité lui donnait l'eau à la bouche.

Il en lécha et aspira les recoins externes et glissa sa langue entre les plis de son sexe pour la goûter. Il releva ensuite les yeux et la vit, la tête rejetée en arrière contre la paroi, les yeux fermés, un sourire aux lèvres tandis que de petites gouttes d'eau perlaient sur sa peau.

Il voulait faire disparaître ce sourire, l'entendre crier son nom et se délecter de la saveur de ses fluides post-orgasmiques sur ses lèvres. Il aspira plus vigoureusement son clitoris jusqu'à ce qu'elle se mette à convulser contre lui, et qu'un long et grave *ohhhh* s'échappe d'entre ses lèvres, qui à présent n'étaient plus recourbées en un sourire, mais plutôt écartées.

Voilà qui était mieux.

Elle inclina les hanches pour lui permettre de mieux accéder à son clitoris humide d'excitation et de le caresser d'un doigt tout en effleurant avec ses dents son petit bouton endurci et sensible.

— Max, souffla-t-elle.

Oh putain, oui.

Sa queue pulsait, dure comme la pierre, et ses bourses se contractèrent à l'idée qu'elle mouillait de plus en plus, et que bientôt, il aurait l'occasion de se perdre dans sa chaleur humide.

Il glissa deux doigts en elle, les recourba et trouva le point précis qui la faisait grimper aux rideaux. Elle suivit le rythme de chacune de ses caresses délibérées à coups de hanches.

Il savait comment exciter sa femme, savait ce qu'elle aimait, ce qu'elle adorait, ce qu'elle voulait et ce dont elle avait besoin. Il était ravi de lui donner tout cela, car elle le lui rendait bien.

Il continua de la caresser de l'intérieur tout en lui titillant le clitoris du bout de la langue, et il la sentit se contracter autour de lui. Elle respirait à présent d'un souffle saccadé, enfonça ses ongles en profondeur dans sa chair, au niveau de ses épaules, à lui en faire mal, mais il ne la lâcha pas.

— Oui, siffla-t-elle. Max... continue... continue... ne t'arrête pas.

Il n'avait aucunement l'intention de s'arrêter, il continuerait jusqu'à ce qu'elle jouisse et soit fin prête à accueillir sa queue en elle, de sorte qu'il puisse la mener directement vers un deuxième orgasme.

Il ne pensait pas pouvoir attendre de rejoindre le lit avant de se glisser en elle. Non, il allait la prendre sous la douche avant que l'eau ne refroidisse trop, puis une deuxième fois dans le lit.

Au cours des prochaines vingt-quatre heures, ils allaient profiter au maximum du cadeau qu'on leur avait offert. Max allait peut-être payer une croisière à ses parents en guise de remerciement. Il était certain que son frère Marc participerait volontiers à ce cadeau car ils n'avaient pas d'enfant dans les pattes, eux non plus... du moins, en quelque sorte. Ils ne pouvaient pas refiler l'un de leurs enfants aux grands-parents, mais il y avait une explication tout à fait logique à cela : leur enfant n'était pas encore né.

Toutefois, cela n'était pas son problème. Il se concentrait uniquement sur le fait de presser Amanda de jouir pour qu'il puisse à son tour plonger dans la jouissance avec elle, et une deuxième fois pour sa femme.

Il leva le bras et lui tordit un téton tout en lui aspirant plus vigoureusement le clitoris, qu'il effleura de temps à autre avec ses dents, en même temps qu'il enfonçait les doigts en elle, encore et encore.

Enfin, elle parvint à l'orgasme. Elle cambra le dos, faillit lui écorcher la peau du bout de ses ongles et se mit à crier si fort que la résonance de la douche rendit ce cri assourdissant.

Mais ça, il n'en avait rien à foutre. Elle pouvait le faire saigner autant qu'elle voulait, lui faire perdre l'audition ou l'étouffer à mort entre ses cuisses, cela en valait la peine.

Entièrement la peine.

Lorsqu'elle fut arrivée au terme de l'extase, que la dernière onde de jouissance s'affadit, elle s'appuya mollement contre la paroi de la douche, laissa retomber sa tête et le regarda qui levait la tête vers elle en souriant.

Elle lui sourit en retour et lui reposa la même question

qu'elle lui avait déjà posée il y avait tant d'années :

— Est-ce que c'était aussi bon pour toi que ça l'a été pour moi ?

— Encore mieux que dans mon souvenir.

— Et qu'avions-nous fait ensuite ?

— Nous avions mangé.

— Toi, tu viens de te remplir l'estomac, mais moi, je mangerais bien un morceau.

Elle s'exprimait d'une voix douce et suggestive qui fit se crisper encore plus ses bourses. Un peu de liquide pré-séminal s'échappa de sa queue à la vitesse de l'éclair et fut emporté tout aussi vite par l'eau.

Il ne pouvait attendre tout un repas avant de pénétrer sa femme.

Il se releva lentement, et ce faisant, eut les genoux qui craquèrent. Dès qu'il put effacer la grimace qui se dessina sur son visage, il lui demanda :

— De quoi as-tu faim ?

— De toi, dit-elle tout simplement avec un sourire oisif.

Il passa son pouce sur sa lèvre inférieure humide.

— Je veux te baiser.

— Tu vas me baiser, oui, mais d'abord, il faut que je rassasie ma faim, et ensuite, nous pourrons prendre notre petit-déjeuner avant que tu ne me ramènes au lit pour me rappeler la raison pour laquelle je t'ai épousé.

Il leva un sourcil et se saisit de la base de sa queue.

— Tu ne m'as épousé que pour ça ?

— C'était ce qu'il y avait de plus vendeur chez toi.

Elle lui repoussa la main, lui saisit le sexe dans son poing, le caressa en l'enserrant un bon coup, puis lui effleura le gland du bout du pouce.

Lorsqu'elle se mit à genoux, il la prévint :

— Une fois que tu t'es baissée, c'est difficile de se relever.

Fais-moi signe si tu as besoin d'aide.

Elle releva légèrement la tête dans sa direction.

— Tu veux dire, comme le signal de Batman ?

— Tu n'as qu'à me demander.

Elle plissa les lèvres l'espace d'une seconde avant de laisser retomber sa tête et de le prendre tout entier dans sa bouche.

— Bordel de merde, souffla-t-il en enfonçant ses doigts dans les cheveux trempés d'Amanda.

Elle allait le prendre en profondeur, puis, en remontant la bouche le long de sa verge, viendrait faire tournoyer sa langue autour du bout de sa queue avant de le reprendre presque entièrement dans sa bouche.

— Bébé, grogna-t-il en entortillant ses doigts dans les cheveux de sa femme, pour résister au désir ardent qu'il ressentait de donner des coups de reins.

Il lutta contre l'envie de fermer les yeux, car il voulait la regarder, admirer la façon dont sa tête se balançait d'avant en arrière, celle dont ses lèvres s'écartaient autour de lui, la manière dont elle enserrait la base de sa queue, faisant ressortir ses veines.

C'était magnifique.

À couper le souffle.

Sexy en diable.

Il lui empoigna encore plus fort les cheveux et décala légèrement ses hanches, car il ne voulait pas la titiller en enfonçant et en ressortant son sexe de sa bouche sans la laisser le sucer.

En réalité, si, il en avait envie, mais il savait par expérience que cela pouvait mal tourner et gâcher ce moment. Il se mit donc à donner de très petits coups de reins, peu en profondeur dans sa bouche tandis qu'elle faisait tournoyer sa langue autour de son gland, le léchait et le caressait.

Bon Dieu, s'il la laissait continuer comme ça, elle allait lui aspirer la cervelle en la faisant sortir tout droit par sa queue.

Il n'en avait plus besoin, de sa cervelle, de toute manière, non ?

Oh que non.

Il ne se rappelait pas la dernière fois qu'elle l'avait sucé comme cela. La plupart du temps, c'est tout juste s'ils pouvaient coucher ensemble sans être interrompus, alors qu'elle prenne son temps pour lui faire ça...

Noël devrait vraiment revenir plus souvent.

Une fois par mois.

Deux fois par mois.

Oh putain. Elle lui massa doucement les bourses en passant ses lèvres sur le dessus de sa queue qui pulsait. Elle enserra plus fort la base de sa verge et fit remonter sa main sur toute sa longueur, extrayant de celle-ci, une nouvelle fois, une goutte de liquide pré-séminal épaisse et brillante.

Et puis... *puuuuuuuuttttain.* Elle releva le regard vers lui, sortit sa langue rose, chaude comme la braise et lécha la goutte directement sur son gland, comme s'il s'agissait d'un cornet de glace en train de fondre.

Max tenta de déglutir, mais il eut une nouvelle fois la gorge serrée lorsqu'elle laissa glisser son sexe sur toute sa longueur dans sa bouche chaude et humide, le suça fougueusement puis se retira jusqu'à n'avoir plus que son gland entre ses lèvres.

Elle sourit.

— Putain, bébé, grogna-t-il.

Il lui empoigna les cheveux plus fermement et se mit à donner des coups de reins en elle aussi loin que le lui permettait la base de sa queue.

Mais cela lui suffisait.

Bon sang, c'était amplement suffisant.

— Manda, la prévint-il, en serrant toutefois si fort la mâchoire qu'il dut se forcer pour parvenir à faire sortir son nom d'entre ses lèvres.

Il ne savait pas si elle essayait de lui répondre, les lèvres collées autour de sa queue, ou bien si elle marmonnait seulement quelque chose, mais en tout cas, la bouche de sa femme se mit à vibrer autour de lui tandis qu'elle lui massait les bourses avec ses doigts, et...

Et...

Il plaqua violemment une main contre la paroi de la douche, laissa retomber sa tête, donna un dernier vigoureux coup de reins et éjacula profondément au fond de sa gorge. Sa queue pulsait sans discontinuer, expulsant des jets de sperme chaud. Elle ne le lâcha pas, et accepta plutôt tout son sperme.

Même après qu'il se fut immobilisé, elle reprit lentement son sexe dans sa bouche, puis se retira à plusieurs reprises, jusqu'à ce qu'il soit vidé.

Complètement putain de vidé.

Il aspira une grande bouffée d'oxygène et ouvrit les yeux juste à temps pour la regarder le laisser glisser son sexe hors de sa bouche. Il laissa l'eau qui commençait à refroidir lui rincer l'entrejambe et lui tendit une main. Elle s'en saisit et Max la tira sur ses pieds, puis dans ses bras.

— Je t'aime, Mandy.

Elle leva un bras et lui saisit la joue.

— Je t'aime aussi. Maintenant, coupe donc l'eau avant que nous nous retrouvions en hypothermie. Ensuite, mon petit mari va me préparer une grande cafetière de café ainsi qu'un petit-déjeuner encore plus gargantuesque pour cette fellation experte que je viens de lui prodiguer.

— Je te préparerai un dîner du tonnerre aussi, ce soir, si j'ai le droit à une réclame pour le dessert.

— Mmmh, on n'est pas du tout d'humeur gourmande à ce que je vois, hein ?

— Oh, si. Je suis tellement, tellement d'humeur gourmande. D'ailleurs, ce devrait être le cas pour toi aussi.

— Mmmh.

Elle lui empoigna le visage à deux mains et l'attira à son niveau pour un baiser fougueux.

— Alors allons nous sécher, tu pourras préparer le petit-déjeuner pendant que je me sèche les cheveux, et puis nous pourrons rassasier notre faim de loup.

Elle le relâcha. Max coupa l'eau tandis qu'Amanda sortait de la douche, et il la suivit.

Le bruit sec que fit la paume de sa main en venant claquer contre les fesses mouillées d'Amanda résonna comme un coup de fusil dans la salle de bains. Il n'avait pu résister à l'envie de lui donner la fessée lorsqu'elle avait tendu le bras pour attraper sa serviette. Son cul était tout simplement beaucoup trop tentant.

— Hé !

— Tranquille, Émile. Ça ne fait que commencer.

— Ne fais pas les choses à moitié, l'avertit-elle.

— Oh, on se la joue impétueuse, hmm ?

— J'ai rêvé que tu étais sur le point de me gifler au moment où nos... l'un de ces petits bonhommes auxquels nous n'allons pas faire allusion à présent nous a surpris.

— Tu ne t'es pas mal tenue dernièrement.

— Oh, faut-il vraiment que je joue les vilaines filles ? Je peux arranger ça. J'ai toujours été douée pour faire la méchante.

Max s'empara de sa serviette à lui, s'immobilisa face à elle, colla ses lèvres contre les siennes et murmura tout contre celles-ci :

— Et toujours été douée pour faire la gentille, mais si tu

veux une bonne fessée, tu n'as qu'à demander.

— Quant à toi, tu accompliras ton devoir en bon mari que tu es, et tu disciplineras un peu ta femme.

— Bordel, ça me plaît, comme idée.

Max finit de se sécher, puis enroula sa serviette autour de sa taille tandis que sa femme se dirigeait vers le vanity et en sortait un sèche-cheveux.

— On se retrouve à la table du petit-déjeuner.

— N'oublie pas de faire le plein de glucides, Max. Tu en auras bien besoin, lui cria-t-elle lorsqu'il sortit de la salle de bains. Ah, et pense aussi à faire le plein de caféine pour ne pas t'endormir.

— C'est compris. Je prépare tout de suite du café et du pain perdu.

Le sourire aux lèvres, il lança un dernier regard à Amanda devant le miroir, entièrement nue, qui se séchait les cheveux. Il se força ensuite à se rhabiller et alla leur préparer le petit-déjeuner.

— Pour ton information, quand je te verrai tout à l'heure, sexy en diable et beau comme un dieu dans ton uniforme des grandes occasions à l'arrière de ce cabriolet, j'aurai un mini-orgasme en me remémorant ce moment.

Les menottes en métal cliquetèrent.

— Tout ça ne te provoquera qu'un mini-orgasme ?

— Eh bien, je n'ai pas envie que cela se voie trop. Je veux seulement que tu *penses* à moi en train d'avoir cet orgasme pendant que tu seras perché dans ta voiture, à faire signe aux citoyens que tu es là pour protéger et servir.

— Quel plan diabolique.

Amanda sourit tout en faisant remonter sa main le long

de la queue de son partenaire, et elle s'arrêta au sommet de celle-ci.

— Alors tu pourras me punir plus tard.

Elle redescendit *lentement* sa main en sachant que c'était une véritable torture pour lui qu'elle aille à ce rythme.

Max laissa échapper un bruyant souffle.

Lui qui avait à la fois une personnalité autoritaire et purement dominatrice, en sa qualité de flic et ex-soldat des Marines, la laissait rarement le menotter au lit. Qui plus est, avant de se laisser attacher, il vérifiait trois fois qu'il y avait bien une clé de menottes scotchée derrière la tête de lit, à sa portée.

Mais puisqu'à ce moment précis Amanda était en train de lui chevaucher la queue, il ne trouvait rien à redire quant au fait d'être attaché. En réalité, il s'était porté volontaire pour pouvoir lui retourner cette faveur tout à l'heure. Elle non plus, cela ne lui posait pas problème d'être attachée, car elle lui faisait confiance à cent pour cent. En outre, cet homme était un véritable as au lit.

Raison de plus pour laquelle elle portait sa bague au doigt.

Toutefois, à présent, c'était elle qui avait pris les commandes, même si les jambes de son partenaire n'étaient pas attachées et qu'il ne lui faudrait pas longtemps pour se libérer s'il avait la ferme intention de renverser la situation et de prendre les rênes.

Elle ne s'en plaindrait pas non plus. Elle adorait quand son mari faisait l'homme des cavernes avec elle, lui empoignait les cheveux, lui tirait brusquement la tête en arrière, la mordait et lui aspirait la peau jusqu'à lui laisser des marques, puis la baisait avec tant d'énergie qu'elle parvenait à peine à reprendre son souffle.

Oh ouiiiiii...

Max poussa un grognement lorsqu'elle se crispa intensément à cette pensée, alors qu'elle donnait de vigoureux coups de reins contre ses genoux pour laisser sa queue s'enfoncer plus profondément en elle.

Il plia les genoux et planta ses pieds dans le matelas, la forçant à s'incliner en avant. Sans qu'ils n'aient à prononcer un seul mot, elle savait ce qu'il voulait. Tout en laissant glisser ses mains sur son torse toujours aussi sexy, puis sur ses bras finement dessinés, attachés au-dessus de sa tête, elle se pencha en avant jusqu'à ce que l'un de ses tétons effleure tout juste les lèvres de son mari. Elle glissa à son tour le bout de celui-ci le long de la jointure de ses lèvres pour l'appâter.

Il ne résista qu'une seconde avant qu'un léger grognement ne lui échappe des lèvres, et il s'en empara avant de l'aspirer énergiquement. Amanda eut l'impression que Max avait comme tiré sur une ficelle qui lui parcourait le corps et lui provoquait une décharge de sensations, de son téton jusque vers son sexe. Elle se resserra de nouveau autour de lui en se soulevant, avant de se laisser retomber.

— Putain, bébé, marmonna-t-il tout contre sa chair.

— Chut, ne parle pas. Continue... *ouiiii*... comme ça.

Leurs regards se croisèrent, tandis que Max continuait son petit manège, menaçant du même coup de faire sombrer Amanda dans la folie. Ces yeux bleu cristal lui avaient déjà fait tourner la tête il y a si longtemps, et elle fondait toujours autant pour eux aujourd'hui, le regard plongé dans celui de Max.

Elle accéléra la cadence en lui agrippant les poignets, et en guise de réaction, Max démultiplia ses petites attentions envers ses seins. Il les mordilla, les aspira dans sa bouche, les lécha. Lui contrôlait cette partie de son anatomie tandis qu'elle avait pris le contrôle de sa queue, qu'elle utilisait pour faire monter son excitation crescendo.

— Max, gémit-elle, incapable de s'empêcher de fermer les yeux pour se perdre tout simplement dans le plaisir qu'il lui donnait et qu'elle prenait sans hésiter.

Elle ouvrit les yeux en sentant son partenaire la mordre vivement. Encore une fois, ils n'eurent pas besoin de parler. Ils se connaissaient assez bien pour se passer de mots. Elle plongea à nouveau son regard dans le sien et continua à le chevaucher à toute allure, avec vigueur. Il s'acharna encore plus intensément sur ses tétons et se crispa sous elle.

Il était proche de la jouissance.

Heureusement, elle aussi.

— Max, gémit-elle encore une fois, en essayant tant bien que mal de garder les yeux ouverts à mesure qu'elle sentait le plaisir monter en elle, en lui.

Sa queue se durcit encore davantage alors qu'il l'attendait probablement, et avait toutes les peines du monde à se retenir.

Mais il n'eut pas besoin d'attendre longtemps.

Elle poussa un cri lorsque sa minette se mit à pulser autour de sa queue qui se tordait dans tous les sens. Ils parvinrent à jouir en même temps. Amanda continua de chevaucher son partenaire, mais ralentit le pas jusqu'à être parvenue avec lui au bout de son orgasme, jusqu'à ce qu'on n'entende plus que leur souffle haletant accompagné de la vibration de leurs cœurs qui battent à tout rompre.

Au moment où il relâcha son téton endurci, elle s'effondra sur lui avec un sourire satisfait, n'ayant que faire que le corps de son mari soit trempé de sueur, car le sien l'était aussi.

Cela leur offrit justement une nouvelle excuse pour aller prendre une douche ensemble avant de partir tous les deux pour le défilé de Noël.

Chapitre deux
Marc & Leah

— Alors, ils sont partis ? demanda Leah pour la centième fois au moins, en sortant de la salle de bains.

— Oui, je les ai jetés dehors comme des paquets. J'ai ouvert la porte d'entrée, les ai fourgués dans la voiture et ai claqué la porte juste derrière eux.

Leah se mit à rire.

— Je crois qu'on tient un vainqueur pour le titre de meilleur père de l'année.

— Tu aurais préféré que je reste me taper la discute avec mes parents ? Que je reste prendre le petit-déjeuner avec eux, Greg, Hannah et Oliver, peut-être ? L'odeur du petit-déjeuner était vraiment très alléchante.

— Non, tu as bien fait, tu as gagné un bon point. Mais est-ce que tu essaies de sous-entendre que je ne suis pas aussi bonne cuisinière que ta mère ?

— Je ne sous-entends rien du tout, Leah, je le dis ouvertement.

Elle recula un peu à l'intérieur de la chambre.

— Je n'ai plus le temps de cuisiner depuis que je suis

maman et flic à plein temps, Marc. Ni l'un ni l'autre ne sont une tâche facile.

— Tu étais une vraie bête en cuisine, avant.

Elle s'avança vers lui et colla son ventre contre celui de son mari, qui était plus grand qu'elle. À plus de six mois de grossesse, son ventre se voyait assez bien à présent.

— Tu ne préférerais pas plutôt que je sois une vraie bête sous les draps ?

Marc fit un petit rictus.

— Tu ne pourrais pas être les deux ?

Elle poussa un soupir et lui donna une petite tape sur le torse.

— Tu es affreusement exigeant.

Son petit rictus se transforma en un sourire narquois.

— Pourquoi es-tu encore habillée ? Je pensais te trouver nue au lit en rentrant à la maison en guise de récompense pour m'être débarrassé des garçons.

Elle pointa son ventre arrondi du bout de ses deux index.

— Tu vois, au cas où tu n'aurais pas remarqué, je porte ton enfant.

— J'avais remarqué.

— Je ne peux pas me mouvoir aussi vite qu'à l'ordinaire, et d'ailleurs, je te rappelle que je n'ai pas choisi de finir en cloque une troisième fois.

Marc étouffa un rire.

Leah leva un sourcil.

— Je suis contente de voir que tu trouves ça drôle, mais tu ne rigoleras pas très longtemps si ce n'est pas une fille cette fois.

Leah croisait les doigts et priait pour que ce soit une fille. Les garçons n'étaient que de sales bêtes puantes.

— Je suis navré de te dire que mon sperme ne donne que des garçons, j'ai hérité ça de papa.

Il ne venait tout de même *pas* de bomber le torse en disant cela !

— Il y a déjà assez de garçons dans cette famille. En fait, il y en a beaucoup trop.

— Les Bryson ne feront jamais circuler assez de testostérone sur cette terre.

— Je pense que nombre d'entre nous ne seraient pas d'accord sur ce point.

— C'est ce qui m'a rendu irrésistible à tes yeux.

Leah posa un doigt sur ses lèvres et inclina la tête.

— Hmm... vraiment ?

— Si je me souviens bien, tu avais coutume de me lancer des regards appuyés et indécents pendant ton entraînement, alors que nous n'étions censés n'avoir qu'un rapport instructeur-élève.

Elle leva les yeux au ciel.

— *Bref*, c'en est fini maintenant.

Elle mima une paire de ciseaux avec ses doigts juste devant son nez.

— Coupe-coupe, comme Max.

— Max n'avait pas envie de faire ça, il a subi des menaces d'agression physique.

— Et moi, je sais comment mettre physiquement une menace à exécution, selon toute bonne mesure, bien sûr. Ne m'oblige pas à faire usage de mes connaissances en la matière. Je te plaquerai contre le lit, emprunterai à Amanda son couteau à beurre rouillé et m'en chargerai moi-même.

Marc fit la grimace et se saisit de ses bourses à travers son pantalon de jogging.

Son jogging gris, remarqua-t-elle. C'était son préféré, tout au moins du moment qu'il n'arpentait pas la Grande rue dans cette tenue.

Les hommes en uniforme ou bien vêtus d'un jogging gris

avaient tendance à attirer l'œil des femmes, et ce, peu importe s'ils portaient une alliance ou avaient déjà deux fils et un troisième bébé en route.

En plus, son homme était d'une beauté sans égale et super sexy.

Bordel, il avait raison : il était irrésistible, même après toutes ces années.

Mais ça, hors de question qu'elle le lui dise. Il se pavanerait dans la chambre et se mettrait à croasser comme un couill... *euh...* un con.

— En tous les cas, trois enfants, ça suffit largement. Nous n'avons pas de place pour d'autres enfants dans cette maison. En plus, si c'est un garçon, et ça n'a *pas* intérêt à être le cas, cela veut dire que je devrai me dépêtrer avec quatre gamins de sexe masculin. Ma santé mentale pourrait se retrouver mise à mal entre les odeurs, les rots et les pets, qu'ils viennent des enfants à deux pattes ou de ceux à quatre pattes.

Deux jeunes garçons, un grand gamin en guise de mari et deux mastiffs mettaient sa maison sens dessus dessous chaque jour.

Elle n'aurait jamais dû laisser Marc la convaincre d'arrêter la pilule.

Jamais.

Il l'avait bernée dans un moment de faiblesse.

— Non seulement ça, mais en plus, à chaque fois que je pars en congé maternité, le commissariat se retrouve en manque d'effectifs, et ce n'est pas juste pour vous tous.

— Ce ne sera pas gênant cette fois, puisque Max a engagé Bridget.

— Je ne crois pas que ton cousin apprécie qu'on l'appelle comme ça.

— Je sais que ça ne lui plaît pas, mais ça fait bizarre d'appeler une femme Jet.

Elle leva un sourcil.

— Tu l'appelleras comme elle en a envie. À moins que tu n'aies déjà oublié la dure leçon que tu as apprise sur l'égalité. Tu as besoin d'une petite piqûre de rappel ?

Marc leva une main.

— Non, ça ira.

— Eh bien, comme Jet a rejoint les équipes du commissariat, je ne suis pas pressée de retourner travailler, cette fois. Je prendrai tout le temps que Max voudra bien me laisser.

— Cela ne me plaît pas du tout que tu travailles pendant la grossesse.

Elle donna une petite tape sur le torse de son mari.

— Alors heureusement que ce n'est pas à toi d'en décider.

— Tu es ma femme, et la mère de mes enfants.

— Cela ne m'enlève aucunement mon statut d'individu à part entière, et je suis encore capable de prendre moi-même mes propres décisions. Puisque je suis à six mois de grossesse, ton frère va bientôt me cantonner à rester assise derrière un bureau, de toute manière, et je veux continuer à travailler jusqu'à ce moment-là. C'est tellement *eeeennuyeeeeuuux* de rester assise à un bureau.

— Ça te fait courir moins de risques.

— Manning Grove n'est pas une zone de guerre, Marc.

— Non, mais parfois, il peut se passer des choses, comme nous ne le savons que trop bien, tous les deux, et je ne veux pas que l'on vous fasse du mal, ni à toi ni au bébé.

— Ça n'arrivera pas.

Il mit son pouce sous le menton de Leah et lui releva la tête à son niveau.

— Je ne veux pas qu'il vous arrive quoi que ce soit, ni à toi ni au bébé.

Elle lui fit un petit sourire affectueux.

— Je sais, et j'aime que tu sois aussi prévenant. Mais j'ai

voulu devenir flic, et je savais ce que ça impliquait que de me lancer dans la police. Être mère ne m'empêche pas d'être la femme flic que j'ai toujours été.

Marc ne parvint à dissimuler la lutte interne qui transparaissait sur son visage. Il avait envie de protester, mais après toutes ces années, il était avisé et savait qu'il ne valait mieux pas le faire. Ils s'étaient disputés au même sujet lorsque Leah était enceinte d'Austin et de Jackson, et là aussi, cela avait été peine perdue.

Bien que Max n'ait pas été tranquille de la savoir partie en patrouille ou bien chargée d'aller s'occuper de divers incidents alors qu'elle portait ses neveux, il avait eu l'intelligence de tenir sa langue. Il était le chef de Leah avant d'être son beau-frère, ce qui expliquait pourquoi il était si doué pour son métier. Max faisait un excellent directeur pour leur commissariat, et un encore meilleur beau-frère.

— Les garçons sont bien au courant qu'ils ne doivent pas revenir à la maison, hein ?

— Je leur ai mis un collier électrique autour du cou, comme ça, s'ils essaient de s'échapper du jardin de mes parents par-devant la maison, ils se prendront un bon coup de jus.

Leah savait qu'il plaisantait, mais rentra tout de même dans son jeu.

— Oh, alors c'est parfait. Nous avons presque vingt-quatre heures à notre disposition pour faire tout ce que nous voulons.

— Non, toi, tu as presque vingt-quatre heures devant toi. Moi, je suis de service cet après-midi. Je participe au défilé et je ferai mon tour de patrouille ensuite.

— C'est vrai.

Elle fit la moue, car elle ne voulait pas jubiler devant lui d'avoir la maison rien que pour elle pendant des heures. *Des heures !* Cela n'était jamais arrivé. Elle pourrait même bien se rouler toute nue sur le tapis, à savourer le fait d'être *seule*, à l'image de Menace et Trouble lorsque les deux chiens trouvaient une déjection de cerf dans l'herbe.

— Je n'arrive pas à comprendre comment tu as pu oublier ce détail, ça me dépasse.

Elle haussa une épaule.

— Max me préfère à toi.

— Bref… puisque nous n'avons pas beaucoup de temps, est-ce qu'on peut coucher ensemble maintenant ?

— On ne pourrait pas baiser, plutôt ? demanda-t-elle.

Il fronça les sourcils.

— Quelle différence ?

Elle inclina la tête et lui lança un regard complice.

— Tu sais très bien quelle est la différence.

— On ne fait que baiser. C'est comme ça que tu as fini trois fois en cloque, tu te souviens ?

Leah leva les yeux au ciel.

— Non, à chaque fois que l'on en a l'occasion, on couche ensemble. Là, maintenant, la maison est vide, et je veux qu'on baise comme on en avait l'habitude.

Elle poussa un soupir.

— Que nous est-il arrivé, Marc ? Nous qui faisions des tonnes de galipettes toutes plus torrides les unes que les autres au lit…

— Il y a eu l'arrivée des enfants, dit-il tout simplement en haussant les épaules.

— Oui, l'arrivée des enfants… ça a tout changé.

— Pas tout, non.

Il inclina la tête vers le bas et la regarda d'un air sérieux avec ses yeux bleu cristal.

— Je t'aime toujours. Et toi, tu m'aimes toujours ?

Elle fronça les sourcils.

— Bien évidemment, ça ne coule donc pas de source ? Je ne veux pas qu'on se contente de vivre comme ça, l'un à côté de l'autre. Je veux que tu *saches* que je t'aime, que tu le sentes sans que j'aie à te le dire. J'espère que tu en es conscient, car je ne veux pas que tu remettes en question mes sentiments pour toi en tant qu'amant, mari, père de mes enfants et véritable modèle à suivre pour eux également.

Il sourit et saisit son visage entre ses mains.

— Tu veux savoir la vérité ? J'ai cru ne jamais vouloir d'enfants jusqu'au jour où je t'ai rencontrée, Leah, et à ce moment-là, c'est devenu mon vœu le plus cher. J'en voulais avec toi, et rien qu'avec toi.

— Tu m'as dit ça à chaque fois que tu m'as mise enceinte.

— Quoi, c'est *moi* qui t'ai mise enceinte ? Je me rappelle être resté attaché au lit des dizaines de fois pendant que tu chevauchais ma queue jusqu'à ce que mes bijoux soient complètement à sec. Je suis surpris que ce ne soit pas moi qui sois tombé enceinte.

— Oh, je trouve cette idée bien sympathique, que ce soient les hommes qui portent les bébés. Comme ça, vous verriez ce que ça fait que d'avoir mal au dos, les pieds gonflés, des hémorroïdes, et vous connaîtriez ce que c'est que le travail. Cela dit, je suis sûre que l'espèce humaine s'éteindrait si cela devait arriver.

— Je n'ai rien à dire là-dessus. Nous n'aurions pas eu d'enfants si c'était moi qui avais dû expulser une pastèque.

— Mmmh, une pastèque, ça me dirait bien d'en manger un peu, là, tout de suite.

Leah avait des envies alimentaires complètement incongrues par rapport à ses deux précédentes grossesses.

— Très bien, ne nous éloignons pas du sujet... c'est-à-dire nous déshabiller, faire comme si nous n'avions pas d'enfants et nous lancer dans une partie de jambes en l'air complètement dingue.

Leah fit glisser sa main sur son ventre tendu.

— Eh bien, peut-être n'allons-nous pas pouvoir nous permettre les pires folies, mais nous pouvons faire des choses très coquines, tous les deux.

— Oui ! dit-il en agitant son poing fermé, je suis tout à fait partant pour ça.

— Alors qu'est-ce qu'on fait encore plantés là ?

— On est encore plantés là parce que tu étais censée m'attendre nue dans le lit pendant que j'étais parti déposer les garçons.

— Oh...

— Oui, c'est ça, *oh.*

Leah baissa les yeux sur les contours de son érection.

— Voilà la raison pour laquelle j'adore ce pantalon de jogging.

— Et c'est aussi pour cette raison que tu m'interdis de les porter en dehors du corps de ferme.

— Je ne te l'ai pas interdit, je te l'ai formellement déconseillé.

— Mmh-hmm. Ma femme a une arme et une matraque électrique sur elle, je prends donc ce ferme avertissement au sérieux.

Elle se pencha vers lui.

— Oui, en effet, tu fais bien de prendre cette menace au sérieux.

Elle posa ses lèvres sur les siennes et glissa une main sur sa chaude et large érection sous le tissu en coton doux de son pantalon. Elle plongea sa langue entre ses lèvres et l'entremêla avec la sienne. La queue de Marc se tortilla sous ses doigts, et Leah fut tentée de la sortir et de se mettre à genoux.

Malheureusement, elle n'était pas certaine de parvenir à se relever.

Elle se recula juste assez pour dire :

— Si je n'étais pas déjà enceinte, je prendrais ce soi-disant cadeau que tes parents nous font pour une tentative de leur part de nous inciter à faire un autre bébé, et rien d'autre.

— Peut-être, mais en ce moment, ils sont contents parce qu'ils peuvent se rassasier autant qu'ils veulent de l'odeur de bébé qu'ils ont tant envie de sentir avec Lévi.

Elle le relâcha à contrecœur et recula.

— Ils vont en avoir plein le dos quand il s'agira de garder celui-là et Lévi en même temps, dit-elle en pointant son ventre du doigt. Ton père va peut-être devoir aider à changer les couches s'ils les gardent ensemble.

— Mon père est flic à la retraite et ancien soldat des Marines, il a l'habitude de mettre les mains dans la merde.

— Oh, tu sais quoi, je crois que je te lancerai cette réplique quand il faudra changer la couche du bébé et qu'elle nous aura fait une explosion de caca.

Marc simula un haut-le-cœur.

— Non, là-dessus, je mets mon veto, je refuse de me charger de ces explosions jusqu'en haut du dos.

— Il va bien falloir que tu lui donnes le biberon, à ce petit.

— Non, je n'ai pas *l'obligation* de donner le biberon à *la petite*. Je peux tirer mon lait, comme Autumn le fait avec Lévi. On t'achètera un de ces harnais d'allaitement pour que *toi*, tu puisses lui donner le sein.

— Pourquoi est-ce qu'on est encore plantés là à parler au lieu de baiser ?

— Là, tu essaies juste de changer de sujet.

— Non, je n'essaie pas de changer de sujet, je change de

sujet. Mets-toi à poil, ma poulette, pendant que je fouille dans notre armoire à sex-toys couverte de poussière.

Elle leva les sourcils.

— Oh... on commence par quoi ?

— Par ce dont ma femme adorée a envie.

Lèche-cul.

— J'ai envie de te fourrer un plug anal dans le cul.

— Euh, non, pas à cet endroit-là.

— Alors des électrodes sur tes bijoux.

— Non, pas là non plus.

Elle se mit à rire.

— Alors tu m'as dit n'importe quoi.

— Je rectifie ma déclaration : on va commencer par ce dont ma femme adorée a envie, *si* je suis partant pour ce qu'elle a à me proposer... puisque c'est une petite sadique, à voir les objets qu'elle cache dans son placard.

— Ce n'est pas rigolo.

— En plus, nous n'avons pas de plug anal ni d'électrodes.

— Tu en es certain ? Tu tiens vraiment à me tester là-dessus ?

Il fit la grimace.

— Non.

— Tu fais mieux de t'abstenir, car en général, tu ne retiens tes leçons qu'à grands coups de poing dans la figure.

Marc frappa dans ses mains.

— Très bien ! Déshabille-toi, monte sur le lit, je vais aller chercher la caisse de sex-toys et nous allons pouvoir ouvrir le bal.

— Ça a l'air tellement romantique, dit comme ça.

— Attends, on se la joue romantique ? Tu as dit que tu voulais baiser.

— C'est vrai. Le romantisme, on en fait toujours tout un foin, de toute façon. Je préfère avoir des orgasmes en cascade plutôt que tu me murmures à l'oreille ton amour et ta dévotion d'une voix toute douce.

Il resta la bouche béante.

— Une cascade d'orgasmes ?

Bien sûr, c'était la seule chose qu'il avait retenue.

— Je crois que je préfère rendre leur cadeau à tes parents. Les choses ne se déroulent pas comme je l'avais prévu. Tu as le ticket d'échange ?

Marc renifla avec dédain et se dirigea vers le placard, l'ouvrit, puis fouilla dans quelques boîtes à chaussures empilées sur l'étagère du haut, hors de portée des petites mains curieuses et un peu trop collantes des enfants, ou bien des monstres à quatre pattes qui auraient pris un plug anal en latex pour un jouet à mâcher.

— Oh oui, putain ! entendit-elle à l'intérieur du placard.

Il recula d'un pas, une boîte à la main.

— Je crois que j'ai trouvé ce qu'il nous faut.

— Ouvre le couvercle de la boîte, histoire d'être sûr qu'il n'y a pas une paire de tes vieilles baskets qui puent dedans.

— Je préfère jouer sur l'effet de surprise. Tu mets ta main dedans et tu en sors quelque chose... nous ferons tout ce que tu voudras, à toi de choisir.

— *Oooh.* Il me plaît bien, ce petit jeu.

— Oui, tu as vu ? Attends un peu.

Il souleva le couvercle de la boîte et jeta un coup d'œil à l'intérieur.

— Tu n'as pas glissé discrètement un plug anal dedans, hein !

— Interdiction de tricher ! cria-t-elle.

— Oui, c'est la bonne boîte, même si je ne sais plus où on a mis tous les trucs qui ne rentrent jamais dedans.

— Comme la balançoire érotique ? Je crois qu'on l'a mise au grenier après la naissance d'Austin ?

Marc leva les yeux au plafond. Leah fit de même et remarqua la présence des anneaux où ils accrochaient cette dernière, par le passé. Marc reporta son regard sur sa femme et un sourire narquois se dessina sur son visage.

— Non, s'empressa-t-elle de dire. Je suis trop balourde pour ça en ce moment, et si jamais la balançoire venait s'écraser par terre, cela pourrait être dangereux pour le bébé.

Le sourire de Marc se mua en une grimace.

— D'accord, on verra à Noël prochain.

— Occupons-nous d'abord des festivités de celui-ci, je te prie.

— Tu ne t'es pas encore déshabillée.

— Toi non plus !

Il laissa tomber la boîte sur le lit, passa d'un geste brusque son sweat-shirt orné du logo du commissariat de Manning Grove par-dessus sa tête, le jeta sur son épaule, puis ôta d'une pierre deux coups son pantalon de jogging et son boxer en même temps, qu'il laissa tomber à ses pieds nus.

Il empoigna son membre et se caressa.

— Ma femme a, encore une fois, tout à fait tort. Moi, je suis complètement nu. C'est elle qui ne l'est pas.

Leah se mit à rire et fit doucement remonter son caraco sur son ventre. Ce dernier lui faisait l'effet d'une seconde peau, car Marc détestait qu'elle dissimule son corps sous des vêtements trop larges, comme les tenues de maternité classiques. D'ailleurs, cela ne dérangeait pas Leah de porter ce genre de sous-vêtement, car grâce à cela, elle n'avait pas besoin de porter ces saloperies de soutiens-gorge.

Moins elle était couverte lorsqu'elle n'était pas en service, mieux c'était. Parfois, elle se sentait un peu serrée dans son uniforme, et d'autant plus lorsqu'elle était enceinte.

— Tu veux bien me donner un petit coup de main ? lui demanda-t-elle, car l'un de ses seins, plus gros qu'à l'accoutumée, était resté coincé dans le soutien-gorge d'allaitement intégré de son caraco.

— Je ne sais pas, mon chou, ça me donne quelques idées de te voir saucissonnée comme ça.

— Je ne suis pas saucissonnée, je suis en train d'étouffer sous mon ensemble coton-Lycra.

Elle avait remonté le caraco rose jusque sur sa tête.

— Ça me plaît bien. Je peux accéder comme je veux à ces jolies petites doudounes.

Elle sentit les doigts de son mari tordre ses tétons sensibles.

— Marc.

— Oui ?

— Ce n'est pas pour rien que tu as des piercings aux tétons. Je ne peux pas jouer avec si je suis coincée dans ce caraco.

— Bien dit, ce n'est pas faux.

Il l'aida à se délester complètement de sa tenue légère.

— Au fait, si je me faisais percer le sexe, ça te plairait de jouer avec mon piercing à cet endroit-là ?

Leah esquissa une grimace de dégoût une fois sa tête à l'air libre.

— Hors de question que l'on t'enfonce une grosse aiguille à travers le gland. Si jamais l'opération tournait mal, je n'aurais plus de queue à ma disposition et serais forcée d'en trouver une nouvelle. Je dis ça comme ça...

Le simple fait de s'imaginer un autre homme lui transpercer le gland lui donnait la frousse.

— Bien dit, encore une fois, puisque tu es obligée de te contenter de la mienne.

— Hmm, ça reste discutable.

Il la saisit par le menton et lui releva la tête.

— Non, c'est faux. Tu es liée à moi pour la vie, tu te souviens, jusqu'à ce que la mort nous sépare ?

— Oh, je crois que j'ai zappé cette partie-là à cause de Teddy qui se pavanait à notre mariage, et qui essayait à tout prix d'attirer Adam dans ses filets en lui faisant une petite danse nuptiale, comme un paon en rut. C'était très amusant à voir.

— Tu veux dire que tu n'as pas entendu la partie du discours qui disait que tu étais censée m'obéir ?

Elle savait que cette phrase avait été retirée de leurs vœux de mariage.

— Non, je ne peux pas dire que j'aie vraiment écouté.

— Eh bien, tu as donné ton consentement devant témoins, alors tu ne peux plus faire marche arrière. Tu es condamnée à rester à mes côtés jusqu'à la fin de tes jours, et tu dois m'obéir.

— C'est ce qu'on va voir.

— Tu as encore ton pantalon sur toi.

Elle recourba ses doigts derrière l'élastique de son bas de pyjama et le baissa d'un seul geste, sa culotte avec.

— Plus maintenant.

— Voilà qui est mieux.

Leah s'étira.

— C'est tellement génial d'être nus, tous les deux, sans avoir à s'inquiéter que les garçons débarquent dans notre chambre sans prévenir. Je resterais bien en tenue d'Ève jusqu'à ce qu'on se rende chez tes parents demain matin.

— Tu dois aller assister au défilé.

— Tu penses que ça dérangerait quelqu'un ? demanda-t-elle.

— Tu pourrais attraper des gelures.

— Bon, alors je vais rester à la maison.

— Non, maman et papa auront certainement besoin d'aide pour s'occuper des enfants et de Greg.

— Greg est à l'aise avec les enfants.

— Greg *est* un enfant, lui rappela-t-il.

Malgré ses 32 ans, le frère handicapé d'Amanda avait un comportement tout aussi infantile que les autres enfants de la famille. Il s'amusait toujours beaucoup avec les garçons, et leurs fils aimaient plus que tout Greg, de même qu'Hannah et Oliver. Ils voyaient davantage Greg comme un frère que comme leur oncle.

— Vas-y, s'il te plaît, la supplia Marc. Moi, je vais escorter toute la petite famille, mais Greg et les trois garçons leur donnent du fil à retordre, même s'ils refusent de l'admettre.

— Je suis certaine qu'Amanda et Carly seront là, de même que Teddy.

Marc inclina la tête.

— Adam, Matt et moi allons travailler pour pouvoir être libres le jour de Noël.

— Attends, c'est quand, *le truc* ?

— Le truc ?

— Ce qu'a prévu Adam.

— Demain.

— Il faut qu'on soit tous là.

— Nous y serons. Tous les Bryson de cette ville vont alterner leurs horaires de service demain rien que pour ça, tu le sais bien.

— Oh oui, c'est vrai, quelle tête de linotte, c'est à cause du bébé.

C'est vrai, tous les autres collègues du commissariat avaient proposé de prendre le relais pour qu'aucun d'entre eux ne soit forcé de travailler à Noël. Cela dit, leur service promettait d'être calme, car en général, à Noël, la journée s'écoulait lentement, sans agitation.

Il fallait espérer que ce serait également le cas le lendemain.

Il appuya une main sur son ventre.

— Après celui-là, tu ne pourras plus prétexter cette excuse.

— Je n'aurai pas besoin de faire usage de cette excuse, tu te souviens ?

Il ouvrit la bouche et la referma aussitôt.

— Pourquoi est-ce qu'on n'est toujours pas en train de coucher ensemble ?

— De *baiser*. On va baiser.

— Mais on ne baise pas, voilà tout le problème. Nous restons plantés là, tout nus, à nos taper la discute, putain. L'horloge tourne... *tic-tac, tic-tac*.

Il leva le bras, se saisit de la boîte et la tendit à Leah. Cette dernière glissa une main sous le couvercle et attrapa le premier objet qu'elle toucha du bout des doigts. Elle le sortit et le souleva.

Le regard de Marc s'illumina, probablement parce qu'il ne s'agissait pas d'un plug anal.

— Ce truc est résistant à l'eau, murmura-t-il en fixant du regard l'anneau pénien vibrant.

— Et donc ?

— Et alors... quand est-ce que c'était, la dernière fois qu'on est entrés à poil dans la baignoire jacuzzi ?

— Tu veux dire, tous les deux ensemble ? Avant la naissance d'Austin, je crois.

— Je crois qu'il est temps de nous en servir un peu. Mais ce que je veux faire, pour commencer, nous allons le faire ici, je ne tiens pas à me noyer.

Oh, elle savait ce qu'il sous-entendait. Marc allait se mettre *dessous*.

Elle essaya de retenir un cri d'excitation. Si elle se mettait à crier, Marc pourrait croire qu'elle s'était pris un coup sur la tête.

— En attendant, il va falloir qu'on remplisse la baignoire.

— Je vais aller faire couler l'eau. Grimpe dans le lit. Je n'ai pas encore pris mon petit-déjeuner et j'ai une putain de faim de loup. Va donc préparer tout ça pour ton mari.

— En des circonstances normales, je te ferais réfléchir à deux fois à cette petite invective, mais puisque ton plan est tout à fait à mon goût, je vais laisser passer ça, dit-elle avant de grimper sur le lit.

— Je reviens tout de suite.

Là-dessus, il se précipita dans la chambre maritale.

Leah se saisit de la boîte à chaussures, en dégagea le couvercle, fouilla dedans et trouva la chaîne qu'elle accrochait toujours aux anneaux aux tétons de son mari, jadis. Elle s'empressa de la dissimuler sous les oreillers qu'elle avait relevés pour pouvoir s'appuyer dessus.

Elle fouilla encore un peu dans la boîte et y trouva un gel chauffant pour la peau, qui refroidissait lorsque l'on soufflait dessus, spécialement conçu pour le sexe oral. Elle le jeta sur la couette, et tira également de la boîte une cravache à bout en plumes.

Elle laissa les menottes et les autres sex-toys dans la boîte, la referma et la posa sur la table de chevet à côté d'elle, au cas où ils auraient d'autres idées pour s'amuser un peu une fois le service de Marc terminé. Cela dit, vu l'état de fatigue dans lequel elle se trouvait dernièrement, peut-être dormirait-elle déjà à son retour.

Raison de plus de profiter du moment dont ils disposaient à présent.

L'eau se mit à couler dans la grande baignoire jacuzzi, baignoire qu'ils n'utilisaient quasiment jamais, faute de temps pour se détendre et aller faire trempette dedans. Ils se contentaient plutôt de se doucher avant ou après le travail, en général. Marc ne semblait pas avoir ouvert le robinet à fond, en conséquence de quoi ils n'avaient pas besoin de s'inquiéter par peur que la baignoire déborde.

Leah s'appuya contre les oreillers qu'elle avait empilés et écarta grand les jambes, les genoux pliés. Elle s'empara du lubrifiant démultiplicateur de sensations, et après avoir ouvert le tube, en tamponna un peu sur son clitoris. Le produit commença instantanément à stimuler son entrejambe et à chauffer.

Oh, oui, génial. Il fallait absolument qu'ils le gardent à portée de main sur la table de chevet. Elle avait oublié à quel point ce machin procurait une sensation agréable. Son sexe se contracta intensément à mesure que son clitoris chauffait de plus en plus.

Lorsqu'il revint dans la chambre, elle frotta un peu de gel à la cerise sur chacun de ses tétons, sous son regard.

Ses yeux bleus s'assombrirent et sa queue, redevenue dure comme la pierre, se plia. Il l'empoigna et se mit à se caresser.

— Continue de te toucher, dit-il d'une voix un peu rauque, et Leah vit sa paume d'Adam rebondir lorsqu'elle s'exécuta.

Tous deux disposaient mutuellement d'une carte maîtresse en matière de sexe. Marc savait ce qui excitait sa femme, et inversement.

Elle connaissait ses limites, et Marc connaissait les siennes. Au début de leur relation, ils avaient passé beaucoup de temps à les tester. Il était bon d'avoir un partenaire fiable pour s'adonner à tout cela.

Et elle avait confiance en Marc.

Elle ne la lui avait pas accordée dès leur rencontre, oh ça non. À cette époque, Marc n'était qu'un misogyne sans vergogne qui pensait que les femmes n'avaient pas leur place dans les forces de l'ordre. Elle avait dû fournir un travail acharné et s'efforcer de garder autant que possible la tête haute pendant la période où Marc avait été son officier de formation sur le terrain pour lui prouver le contraire. Non seulement elle faisait un aussi bon travail que n'importe lequel de ses collègues masculins, mais elle était de même rang que lui, ce qui signifiait qu'elle était son équipière à la fois pendant et en dehors du travail.

Lorsqu'enfin il avait fini par lui accorder sa confiance, elle l'avait fait elle aussi, les yeux fermés.

À cent pour cent.

Ils s'étaient également rendu compte que la forte attirance qu'ils ressentaient l'un pour l'autre allait bien au-delà du sexe, même si les parties de jambes en l'air avec lui étaient plus que fantastiques. Leurs désirs en matière de sexe allaient parfaitement de pair. Elle n'avait jamais connu ça auparavant, et lui non plus.

Elle continua de décrire des cercles autour de ses deux tétons. Ses mamelons avaient durci et la chaleur du gel se répandait partout en elle, au travers de son ventre, jusqu'à son clitoris tout chaud.

Elle relâcha l'un de ses tétons et se toucha le clitoris, provoquant une déflagration de sensations dans son corps tout entier.

— Marc, murmura-t-elle en détournant le regard vers lui.

Peut-être allait-elle jouir sans lui. Au deuxième trimestre de ses grossesses, elle débordait toujours d'envie de sexe, plus qu'à l'accoutumée. C'est pour cette raison qu'elle gardait toujours un vibromasseur à disposition dans le tiroir de sa table de chevet, à côté du lit. Bon d'accord, pas qu'un seul. Elle en avait de toutes les sortes, pour quand Marc et elle n'avaient pas les mêmes horaires de service et qu'elle ressentait le besoin de se faire du bien. En général, il fallait tout de même qu'elle attende que les garçons dorment profondément.

Cependant, ce matin, ils pouvaient faire tout le bruit qu'ils voulaient sans s'inquiéter d'être interrompus ni entendus.

Ouiiii...

Marc se glissa au bout du lit, toujours en se caressant la queue vigoureusement, le regard fixé sur le doigt de Leah qui dessinait des cercles autour de son clitoris qui pulsait. De petits filets de mouille vinrent chatouiller les replis de son sexe.

Elle pointa du doigt l'un de ses tétons.

— Goûte-moi ça avant de venir goûter le reste.

Elle s'exprima d'une voix caverneuse et Marc accéléra encore le mouvement de sa main.

— Ne songe même pas à jouir, j'ai quelque chose de prévu pour ça.

Il fit la grimace, relâcha immédiatement son membre et vint se poster sur le lit à ses côtés. Tandis qu'elle continuait à jouer avec l'un de ses tétons, qui avait pris une teinte rose foncé, Marc aspira profondément l'autre tout en l'effleurant avec ses molaires, et la chaleur de sa bouche qui venait imprégner le gel procura à Leah une douce sensation de brûlure tout contre sa chair. Elle poussa un grognement et appuya plus fort contre son clitoris, à présent avec deux doigts.

Il repoussa brusquement sa main de son autre téton et le prit à son tour dans sa bouche pour le chauffer, puis souffla sur le bout de celui-ci, de sorte que Leah fut parcourue d'un frisson sous l'effet de la sensation de froid provoquée par son souffle. Il passa tour à tour d'un téton à l'autre, et pinça entre deux doigts celui auquel sa bouche ne prodiguait pas ses attentions, le tordit, tira dessus, lui arrachant un grognement guttural.

Leah avait envie de rejeter la tête en arrière, de fermer les yeux et de se concentrer pleinement sur toutes les sensations qui déferlaient en elle. Elle dévoua plutôt toute son attention à son mari, car celui-ci ne détachait pas d'elle ses yeux bleu glacé.

Bordel, il était tellement magnifique.

Elle recourba les orteils et ses muscles se raidirent tandis que son orgasme était en train de monter.

Il ne se montrait nullement délicat à l'égard de ses tétons. Il les léchait, en aspirait et en mordait la chair, sans se soucier de laisser des marques, car il était résolu à l'emmener là où il le voulait, là où elle avait envie d'aller.

Enfin, elle parvint jusqu'à ce point.

Il ne la lâcha pas tandis que ses hanches bondirent du matelas, et que, sous l'effet de l'orgasme, elle haleta et relâcha son clitoris sensible. Elle enfonça profondément ses doigts dans ses cheveux, lui tira la tête pour qu'il lui relâche le téton et l'attira plus bas sur son corps.

Il n'eut pas même une seconde d'hésitation, se positionna entre ses jambes pliées et posa immédiatement sa bouche sur son sexe avant même que la dernière vague de la jouissance ne s'estompe.

Elle effleura avec ses pouces les petits boutons durs que formait la pointe de ses tétons, à présent devenus très sensibles, tandis qu'il aspirait et titillait son sexe du bout de la langue. Il faisait également souffler simultanément sur son clitoris, encore sous l'effet du gel, un vent de chaleur et de fraîcheur.

Encore une fois, une intense vague de plaisir déferla en elle, et elle cria son nom. Elle se saisit les seins, les malaxa, et il lui aspira doucement le sexe une fois son deuxième orgasme achevé.

Leah sentit son corps s'affaiblir, devenir aussi mou que celui d'une marionnette dont on aurait coupé les ficelles. Elle se contenta de souffler, tout simplement, tandis que Marc vint appuyer son front sur le haut de son mont de Vénus, respirant lui aussi d'un souffle très saccadé.

Jusqu'à un certain point.

Il prit d'un seul coup une grande respiration et eut un brusque mouvement de recul, comme si quelqu'un lui avait mis un coup de poing dans la figure.

— Hum... je sais que ce n'est pas ta langue que je sens me lécher les bijoux, là.

Ils lancèrent tous les deux un regard au bout du lit et virent Trouble, leur femelle mastiff d'un an, arborer un air plutôt satisfait, ses deux grosses pattes avant posées sur le lit.

— Putain, mais c'est quoi, ce bordel ? cria Marc, qui se décolla maladroitement de Leah et descendit du lit. C'est dégoûtant !

Leah étouffa un reniflement sarcastique en laissant retomber sa tête sur l'oreiller.

— *Alooors...* le moment est-il bien choisi pour te rappeler qu'en plus de ce troisième bébé, c'est aussi toi qui as réclamé le bestiau numéro deux ? Tu n'as que ce que tu mérites.

— Trouble, ouste ! dit-il en pointant la porte du doigt.

Le mastiff se dirigea vers celle-ci d'une démarche pataude, sans se presser le moins du monde, alors Marc le saisissait par le collier et le tirait pour le forcer à accélérer le pas. Dès que la chienne fut dehors, il claqua la porte et se retourna.

— Menace est vieux. La présence de Trouble apaisera un peu notre douleur quand il sera... *parti.*

— Ta douleur à toi ou bien celle des garçons ?

— Notre douleur à tous. Je sais qu'ils dorment dans le lit avec toi quand je travaille tard le soir. Je retrouve des poils de chien sur les draps, sans parler de mes oreillers tout trempés de bave.

— Tu as beaucoup d'imagination, tu sais ? C'est complètement faux, c'est toi qui baves comme ça.

— Mais voyons, qui est-ce qui raconte des sottises, à présent ? Tant que je suis debout, je vais voir où en est le remplissage de la baignoire.

Il disparut dans la salle de bains et revint une fraction de seconde plus tard. Son érection qui pendait semblait légèrement douloureuse.

— Nous avons encore du temps devant nous.

— Vu ton état, je crois qu'il ne t'en faudra pas beaucoup, du temps.

Il sourit.

— Non, je ne tiendrai pas longtemps, mais je t'interdis de te plaindre, puisque tu viens de jouir deux fois.

Elle leva les deux mains en l'air en signe de reddition, et l'anneau en or massif sur son majeur gauche attira l'attention de Marc l'espace de quelques secondes. Son sourire s'élargit.

— Très bien, je ne me plaindrai pas, du moins pas pour le moment.

Il remonta sur le lit et observa un court instant sa femme, ainsi que l'alliance qu'elle portait, et son sourire s'élargit.

— Très bien. Quelle position ma petite sadique veut-elle que je prenne ?

— Mets-toi sur le dos et fais l'étoile de mer. Je ne vais pas t'attacher, mais je veux que tu fasses comme si c'était le cas. Donc, à moins que je ne te le demande, ne bouge pas.

Elle se décala et le laissa s'étendre comme demandé. Marc ne s'en plaignit nullement. Il étendit ses longs bras et ses longues jambes jusqu'à ce que ses mains et ses pieds touchent presque chaque extrémité du lit deux places. Son érection pendait sur sa hanche, et un filet épais de liquide pré-séminal s'étendait de son gland jusqu'à l'arête musclée de sa verge.

Lorsqu'elle se pencha pour s'empresser de lécher ce petit filet, il eut un vif mouvement de recul. Elle leva la tête.

— Ne bouge pas.

— Ce n'était pas volontaire.

— Hmm-hmm.

Elle passa une main sous les oreillers et sortit tout d'abord la chaîne cachée dessous. Marc fixa cette dernière du regard, et une sensation de rougeur se répandit de son torse jusqu'à sa gorge, où elle voyait son pouls qui commençait à s'intensifier.

Oh oui. Cela faisait longtemps qu'ils n'avaient pas utilisé cet accessoire, et à voir la réaction de Marc, il aurait fallu qu'ils en fassent usage plus souvent, tout comme le gel.

Son mari ne dit rien, mais son corps s'électrifia lorsqu'elle accrocha les attaches de la chaîne aux petits anneaux dorés qu'il avait aux tétons. La chaîne était suffisamment longue pour qu'ils l'utilisent comme des rênes.

Elle lui chevaucha maladroitement la taille, le bout de la queue de son partenaire appuya contre l'une de ses fesses, et de petites gouttes de liquide qui lui sortaient du gland vinrent glisser et s'étaler sur la peau de Leah.

Cette fois, en fouillant sous l'oreiller, elle en tira la cravache à plume et la fit tournoyer entre ses doigts juste devant son visage. Il écarquilla les yeux l'espace d'un bref instant, puis plissa les paupières. Toutefois, il ne pipa toujours mot.

Il aimait faire ça de manière brutale, et elle aussi.

Une cravache à plume n'avait rien de brutal, au contraire, c'était une véritable torture.

Elle effleura la plume contre ses propres lèvres collées l'une à l'autre, le long de son menton, de son cou, de son torse, et décrivit un cercle autour de chaque téton avec celle-ci. Après s'être assurée que ses tétons avaient durci de nouveau et étaient bien comme il fallait, elle passa la plume sur son ventre rond, puis le long de son entrejambe, jusqu'à ce qu'elle arrive sur lui.

Il rétracta légèrement le ventre lorsqu'elle le toucha légèrement.

— Ne bouge pas, lui rappela-t-elle d'un ton ferme.

— Tire sur la chaîne.

Ceci avait tout l'air d'un ordre...

— Je le ferai quand je serai disposée.

— Leah...

Elle posa en toute légèreté la plume sur la bouche de son mari.

— Chut.

Il se tut.

Elle commença par l'endroit où elle le chevauchait, fit glisser la longue et douce plume sur ses tablettes de chocolat – oui, il en avait encore à 41 ans, elles n'étaient simplement plus aussi nettes que quand elle l'avait rencontré – et titilla ses tétons percés et attachés à la chaîne, en prenant tout son temps.

— Leah, grogna-t-il en contractant ses muscles, signe qu'il peinait à obéir à ses ordres de ne pas bouger.

— Hmm ?

Elle ne s'attendait à aucune réponse de sa part, et il ne lui en donna pas, car il savait qu'il n'avait pas intérêt à se plaindre. S'il le faisait, sa partenaire ne ferait que prolonger la séance de torture, et cette torture, en ce moment précis, consistait en la douce caresse de la plume.

Elle la fit descendre des deux côtés de son visage,

balaya la plume le long de son nez, à nouveau sur ses lèvres, à cet instant légèrement écartées tandis qu'il haletait.

Leah sentit le liquide pré-séminal couler en un flot ininterrompu contre la peau de ses fesses, contre lesquelles appuyait l'engin de son partenaire. Il ne cessait de la plier contre sa peau, pour lui montrer à quel point il était dur.

Ce qui signifiait qu'il était prêt à exploser.

— Reste là, murmura-t-elle en passant une dernière fois la cravache à plume le long de son torse, sur ses tétons et sur son ventre.

Elle le désenfourcha ensuite avec précaution, descendit du lit et alla dans la salle de bains pour voir où en était le remplissage de la baignoire.

— Leah ! cria-t-il.

Elle sourit en coupant l'eau, car la baignoire était bien plus remplie que nécessaire pour deux personnes. L'eau allait déborder, mais le jeu en vaudrait la chandelle.

À présent, ils devaient se dépêcher avant qu'elle ne refroidisse.

Mais elle ne se dépêcha pas, elle prit son temps. Avant de sortir de la salle de bains, elle lui dit :

— Tu n'as pas intérêt à avoir bougé. J'ai une mémoire absolue, pour ton information.

— Si c'était le cas, je le saurais ! cria-t-il sur un ton très agacé.

— Je ne te l'ai simplement jamais dit parce que j'attendais le moment opportun pour cela.

Elle sortit de la salle de bains et fixa le lit.

— Et maintenant, le moment est venu de te le dire.

Elle ajouta avec un halètement théâtral :

— Tu as bougé !

— Non, c'est faux !

— Tant pis, on ne va pas s'amuser avec tes tétons, le réprimanda-t-elle en retournant dans le lit.

— Leah, grogna-t-il.

Elle grimpa de nouveau sur lui et resta à genoux, de sorte que son entrejambe humide n'entre pas en contact avec la peau de son partenaire. Elle se décala juste assez pour se retrouver en suspension juste au-dessus de sa queue, puis se baissa pour laisser glisser les plis humides de son sexe autour sa verge.

— Putain... Leah... je t'en prie...

Il avait le visage tout rouge, le regard sombre, plongé dans le vague, et son corps tremblait légèrement.

— Eh bien, puisque tu m'as dit « je t'en prie »...

Elle souleva la chaîne qui reposait sur son torse et la tint entre ses doigts sans tirer dessus, c'était bien ce qu'il voulait. Elle griffa du bout de son ongle l'extrémité de chacun de ses tétons, lui arrachant un grognement. Elle releva de nouveau les hanches et baissa la main pour empoigner sa queue qui pulsait, puis ajusta sa position, si bien que son gland lubrifié puisse se nicher juste entre les plis de son sexe. Elle fit glisser à deux reprises son gland le long de la fente de son sexe par un mouvement de va-et-vient. Marc ferma les yeux en battant des paupières et serra la mâchoire.

D'un seul mouvement, elle tira fort sur la chaîne en même temps qu'elle s'enfonçait sur lui. Le dos de Marc se décolla du lit, mais il parvint à garder les bras et les jambes écartés, en position de l'étoile de mer, comme elle le lui avait exigé.

Elle était impressionnée par cette prouesse.

Elle continua de tirer sur la chaîne, et ses tétons s'étirèrent jusqu'à leur point maximal sous l'effet des anneaux dorés accrochés à ses tétons. Il se mit à grogner encore plus fort cette fois, rejeta la tête en arrière, et remonta les hanches pour s'enfoncer plus profondément en elle.

— Oh, putain... je vais venir.

Elle tira plus fort sur la chaîne, bien consciente que la chair de son partenaire n'allait pas se rompre, mais elle ne pouvait toutefois s'empêcher de le craindre quand même. Elle chevaucha alors sa queue en prenant tout son temps, se souleva et retomba à un rythme tranquille, sachant pertinemment qu'il préférerait qu'elle adopte un rythme bien plus rapide.

— Leah, dit Marc en prononçant son nom d'un gémissement grave, je vais venir.

— Attends-moi.

— J'ai besoin de venir, la supplia-t-il.

— Attends-moi, lui répéta-t-elle doucement.

— Je ne peux pas.

— Si, tu peux. Quand je te le dirai, tu pourras venir profondément en moi.

— Oui, siffla-t-il en soulevant sa tête de l'oreiller, j'en ai besoin.

C'était réciproque.

— C'est pour bientôt ?

— Tais-toi !

Il plaqua de nouveau sa tête contre l'oreiller et lâcha un grognement.

Leah laissa retomber la chaîne, se pencha en avant, la détacha et la jeta de côté, lui arrachant un gémissement. Elle planta ses mains sur son torse, saisit ses deux anneaux aux tétons entre ses pouces et ses index, puis les tordit aussi fort qu'elle le pouvait. La tête de son mari, de même que ses hanches, se décollèrent à nouveau violemment du matelas, et les tendons dans son cou se tendirent de façon si marquée que c'en était effrayant. Leah faillit en perdre l'équilibre. Elle parvint à ne pas se laisser distraire et se mit à accélérer le rythme.

Elle voulait jouir une troisième fois.

— Oh, putain, s'efforça-t-il de dire, les dents serrées.

Il roula des yeux et bougea les hanches à un rythme opposé à celui de Leah. Lorsqu'elle se soulevait, il laissait retomber ses hanches. Elle finit par s'écraser de toutes ses forces sur lui et par donner de puissants coups de reins en décrivant un cercle. Elle sentit son orgasme monter, déferler en elle, et cette vague de jouissance l'emporta.

— Jouis, cria-t-elle.

Il grogna et fit de vigoureux mouvements de va-et-vient en elle en donnant des coups de bassin en l'air, maintint ses hanches décollées du lit, et sa queue se mit à pulser en elle lorsqu'il jouit.

Leah avait fermé les yeux lorsqu'elle était parvenue au sommet de sa jouissance, mais elle les rouvrit au bout de quelques instants et vit une expression de parfaite satisfaction recouvrir le visage de son mari. Elle relâcha ses tétons et maintint son équilibre en posant ses mains sur son torse tandis qu'il se baissait de nouveau sur le lit.

Sans attendre sa permission, il changea de position, s'empressa d'enlacer Leah dans ses bras et la fit rouler sur le matelas jusqu'à ce qu'elle se retrouve au-dessous de lui et qu'il soit nez à nez avec elle. Il lui murmura :

— Putain, ce que je t'aime.

Elle sourit et effleura du bout des doigts les petits cheveux courts et humides sur le côté de sa tête.

— Tu as intérêt, après ce moment mémorable.

— Il faudrait absolument que l'on demande à mes parents de garder les enfants plus souvent.

Elle n'allait pas le contredire là-dessus.

— Je suis d'accord.

— Il faut aussi qu'on se dépêche d'aller dans la baignoire avant que l'eau ne refroidisse. Cela va me faire du bien de tremper mes muscles, le temps de récupérer un peu, et après, je vais pouvoir remettre le couvert. Mais cette fois, c'est moi qui prendrai les commandes.

— Je suis d'accord avec tout cela aussi.

Il lui effleura les lèvres d'un léger baiser.

— Je ne pourrai jamais me lasser de toi.

— Je t'aime, Marc.

— Je sais, je le sens et je le vois chaque jour qui passe. J'ai la meilleure vie dont j'aurais pu rêver, bébé. Je n'ai à me plaindre de rien.

— Sauf du chien qui vient te lécher les bijoux.

— Ou bien chier dans mes chaussures.

— Ou bien quand l'un des garçons vient te vomir sur les genoux.

Marc plissa le nez.

— Ou bien quand il se met à fuir des deux côtés en même temps, dit-il en mimant un bruit de haut-le-cœur.

— Bon, ça suffit, j'en ai assez de ce petit jeu.

Il déposa un petit baiser sur le bout de son nez.

— Moi aussi, bordel.

Marc roula hors du lit et tendit la main à Leah. Cette dernière la prit et poussa un grognement lorsqu'il l'aida à se relever, puis l'escorta jusque dans la salle de bains et activa les jets de massage dans la baignoire remplie à ras bord.

Il serra fermement sa main lorsqu'elle monta dedans pour éviter qu'elle glisse, puis la suivit et vint s'immerger à son tour dans l'eau chaude. Avant de s'asseoir, il se pencha derrière elle et ouvrit les stores qui masquaient la grande fenêtre panoramique donnant sur l'arrière de leur petite ferme à sapins.

Elle remarqua en même temps que lui ce qui se passait dehors.

— *Ohhhh*, il neige ! Quel temps absolument parfait pour le réveillon de Noël.

Marc fit la grimace et prit place face à elle dans la baignoire jacuzzi à deux places, après avoir jeté un dernier regard au jardin recouvert de neige et aux rangées de sapins qui s'étendaient à perte de vue.

— Le parcours du défilé sera peut-être un peu chaotique aujourd'hui, à cause de cela.

— Cela lui donne au contraire davantage l'esprit de Noël.

Marc se fichait de la neige, du moment qu'il ne travaillait pas et que sa femme n'était pas en service non plus... et du moment que ses fils n'avaient pas à effectuer un trajet en voiture, ce qui était le cas aujourd'hui.

— Toute cette montagne de cadeaux qu'on leur a achetés, ainsi que tous ceux que leur offrira la famille ne manqueront pas de contribuer à l'esprit de Noël.

— Mais la neige donne aux conifères une allure vraiment majestueuse, les enfants vont adorer.

D'une part, le bout de leur petite ferme à sapins était mitoyen avec celle, plus grande, de ses parents, mais en plus, son père avait planté davantage de sapins sur leur propriété pour étendre son activité de vente de sapins de Noël. C'était l'une des raisons pour lesquelles Marc avait acheté cette propriété.

Il avait toutefois été contraint de refaire complètement le corps de ferme d'origine avant d'y emménager, il y avait dix ans de cela.

Il adorait cette paisible propriété. Ils jouissaient d'une parfaite vue sur la chaîne de montagnes au nord de celle-ci, et comme leur maison était voisine de celle de ses parents, son père faisait travailler les garçons sur l'exploitation de sapins. Ils passaient même parfois un peu de temps à la biscuiterie Nonos avec Oliver, pendant qu'Amanda préparait ses friandises pour chiens bio qu'elle expédiait dans le monde entier.

C'était vraiment une bonne chose que les trois garçons soient si proches en âge : Austin avait 6 ans, son cousin Oliver en avait 5, et leur petit dernier jusqu'à l'arrivée prochaine du bébé, Jax, avait 4 ans.

Oui, ils se chamaillaient de temps en temps, mais ils se réconciliaient vite de leurs petites bagarres. Qui plus est, le père de Marc ne se gênait pas pour prendre les garçons par le col de leur chemise et leur remettre les idées en place. En plus d'être un père incroyable, cet homme était aussi un formidable grand-père qui vivait pour ses petits-enfants.

Marc ne pouvait rien demander de plus.

Sauf peut-être que ce troisième bébé soit une fille, au moins pour Leah. Elle désirait plus que tout qu'il y ait une autre fille à la maison, et Marc le souhaitait pour elle.

En plus, Hannah était la vraie « fifille à son papa » de Max, et Marc aurait aimé connaître lui aussi ce genre de relation. Peu importe le sexe du bébé, du moment qu'il ou elle était heureux et en bonne santé, ils seraient contents.

Ils avaient voulu connaître le sexe lorsque Leah était enceinte d'Austin et de Jace, mais cette fois, ils avaient décidé de garder la surprise.

Cette attente les mettait à rude épreuve. Marc devait se retenir de poser la question à Carly, qui était l'obstétricienne de Leah, à chaque fois qu'il la voyait, c'est-à-dire assez souvent. Si jamais il trichait et découvrait le sexe du bébé derrière le dos de Leah... et qu'ensuite, elle apprenait qu'il était au courant ? Il fit la grimace. Elle lui arracherait à vif ses piercings aux tétons.

— Tu es trop loin.

La voix de Leah le tira de ses pensées.

— La baignoire n'est pas très grande, Leah, ce n'est pas une piscine olympique. D'ailleurs, si je suis assis là, c'est pour une raison bien précise.

— Laquelle ?

Il sortit sa main de l'eau pleine de bulles et tint sa paume bien à plat.

— Je t'offre ton cadeau de Noël en avance.

Elle inclina la tête et fixa sa main d'un air confus.

— Je vous ai réservé une journée entière au spa, à toi, maman, Carly et Amanda... toute une journée où les femmes de ma vie vont pouvoir se faire chouchouter.

— Quoi ? murmura-t-elle.

Elle battit des cils et fut prise d'un frisson, avant d'ajouter :

— Je crois que je viens de jouir une nouvelle fois.

Il se mit à rire.

— Je me suis dit que ça te plairait. Je sais à quel point tu te sens mal à l'aise, parfois, et peut-être que cela va t'aider un peu, puisque tu insistes sur le fait que tu n'as accepté cette nouvelle grossesse que pour moi.

— Et pourquoi est-ce que tu tiens ta main comme ça ?

— Parce que, comme je l'ai dit, je t'offre ton cadeau de Noël à l'avance.

Elle le regarda d'un air suspect.

— Quoi ?

Marc leva les yeux au ciel.

— Donne-moi ton pied.

Le froncement de sourcils de Leah laissa immédiatement la place à un petit sourire, et Marc lui saisit la jambe lorsqu'elle la souleva hors de l'eau. Il laissa glisser ses deux mains le long de son mollet à la peau lisse, autour de sa cheville et de son pied. À la seconde où il enroula ses doigts autour de ce dernier, Leah poussa un grognement.

— Je n'ai encore rien fait.

— Je sais, répondit Leah d'un souffle, mais...

Marc tint son talon dans une main, et lui massa la plante du pied du bout des doigts de son autre main, ces doigts qui faisaient des merveilles. Il continua le massage entre ses orteils, le long de sa voûte plantaire, sur le dessus de son pied...

Les gémissements et grognements que poussait sa femme lui ravissaient les oreilles. Plus il appuyait fort, plus ses cris s'amplifiaient. Elle posa sa tête contre le rebord de la baignoire, ferma les yeux, et son corps se liquéfia, soumis à sa volonté, juste devant lui.

— Marc.

Il sourit en percevant le ton larmoyant sur lequel elle prononça son nom.

— Oui, bébé ?

— Tu es vraiment devenu un dieu à mes yeux, là, maintenant.

Il ricana.

— J'ai enfin atteint l'objectif de ma vie.

— Ne t'arrête pas.

— Je ne m'arrêterai pas tant que tu ne me l'auras pas demandé.

Leah leva une paupière.

— Bon, eh bien, peut-être allons-nous finir enterrés tous les deux dans cette baignoire, car je ne veux pas que tu t'arrêtes, jamais.

— Très bien, j'arrêterai quand je me serai remis à bander.

Leah ouvrit son autre paupière.

— Tu ne te fais plus tout jeune, c'est un fait, alors ça pourrait prendre un moment.

— Vu comme tu gémis et grognes, ça ne me prendra certainement que quelques minutes.

— Alors continue ton massage. Tu dois avoir fini de me masser les deux pieds, et avoir passé autant de temps sur l'un que sur l'autre avant de te mettre à bander.

Elle ferma les yeux, appuya de nouveau sa tête contre la baignoire et laissa échapper un long souffle tandis qu'il continuait de lui masser les pieds et de faire évacuer toute la tension qui s'y était accumulée.

Il n'avait jamais été du genre à entretenir une forme de fétichisme particulier sur les pieds, mais il avait dû s'avouer que ceux de sa femme étaient fichtrement sexy. Ils avaient une forme parfaite, bien manucurés comme il fallait, et Leah avait appliqué sur ses ongles de pieds un vernis couleur lavande très féminin. Le violet était sa couleur préférée.

Il leva son pied un peu plus haut en faisant attention à ne pas perturber son équilibre, puis déposa une lignée de baisers sur le dessous de celui-ci.

— Marc...

Il aspira son gros orteil dans sa bouche.

Leah ouvrit les deux yeux d'un seul coup.

— Marc !

— Ça ne te plaît pas ?

— Sers-toi uniquement de tes mains, pas de ta bouche, s'il te plaît.

Il sourit et, pour la taquiner, glissa sa langue entre deux de ses orteils avant de l'agiter dans tous les sens.

— Marc ! Ça me fait probablement le même effet que quand Trouble t'a léché les bonbons !

— Très bien, si tu n'apprécies pas les caresses de ma langue...

— Je les apprécie beaucoup, crois-moi, mais pas à cet endroit-là. Contente-toi de me masser.

— Espèce de petite dominatrice, grommela-t-il.

L'autre pied de Leah vint se glisser délicatement entre les cuisses de Marc et ses orteils appuyèrent doucement contre son scrotum.

— Qu'est-ce que tu fais ?

— J'essaie d'estimer combien de temps il me reste avant que tu bandes.

— Si tu ne cesses de me titiller les bijoux comme ça, tu ne me laisseras pas le temps de m'attaquer à ton autre pied.

Elle retira brusquement de ses mains le pied qu'il était en train de masser, d'un geste si vif qu'il reçut une éclaboussure d'eau droit dans l'œil.

— Hé !

— Allez, dépêche-toi de t'occuper de celui-là. Masse-le, dit-elle en collant brutalement sur son torse le pied qu'elle avait glissé entre ses jambes.

— Ma chère, as-tu idée d'à quel point tu te montres autoritaire.

— Ça te plaît bien.

— Pas quand c'est à mon tour de prendre les commandes. Tu as eu l'occasion de le faire, tout à l'heure, dans la chambre. Maintenant, c'est à mon tour, et exclusivement à mon tour.

— Très bien... s'il te plaît ?

Marc recourba les commissures de ses lèvres tout en laissant son regard se promener sur ses cheveux brun foncé et ses yeux marron, au coin desquels se dessinaient de petites rides lorsqu'elle souriait.

Putain, ils étaient tout aussi magnifiques que le jour où il l'avait vue pour la première fois dans le bureau de Max, au commissariat de Manning Grove, vêtue d'un gilet pare-balles trop grand.

Sa recrue.

Il n'avait pas eu idée d'à quel point sa vie allait se

retrouver chamboulée lorsqu'il avait été forcé de devenir son officier de formation de terrain. Max s'était fait une grande joie de lui assigner cette tâche, car à l'époque, Marc était convaincu que les femmes n'avaient pas leur place dans les forces de l'ordre.

Max lui avait prouvé le contraire.

Leah aussi.

Il s'était vengé envers Max en s'engageant dans une relation avec la dernière recrue du chef, et avait fait s'arracher les cheveux à son grand frère une paire de fois.

En fin de compte, tout avait fini par s'arranger, et tant mieux, bordel.

Le commissariat avait hérité d'une excellente femme flic, Marc avait dégoté la meilleure épouse dont il aurait pu rêver, et une nouvelle femme était venue rejoindre la famille Bryson. Comme Leah, sa mère avait espéré avoir au moins une fille. Elle n'en avait jamais eu et n'avait pas voulu prendre le risque de faire un quatrième enfant, si jamais elle se retrouvait avec quatre garçons dans les pattes. Elle avait enfin fini par avoir les filles dont elle rêvait lorsqu'Amanda, Leah et Carly étaient entrées dans la vie des trois frères.

Et puis il y avait Teddy, bien sûr.

Marc renifla d'un air dédaigneux et massa le pied de Leah en mettant davantage de cœur à l'ouvrage, lui arrachant de petits gémissements qui ne furent pas sans inciter sa queue à se préparer de nouveau à passer à l'action.

Désormais, sa mère avait également Hannah. Marc ne désirait pas seulement une fille pour Leah, mais aussi pour sa mère. Max et Amanda avaient assez de deux enfants, Leah et lui allaient s'arrêter après celui-ci, et Carly et Matt avaient récemment adopté un garçon.

En conséquence, le bébé que Leah portait dans son

ventre était celui de la dernière chance, pour Ron et Mary Ann, d'avoir une deuxième petite-fille.

Marc tira doucement sur la cheville de sa femme.

— Viens là, bébé.

Leah ouvrit ses yeux marron et son visage se radoucit. Elle adorait qu'il l'appelle comme ça. Il ne l'appelait que rarement ainsi, pour que ce surnom garde une connotation spéciale à ses yeux.

De plus, il avait peur que sa langue fourche lorsqu'il était en service, et de l'appeler comme ça devant leurs collègues.

Lorsque Leah changea de position dans la baignoire, elle fit encore davantage déborder l'eau par terre. En temps ordinaire, ils s'en seraient préoccupés, mais à ce moment précis, ni l'un ni l'autre n'en avaient quoi que ce soit à faire. Ce moment leur appartenait.

Rien qu'à tous les deux, mari et femme. Ils étaient redevenus des amants qui essayaient de se reconquérir.

Il lui prit la main, la fit se retourner et cala son corps entre ses jambes pour qu'elle puisse se reposer contre son torse. Il appuya ses joues contre les siennes et l'entoura de ses bras en posant fermement ses mains sur son ventre qui grossissait.

Il écarta les doigts et dit :

— C'est une fille. Je le sais, c'est tout.

— J'apprécie beaucoup que tu le souhaites pour moi, Marc, et même si j'ai envie que ce soit une fille, moi aussi, j'essaie de ne pas me faire de faux espoirs. Ta mère a eu trois garçons, alors nos chances d'avoir une fille sont faibles.

— Tu pourrais supporter d'avoir trois garçons ?

— Est-ce que j'ai le choix ?

Il déposa un baiser sur sa joue.

— Eh bien, tu pourrais toujours t'enfuir.

Elle tendit la main derrière elle et écarta ses doigts sur la joue de Marc alors qu'il se mettait à lui caresser le ventre. Elle poussa un soupir et se détendit contre lui.

— Du moment que c'est ton enfant, je serai contente, quel que soit le sexe.

— Menteuse.

— Une seconde, à propos de quoi est-ce que je mens ?

— Je sais que cet enfant est de moi.

— Tu en es sûr ? demanda-t-elle.

— Je suis irrésistible, tu te souviens ? Tu n'as plus jamais regardé aucun autre homme à la seconde où tu as posé les yeux sur moi.

Leah fit mine de s'étouffer.

— Au cas où tu n'étais pas au courant, ce n'est pas en *regardant* un homme que l'on tombe enceinte de lui.

— Oh, est-ce que par hasard, tu aurais dû passer par quelques trous pour te retrouver dans cet état ?

— Apparemment, je n'ai eu besoin que d'un seul trou, dit-elle en posant sa main sur la sienne tandis qu'il continuait de dessiner de grands cercles sur son ventre.

Il adorait la voir enceinte. Même après deux grossesses, il était toujours aussi fasciné par sa capacité à porter la vie d'un petit être qui grandissait en elle, vie qu'ils avaient créée tous les deux, ensemble.

Sous l'eau, elle le caressa en décrivant un mouvement de va-et-vient du bout de ses doigts, de ses genoux jusqu'à ses cuisses. Marc remonta les mains jusqu'à la courbe supérieure de son ventre et effleura des jointures de ses doigts le dessous de ses seins lourds.

Oh, bon Dieu, oui, il adorait la voir enceinte, et la voir allaiter, aussi.

Elle tourna la tête juste assez pour lui exposer sa bouche, alors il s'en empara et glissa sa langue à l'intérieur pour goûter celle de sa partenaire et les laisser s'entremêler toutes les deux.

Elle lui rappelait sans cesse par de petits gestes qu'elle était son égale. Sa capacité à porter un enfant ne la réduisait pas à un simple rôle de mère.

Elle était bien plus que cela.

Elle avait également dérobé le cœur du petit salopard incroyablement chanceux qu'il était.

La femme qu'il tenait entre ses bras était intelligente, forte, et pourvue d'une détermination inébranlable, ce qui la rendait sexy à mourir. Il appréciait aussi tout particulièrement ses seins encore plus volumineux qu'à l'accoutumée lorsqu'elle était enceinte, bien qu'il garde cette pensée lascive pour lui, car il tenait à ses bonbons et trouvait qu'ils étaient très bien là où ils étaient.

Il rétracta sa langue, et Leah se lança à sa poursuite avec la sienne, dans la bouche de Marc. Elle prit le contrôle de leur baiser, intensifia ce dernier et agrémenta le tout d'un grognement vibrant.

Il saisit le dessous de ses seins et les enserra doucement tout en en titillant l'extrémité avec ses pouces, et les tétons de Leah durcirent tels de petites pointes. Il les attrapa et les tordit entre ses doigts, arrachant de nouveau à sa femme un long grognement qui résonna dans sa bouche, l'encourageant à continuer. Son geste doux se fit plus exigeant, il lui tordit les tétons plus fort et plus rapidement. Elle lui donna en retour de violents coups de postérieur dans les bijoux, et contre sa queue à présent durcie en une demi-érection.

Il interrompit leur baiser, repoussa ses cheveux mouillés de sa nuque, et lui mordilla la peau de son épaule.

— Regarde-toi, tu as réussi à être au garde-à-vous bien plus vite que prévu.

Elle s'exprimait d'une voix caverneuse, exactement sur le

ton qu'elle prenait lorsqu'elle était excitée et prête à chevaucher son mari.

— Eh bien, ma femme m'a dit que j'étais un dieu, alors...

Leah laissa retomber sa tête et s'agita de nouveau contre lui. Ses fesses remuaient contre son entrejambe, ce qui encouragea promptement sa queue à grossir encore plus.

— Tu as rapporté l'anneau pénien ? lui demanda-t-elle.

— Bien sûr, les vibrations de ce truc me font grimper aux rideaux autant que toi.

Elle tendit une main derrière elle et lui tapota la joue.

— Je le sais bien. C'est un vrai cercle vicieux, l'anneau continue de te faire bander alors que les vibrations te donnent envie d'envoyer la sauce.

— Mmmh, murmura-t-il en embrassant la courbure humide de son épaule, c'est *toi* qui me donnes envie d'envoyer la sauce.

— Il vaut mieux que tu l'enfiles maintenant avant de l'avoir trop dure, ou bien laisse-moi faire, dit-elle en se contorsionnant.

— Je vais le faire, la dernière fois, tu as failli me faire eunuque.

— Eh bien, tu n'aurais pas dû gesticuler autant !

— J'essayais seulement d'échapper à ta torture sadique, tu m'avais piégé par la queue.

— Mais c'est une très jolie queue que tu as.

— Elle ferait mieux de rester attachée là où elle est si tu comptes continuer à t'en servir.

— Bon, très bien, alors enfile-le toi-même.

Il attrapa l'anneau posé sur le rebord de la baignoire derrière lui et, sous l'eau, le fit descendre sur son manche qui grossissait de plus en plus.

— Tu veux que je mette ce machin à la base ou au bout de ma queue ?

Elle inclina la tête, comme plongée dans une profonde réflexion.

— J'ai envie d'être face à toi.

Il ajusta l'anneau jusqu'à ce que la partie qui vibrait se retrouve à la base de sa queue, où le gadget allait appuyer contre son clitoris. Ils ne l'avaient pas utilisé depuis longtemps, mais la dernière fois qu'ils s'en étaient servis, elle avait eu de multiples orgasmes explosifs. Ils avaient dû changer les draps après coup.

Il espérait avoir droit à la même chose ce matin.

— Prépare-toi à un tsunami, à la fois dans et hors de la baignoire, l'avertit-elle. Il va peut-être falloir qu'on sorte l'aspirateur à eau pour aspirer toute l'eau par terre.

— Ça ne me pose pas problème.

Elle se retourna pour lui faire face.

— Ça veut dire que c'est moi qui vais devoir faire le ménage.

— Il faut que j'aille travailler, tu te souviens ? Je n'ai pas eu la chance de pouvoir prendre ma journée aujourd'hui.

Elle le saisit par le menton et lui rappela :

— Oh, ça, il y a une chose que tu vas prendre : ton pied.

Il sourit.

Elle aussi.

— Chevauche ma queue, ma poule.

Elle tenta de garder une contenance tandis qu'elle gesticulait pour venir lui chevaucher l'entrejambe. Elle passa une main entre leurs deux corps et activa la fonction vibration de l'anneau pénien. Dès qu'elle l'alluma, Marc grogna tandis que sa queue se mettait à vibrer, et ses bijoux se contractèrent immédiatement.

Putain. Même s'il avait déjà envoyé la sauce bien comme il fallait tout à l'heure, il n'allait sans doute pas tenir très longtemps non plus cette fois-ci.

— Ralentis la vitesse, parvint-il à siffler entre ses dents serrées.

Leah s'amusa à promener ses doigts autour de l'anneau qui enserrait étroitement la base de son membre, et les vibrations ralentirent un peu. Il espérait que cela pourrait l'aider à ne pas venir trop vite.

— Leah, monte sur moi.

Il prononça cette phrase sur un ton plus survolté qu'il ne l'aurait voulu, hélas, mais il fallait qu'elle se dépêche, et vite.

Elle plaqua ses mains contre son épaule et baissa une nouvelle fois la main vers son sexe pour le maintenir en place. *Bon Dieu*, rien que ce petit geste faisait monter la pression à l'intérieur de son sexe jusqu'à un niveau critique.

— Tu es prêt ? murmura-t-elle, l'ombre d'un sourire se dessinant sur son visage.

— Je vois que tu l'es, toi.

— Je vois que tu es prêt, toi aussi.

Oh oui, sa queue était bel et bien prête à repasser à l'action.

Elle glissa le gland de son partenaire entre les plis de son sexe, l'enfonça à l'endroit où il devait être et s'amusa à le torturer en descendant *lentement* sur sa verge.

— Leah, souffla-t-il. *Putain*... dépêche-toi.

Elle le prit sur toute la longueur de sa verge, marqua une pause, puis donna de vigoureux coups de reins et se laissa descendre jusqu'à ce que son clitoris vienne chevaucher la partie vibrante de l'anneau tandis qu'elle avalait son membre tout entier à l'intérieur de son entrejambe.

Putain.

Putain.

Putain.

À présent, il se rappelait pourquoi ils n'utilisaient pas

souvent cet anneau. Les réjouissances ne dureraient que quelques secondes.

— Leah, dit-il d'une voix étouffée, en guise d'avertissement.

— Bordel de merde, souffla-t-elle en donnant des coups de reins contre lui, ce qui ne fit rien pour arranger la situation.

— Oui, bordel de merde, comme tu dis, et tu vas être folle de rage si je jouis avant toi.

Elle colla ses lèvres contre son oreille.

— Folle de rage, c'est un euphémisme. Tu n'as pas intérêt à venir avant que je te le dise.

— Non, on ne joue pas à ce petit jeu-là. C'est moi qui suis censé être aux commandes, maintenant.

— Alors prends-les.

— C'est compliqué de les prendre si c'est toi qui es au-dessus.

— Quelle connerie, grogna-t-elle.

— Très bien, alors...

Il tendit une main derrière la tête de Leah, empoigna une partie de ses cheveux mouillés dans sa main et tira si fort dessus que sa tête se cambra brusquement en arrière, dévoilant sa gorge. Il ne prêta pas attention au halètement qu'il lui arracha, enfonça ses dents dans sa chair si délicate et lui aspira la peau. Il devait prendre garde à ne pas laisser de marques, étant donné qu'ils allaient passer du temps en famille ces deux prochains jours et qu'il n'avait pas envie de se faire charrier ni questionner là-dessus.

Il lui effleura la nuque avec les dents et descendit le long de celle-ci jusque sur son épaule. *Là*, il pouvait laisser une marque que personne ne verrait. S'il la marquait à cet endroit, chaque fois qu'il la verrait au cours des deux jours qui allaient venir, il deviendrait dur comme la pierre. *Bordel*, il n'aurait qu'à y songer, et *BAM* !

Il avait beau avoir la quarantaine passée, son âge n'avait en rien ralenti ses prouesses en matière de sexe. Il devait s'assurer de bien faire rentrer cela dans la tête de Leah.

Lorsqu'il pourrait parler.

Elle poussa un cri lorsqu'il enfonça ses dents dans la partie charnue de son épaule, et son entrejambe se resserra autour de sa queue lorsqu'elle accéléra le rythme et intensifia ses coups de reins. Elle enfonça ses ongles courts dans son dos, et s'efforça à son tour de laisser des marques.

Putain, oui.

Voir des marques de griffures dans son dos allait l'exciter aussi.

Marc posa les lèvres sur la trace de sa morsure et aspira la peau de sa partenaire jusqu'à faire remonter le sang à la surface, certain qu'il allait laisser sa marque sur elle.

Il se l'imagina à présent, nue devant le miroir de la salle de bains, qui passait ses doigts sur cette marque, son entrejambe qui gesticulait en tous sens et mouillait. Elle glisserait son doigt dans sa mouille, s'approcherait de lui et introduirait son doigt dans sa bouche.

Cela le faisait bander instantanément lorsqu'elle faisait ça.

Et à cet instant précis, l'idée que ce scénario puisse prendre vie dans un jour ou deux envoya droit dans sa queue tout le sang qui ne s'y trouvait pas déjà, rendant son érection douloureuse.

— Leah, murmura-t-il tout contre sa peau.

— Je vais jouir.

Elle s'exprimait d'une voix tendue, le cou toujours cambré à son point maximal.

— C'est tout le but de la manœuvre, grogna-t-il, essayant autant que possible de se retenir.

Ce fut rapidement peine perdue lorsqu'elle enfonça vigoureusement son clitoris contre la partie supérieure de l'anneau pénien.

— Leah... oui, gémit-il.

— Je vais... venir, grogna-t-elle.

Lui aussi.

Il s'empara de l'un de ses tétons, qu'il pinça si fort qu'elle eut un mouvement brusque contre lui.

Lorsqu'il entendit le gémissement qu'elle émit au moment où son entrejambe se contracta autour de lui, il fourra son visage dans son cou et grommela :

— Oh, bon Dieu, bébé...

Au même instant, il remonta brusquement et jouit si fort que sa queue se mit à pulser comme si elle était investie de son propre cœur.

Tous deux restèrent immobiles tandis que leurs corps étaient secoués de convulsions, et lorsque celles-ci s'estompèrent, Marc relâcha les cheveux de Leah, qui, relevant la tête, lui lança un sourire oisif.

Elle se laissa ensuite retomber contre lui, ses muscles vidés de toute force. Elle passa ses bras autour de son cou et appuya sa joue contre celle de son mari.

— Il faut absolument qu'on utilise cet anneau chaque fois que nous n'avons que le temps d'un coup rapide.

— Ce truc transforme vraiment les parties de jambes en l'air en un coup express.

— Grâce à lui, nous pourrons en prévoir davantage à l'avenir.

Il rejeta la tête en arrière et la dévisagea.

— Tu as envie que l'on se fasse plus de coups express ?

— Je voudrais que l'on couche davantage ensemble de

manière générale, mais je sais qu'on ne peut pas trop y compter avec nos différents horaires de service, les garçons, et puis... un nouveau bébé en route, dit-elle en posant une main sur son ventre. Mais, Marc, j'adore coucher avec toi, vraiment, et cela nous permet de passer un bon moment pour nous rapprocher et oublier nos responsabilités d'adultes.

— Hmm, d'accord. Tu peux compter sur moi pour que l'on tire davantage de coups express.

Elle se mit à rire.

— Je pensais bien que ce ne serait pas de refus pour toi.

— Si je refuse un jour, tu auras tout intérêt à me faire examiner.

— Je t'aime. Je sais que notre vie est un peu mouvementée, et le moment était opportun pour ralentir le rythme.

— Ce n'est pas en enchaînant les coups express que nous allons pouvoir ralentir un peu, lui rappela-t-il.

— Je sais, mais ce sera mieux que rien.

— Je... Ouh là... oh, putain !

Marc regarda derrière Leah, par la fenêtre.

— Oh, putain de merde !

— Quoi ?

Leah tourna la tête et murmura :

— Oh merde, ils nous voient.

— Bien sûr qu'ils nous voient, murmura-t-il en retour.

— Pourquoi est-ce qu'on chuchote ? Ils ne peuvent pas nous entendre.

— Ne bouge pas, ils ne vont peut-être pas nous remarquer.

— Marc, je suis assise sur ta queue, on est nus, tous les deux, et...

— Je suis avec toi dans cette baignoire, Leah, et je suis tout à fait conscient de notre posture compromettante, sauf que... très bien, tu n'es plus assise sur ma queue.

Il s'empressa de glisser une main entre eux, désactiva la fonction de vibration du sex-toy et arracha brusquement l'anneau pénien de son sexe, pris de panique. Il eut un mouvement de recul lorsque le sex-toy vint pincer sa peau délicate. Il le jeta au fond de la baignoire.

— Déplace-toi très lentement et garde tes miches sous l'eau.

— Oui, il se trouve que je n'ai pas besoin de dévoiler mes seins au public qu'il y a dehors.

— Je suis certain que cela ne déplairait pas à mon père, mais...

Elle se décolla lentement de ses genoux et vint se positionner du côté de son flanc, s'enfonçant plus en profondeur dans l'eau.

Tous deux restèrent figés tandis que les parents de Marc, les enfants et Greg gambadaient au fond de leur jardin, derrière la maison, le long des rangées de sapin.

— Ferme les stores.

— Pour ça, il faut que je me lève, siffla Marc. Si je le fais, ma mère et Hannah vont s'en prendre plein la vue. Je préférerais ne pas avoir à payer à ma nièce des consultations chez le psy pour le restant de ses jours.

— Ta queue n'est pas *si* grosse et effrayante que ça.

— Fais comme s'ils n'étaient pas là et ne bouge pas. Ils pourraient avoir l'œil attiré par un mouvement.

— Tu crois ? siffla-t-elle. Quelle idée de mettre une aussi grande fenêtre devant une baignoire ?

— Un certain vieux garçon qui avait l'intention de le rester et n'aurait jamais pensé que des intrus s'introduiraient dans sa propriété pendant qu'il était en train de forniquer dans ladite baignoire.

— Eh bien, tu n'as pas été très malin sur ce coup-là. Pourquoi est-ce qu'ils ont attendu aussi longtemps pour s'occuper du sapin de Noël ? Ils ne font jamais ça d'habitude, ils sortent en général le sapin le week-end de Thanksgiving [1].

Marc se retint de hausser les épaules.

— Ils voulaient que les enfants en choisissent un et les aident à le décorer. Je suppose qu'ils avaient prévu ça pour les occuper avant et après le défilé d'aujourd'hui.

— Il y a des millions de sapins de Noël sur leur propriété, pourquoi est-ce qu'ils sont venus en chercher un par ici ?

Bonne question, il n'avait pas de réponse à lui donner.

— Oh merde, grogna-t-il, tu as bougé ?

Bien sûr, celui par qui ils ne voulaient surtout pas être remarqués les remarqua tout de suite.

— Coucou !

Ils entendirent à peine le cri étouffé de Greg qui leur faisait signe. Tout le monde tourna la tête vers eux, toujours nus dans la baignoire.

Putain.

— Bordel, on s'est fait prendre sur le fait, murmura Leah.

— Coucou ! cria de nouveau Greg, ni l'un ni l'autre n'ayant répondu à son salut.

Il traversa le jardin à grandes enjambées et vint jusqu'à la fenêtre.

— Salut, Marc ! Salut, Lee ! dit-il en leur faisant de nouveau signe. Alors, vous puez ? Vous... vous prenez un bain ?

— Oui, on se prépare pour le défilé, voilà, lui expliqua Leah tout haut pour que Greg puisse l'entendre au travers de la fenêtre à double vitrage.

Greg sautilla sur ses orteils et entortilla ses mains.

— Le défilé ! Max est dans le défilé !

— Oui, mon pote, il y sera, répondit Marc. Je crois que grand-père essaie d'attirer ton attention.

Lorsqu'Hannah avait commencé à appeler Ron « grand-père », Greg avait demandé s'il pouvait l'appeler comme ça aussi, de même qu'appeler Mary Ann « grammaire ». Bien évidemment, tous deux en avaient été ravis. La mère de Marc avait même versé quelques larmes lorsqu'il avait posé la question.

Greg ignora Ron qui criait. Son père dit ensuite quelque chose à sa mère, qui rassembla les autres enfants et disparut dans une rangée d'arbres.

Au moins, sa mère écoutait ce qu'on lui disait.

À l'inverse de Greg, qui ne comprenait rien à la situation.

— Il neige ! hurla Greg en agitant les mains, tout excité, et en roulant des yeux.

Un grand sourire rayonnait sur son visage. Le jeune homme adorait la neige, et il était bien le seul, puisqu'il ne conduisait pas ni n'allait travailler par ce temps.

— Oui, mon pote, il neige. Grand-père a besoin de ton aide pour choisir un sapin.

— Greg, va voir grand-père, l'encouragea Leah.

— Vous prenez un bain ensemble ? demanda Greg.

Marc croisa le regard amusé de son père qui se dirigea à grands pas vers eux en traversant la pelouse couverte de neige.

— Oh, merde, murmura-t-il dans sa barbe.

— Salut, papa, le salua Leah d'une petite voix lorsque Ron s'avança à la fenêtre sans dissimuler un sourire.

— Alors, on se nettoie un peu ?

— Oui, répondit Marc à son père.

— Vous économisez l'eau, à ce que je vois.

— Oui, répéta Marc.

— Alors la planète est sauvée, à présent, dit son père d'un petit signe de la tête. Nous allons tous pouvoir souffler.

— Papa, l'interpella sévèrement Marc.

Ron détourna la tête et mit une main à son oreille.

— Pardon, qu'est-ce que tu dis ? J'ai du mal à t'entendre au travers de la fenêtre, juste devant ta baignoire jacuzzi, même avec les stores grands ouverts.

— Je ne m'attendais pas à ce que tu viennes faire ton petit défilé dans la propriété aujourd'hui.

Ron leva un sourcil.

— Apparemment non.

— Ce n'était pas à ça qu'était censé servir votre cadeau de Noël, à toi et à maman ?

Son père fit la moue.

— Oh, vraiment, tu croyais cela ?

— Papa !

Ron ricana.

— Notre cadeau, c'était de vous offrir un moment sans les enfants, à tous. Je suis content de voir que vous en profitez pleinement.

Il se tourna vers Greg et attrapa le jeune homme par l'épaule.

— Allons-y, Greg, avant que les enfants ne choisissent un sapin tout biscornu. On ne va quand même pas laisser faire ça.

— Pas laisser faire ça, répéta Greg comme un perroquet.

Il leur fit signe une dernière fois de l'autre côté de la fenêtre.

— Au revoir ! Au revoir, Marc ! Au revoir, Lee !

— Au revoir, Greg, lui répondirent-ils de concert.

— On se voit au défilé ! cria Greg tandis que Ron l'escortait hors du jardin, une main fermement plaquée sur son épaule.

Lorsque tous deux eurent disparu entre les arbres, Marc et Leah ressentirent un grand soulagement.

— Dépêche-toi de fermer les stores, que l'on puisse sortir.

Leah regarda autour d'elle.

— Où est l'anneau pénien ?

— Je l'ai jeté dans l'eau.

Il se leva et ferma les stores, l'eau ruisselant sur son corps.

— Oh, Dieu merci ! J'étais morte de peur que Ron le voie trôner sur le rebord de la baignoire.

— Moi aussi, ce serait bien ma veine. Ouvre le bouchon.

Il sortit de la baignoire et tendit la main pour l'aider à s'en extirper.

— Je vais aller chercher l'aspirateur à eau, vu qu'on a inondé la salle de bains.

— Pendant ce temps-là, je vais te préparer ton petit-déjeuner. Qu'est-ce que tu veux ?

Elle enjamba la baignoire, et Marc la tint fermement, comme le carrelage était mouillé.

— Toi, de l'autre côté de la table.

Elle marqua un temps d'arrêt face à lui et lui donna une petite tape sur la joue.

— Tu mets la barre très haut, aujourd'hui.

Il laissa retomber sa tête jusqu'à ce que leurs lèvres se touchent presque.

— J'essaie de profiter au maximum du temps que l'on nous a octroyé.

— J'apprécie ta démarche, mais ton enfant a besoin de manger.

Il laissa échapper un souffle théâtral.

— Très bien. On va manger d'abord, et ensuite, si on a le temps, je te prendrai sur la table de la cuisine.

— Ou alors, c'est moi qui vais te prendre, lui dit-elle en lui faisant un rapide baiser avant de se reculer.

Il lui saisit le poignet pour l'empêcher de sortir de la salle de bains.

— Hé !

Elle marqua un temps d'arrêt et jeta un coup d'œil par-dessus son épaule.

— Quoi ?

— Merci de me supporter.

Elle le fixa un long moment avec une expression indiscernable.

— Moi et ma famille, s'empressa-t-il d'ajouter.

— Je ne te supporte que parce que tu fais partie du lot, le taquina-t-elle, et son visage se radoucit. Mais ta famille est aussi ma famille, et je ne pourrais imaginer ma vie sans eux.

— Moi, oui.

Elle se mit à rire, et Marc regarda sa magnifique femme, nue et enceinte, passer le pas de la porte.

Chapitre trois
Matt & Carly

Carly se retourna et tendit instinctivement la main.

Rien.

Le côté du lit de Matt était vide. *Merde.*

Elle se releva d'un coup et s'efforça de voir clair au travers de ses yeux embués.

S'était-il à nouveau volatilisé après avoir fait un cauchemar ?

Son regard se posa sur son portable, sur la table de nuit. *Merde.*

Elle ne pouvait même pas le localiser. Il n'était censé aller nulle part sans son téléphone, il s'était mis d'accord avec elle là-dessus. De cette façon, si jamais il était envahi de sombres pensées, Carly pourrait au moins savoir où il était, s'il était en sécurité, et aurait au moins un moyen de suivre sa trace pour pouvoir envoyer l'un de ses frères le chercher dans un lieu précis en cas de besoin.

Ils s'étaient mis d'accord là-dessus.

Plus particulièrement après qu'il avait disparu dans les premiers temps de leur cohabitation, lorsqu'il était entré de son plein gré dans un institut de soins psychologiques pendant un mois sans rien lui dire.

Il avait toujours tenu sa promesse de garder son téléphone sur lui, et Carly espérait qu'il ne fasse pas d'écarts vis-à-vis de cette dernière.

Pas maintenant, pas alors que...

Elle jeta un œil au réveil digital. Celui-ci indiquait 4 h 02.

Carly avait passé la moitié de la nuit debout car Lévi était agité. Elle tendit l'oreille et n'entendit ni le bébé pleurer ni des pas d'homme se mouvoir à travers la maison.

Cette dernière était trop silencieuse, mais en même temps, la porte de leur chambre était fermée. Elle ne la fermait jamais de sorte qu'ils puissent entendre Lévi, dans sa chambre à l'autre bout du couloir.

Elle se défit de ses couvertures et se glissa hors du lit. Elle se déplaça à tâtons, pieds nus dans la pièce, sortit de la chambre et fut surprise de s'apercevoir que celle de la chambre d'enfants était fermée. L'avait-elle fermée machinalement, épuisée qu'elle était ?

Elle ouvrit la porte en silence et jeta un coup d'œil dans la pièce plongée dans l'obscurité, éclairée par la seule lueur d'une petite veilleuse, assez forte pour qu'elle puisse les voir tout à fait nettement.

Son mari était assis sur une chaise à bascule, avec Lévi dans les bras, collé contre son large torse, et donnait le biberon au bébé. Il avait la tête baissée et s'exprimait à voix basse, sur un ton réconfortant...

Matt racontait à Lévi une histoire qu'il inventait au fur et à mesure.

Carly en eut le cœur tout retourné et mit sa main devant sa bouche tandis qu'une larme lui coulait au coin de l'œil. Elle ne voulait pas les déranger, mais comment détourner le regard alors que tous deux étaient en train de créer des liens ?

Des liens entre père et fils.

Lévi avait un léger duvet sur la tête, aussi foncé que les cheveux de Matt, et pour le moment, les yeux bleus. Avec un peu de chance, ils allaient le rester, comme ceux de sa mère biologique, et comme ceux de Matt.

Elle essuya une autre larme qui lui glissait le long du visage. Elle s'était inquiétée pour lui, mais n'avait aucune raison de se faire un sang d'encre. Il avait directement pris le relais pour s'occuper de Lévi sans qu'elle ne le lui demande.

Matt n'éprouvait pas naturellement l'envie d'avoir un bébé, et avait dû faire un travail considérable sur lui-même pour l'accepter, mais il était de bonne volonté et prêt à faire tous les efforts du monde pour exaucer le rêve de Carly d'avoir un enfant.

Rien qu'en y pensant, une nouvelle larme roula sur la joue de la jeune femme.

Sa voix grave et douce fut bientôt réduite au silence, et il continua à fixer Lévi pendant plusieurs minutes, semblait-il, même si en réalité, il ne s'était probablement écoulé que quelques secondes. Il leva la tête et remarqua Carly qui se tenait dans l'encadrement de la porte.

— Il a recommencé à s'agiter, murmura Matt en se relevant avec précaution, le bébé calé au creux de son bras, et le biberon vide dans son autre main.

Il posa le biberon sur la table à langer, passa délicatement Lévi qui dormait par-dessus son épaule, où il avait posé une serviette, et lui tapa doucement dans le dos jusqu'à ce que le bébé émette un tout petit rot. Matt sourit et allongea Lévi sur le dos dans son berceau.

— Est-ce qu'il faut le changer avant ?

Matt fixa le bébé dans son berceau et murmura :

— C'est déjà fait.

Il fit un petit signe de tête comme pour s'assurer que Lévi allait bien et qu'il pouvait le laisser tranquille. Il lui lança un dernier regard avant de se retourner et de s'avancer vers Carly, toujours figée dans l'encadrement de la porte.

— Tu aurais pu me réveiller. Tu travailles aujourd'hui, pas moi, lui rappela-t-elle.

— Je sais, mais je voulais t'aider. C'est mon fils à moi aussi.

Oh oui, aucun doute là-dessus.

Bon Dieu. Elle ne pouvait s'arrêter de pleurer. Il balaya une larme sur sa joue du revers de son pouce.

Elle colla son front contre le torse de Matt qui la serra instinctivement dans ses bras.

— Bon sang, Matt, je me suis fait une frayeur quand je me suis réveillée et que j'ai vu que tu n'étais pas au lit.

— Je n'ai pas pris mon téléphone.

— Je sais.

— Nous nous sommes mis d'accord sur le fait que si je quitte la maison, je prends mon téléphone.

— Je sais.

— Je voulais te laisser dormir un peu, tu es restée éveillée presque toute la nuit.

Elle ne parvint pas vraiment à lui répondre « je sais » une troisième fois, car un sanglot lui couvrit la voix. Il l'embrassa sur le front et entrelaça ses doigts à l'arrière de la nuque de sa femme.

— Viens, la pressa-t-il, et il la fit tourner par une pression à l'arrière de sa nuque jusque dans le couloir, en laissant la porte de la chambre de Lévi entrouverte.

Il laissa entrebâillée la porte de leur chambre à eux. En général, Carly préférait l'entrouvrir davantage, et lorsqu'elle avança la main pour l'ouvrir davantage, Matt la saisit par le poignet pour l'en empêcher.

— Laisse ça comme ça pour l'instant.

Elle releva furtivement les yeux vers son visage et remarqua que son regard s'était assombri, qu'il avait les narines dilatées. Ses larmes séchèrent tout de suite.

— Que désires-tu, *Marine* ? murmura-t-elle.

— Ma femme.

Il lui prit la main et l'appuya contre son érection sous son boxer, pour lui prouver la véracité de ses propos.

Carly se pinça les lèvres pour se retenir de sourire.

— Tu crois que ta femme a envie de toi, là maintenant, au beau milieu de la nuit, après avoir dormi deux heures, tout au plus ?

Matt leva l'un de ses sourcils sombres.

— N'est-ce pas le cas ?

— Eh bien, peut-être pourrait-elle s'efforcer de se montrer quelque peu intéressée à ce sujet, le nargua-t-elle en faisant glisser ses doigts sur l'épaisse et longue arête de sa verge, d'autant plus que tu es déjà au garde-à-vous.

Il sourit et lui effleura les tétons du bout de ses pouces au travers de la chemise de nuit en coton à manches longues qu'elle portait pour dormir, avec l'inscription « Vénère la loi, fais-toi un flic » sur sa poitrine. Il la lui avait offerte à Noël dernier pour lui faire une blague, mais elle l'avait portée tout l'hiver dernier et l'avait ressortie cette année dès qu'il s'était mis à faire froid.

Elle supposait que sa tenue était parfaite pour l'occasion, puisqu'elle était sur le point de se « faire un flic ».

Ses tétons devinrent durs comme des petits cailloux sous l'effet des caresses de Matt qui lui effleurait la peau avec ses pouces, avant d'en pincer doucement l'extrémité.

— Reste là où tu es, ne bouge pas, lui ordonna-t-elle en

passant à côté de lui pour se diriger vers le lit tout en retirant sa chemise de nuit.

— Oui, madame, répondit-il.

Elle la jeta sur une chaise à côté du lit, sachant très bien que cela allait le rendre dingue qu'elle l'ait balancée comme cela, au hasard. Elle retira sa culotte, la jeta par-dessus la chemise de nuit également, puis se retourna pour lui faire face, car à bien y penser, elle ne voulait pas grimper tout de suite sur le lit, cela pouvait attendre.

Il avait des projets en tête… eh bien, elle aussi.

Elle vit dans quelle direction Matt avait tourné la tête et remarqua que ses épaules s'étaient crispées.

— Mes vêtements sont sur la chaise. Qu'est-ce qui est plus important, qu'elles ne soient pas pliées comme il faut, ou bien que ta femme soit nue, là, à cet instant précis ?

Avoir un enfant allait mettre à l'épreuve ses troubles obsessionnels compulsifs causés par le syndrome de stress post-traumatique dont il souffrait, alors elle essayait de l'aider à ne pas se soucier de ce qui avait peu d'importance.

On ne pouvait jamais attendre d'un enfant qu'il range toujours ses affaires ni qu'il soit bien propre. Entre les jouets, les vêtements, la nourriture… Lévi allait certainement mettre beaucoup de bazar, et ne comprendrait pas non plus les angoisses que cela allait générer chez son père en voyant ce désordre.

— Maintenant, déshabille-toi et tourne-moi le dos sans te retourner. Ta femme souhaite inspecter son Marine.

Elle l'imaginait sourire en entendant ces mots. Il relâcha les épaules, croisa les bras sur son torse, se saisit de l'ourlet de son vieux et ample T-shirt militaire de couleur kaki et le fit passer lentement par-dessus son torse, puis par-dessus sa tête.

Il se délesta également de ses sous-vêtements sans une seconde d'hésitation.

Elle laissa se promener son regard sur lui, sur ses cheveux à la coupe sévère, sur son cou où transparaissaient ses muscles tendus comme des cordes, et sur ses larges épaules. Ses yeux s'arrêtèrent sur le grand logo des Marines incrusté à l'encre noire et grise dans son dos, le drapeau américain et la devise *Semper Fi* inscrite sur fond d'une bannière au-dessous.

S'il y avait bien une qualité qui caractérisait son mari, c'était la loyauté.

Il faisait montre d'une dévotion à toute épreuve, parfois excessive.

Son regard fut ensuite attiré par ses fesses rondes, son postérieur musclé. Il passait sa vie à faire de la musculation, comme s'il était possédé, alternant tour à tour entre la course et les haltères pour garder un corps d'Adonis parfaitement sculpté, à l'inverse d'elle qui avait quelques poignées d'amour au ventre.

Mais il avait besoin de trouver le moyen d'extérioriser son anxiété, et parfois, il lui était bénéfique de partir faire un long jogging. Grâce à son entraînement quotidien, il avait les cuisses musclées et les mollets nettement découpés.

— Retourne-toi, murmura-t-elle sur un ton impératif qu'il ne manqua pas d'entendre.

Il écoutait attentivement les ordres qu'elle avait à lui donner.

Il se retourna lentement, et la première chose que Carly remarqua, ce fut sa queue nichée au creux de sa main. La deuxième, ce fut la longue cicatrice qui lui parcourait les côtes et qu'il avait eue après avoir reçu un éclat d'obus durant l'un de ses déploiements.

C'était là la preuve qu'il aurait pu mourir au service de sa patrie. Carly ne pouvait imaginer ce qu'aurait été sa vie si elle ne l'avait jamais rencontré, ni aimé, ni soutenu dans toutes les épreuves qu'il traversait.

Les années qu'il avait passées chez les Marines l'avaient complètement brisé, et lorsque les officiers du corps d'armée avaient découvert l'étendue de ses traumatismes, Matt avait été rapatrié contre son gré. Il s'était senti trahi après toutes ces années de loyauté, toutes ces années de sa vie qu'il avait données aux Marines. Son cœur n'était pas prêt à tout quitter, mais son esprit était trop torturé pour lui permettre de rester.

Le corps d'armée des Marines l'avait rendu aux siens endommagé, et Carly l'avait accepté en l'état.

Chaque jour qui passait était une nouvelle épreuve, et certains jours plus difficiles que d'autres, mais les bons jours valaient bien la peine d'avoir à endurer les mauvais. L'homme qui se tenait devant elle en valait la peine.

— Tu m'as l'air délicieusement à croquer, *Marine*.

— Oui, madame, aboya-t-il doucement.

Carly recourba les lèvres en un léger sourire lorsqu'il replia son T-shirt et son boxer avant de les empiler soigneusement sur la commode. Il ne parviendrait probablement jamais à se défaire de cette habitude s'agissant de ses affaires personnelles.

Elle l'acceptait.

Cela faisait partie intégrante de la personne qu'il était.

De lui, Matt.

Ses TOC étaient d'ailleurs le moins invalidant de ses problèmes.

Ses médicaments lui étaient d'une aide certaine, mais aussi et surtout son métier de flic, d'autant plus qu'il travaillait avec des gens comme ses frères qui étaient au courant des soucis qu'il rencontrait. Sa famille le soutenait toujours beaucoup, même dans ses heures les plus sombres.

Des heures sombres, il en traversait rarement à présent,

mais elles menaçaient toujours de ressurgir, quelquefois, tapies sous la surface.

Elles attendaient le bon moment pour réapparaître.

Une raison de réapparaître.

Carly craignait que de ramener Lévi à la maison ne trouble la quiétude actuelle de Matt. S'occuper d'un bébé était épuisant et parfois frustrant, surtout lorsqu'ils se mettaient à crier sans que personne n'arrive à comprendre pourquoi.

Au cours des cinq semaines écoulées depuis qu'ils avaient ramené Levi de l'hôpital, Matt s'était mieux adapté qu'escompté, et Levi se portait bien lui aussi, heureusement, surtout compte tenu des circonstances de sa conception, de la grossesse et de sa naissance.

Levi était un battant, tout comme sa mère biologique, Autumn, et comme Matt également.

Pour un homme qui n'avait jamais voulu d'enfant…

Il était déjà attaché à leur fils adoptif, et Carly craignait que si quelque chose venait à arriver à Levi, Matt se briserait en de si nombreux morceaux qu'il n'arriverait plus jamais à s'en remettre.

Matt était l'homme le plus solide qu'elle connaissait.

Ainsi que le plus fragile.

Elle ne pouvait aimer personne plus fort que lui.

À l'exception de Levi.

Les deux « hommes » de sa vie lui avaient dérobé son cœur et son âme.

Elle se dirigea de nouveau vers lui et sentit son regard intense la suivre. Lorsqu'ils se retrouvèrent collés l'un contre l'autre, elle retraça les contours de ses lèvres du bout de ses doigts. Il tira la langue pour les toucher.

— Je t'aime, dit-elle d'un souffle.

Pendant très longtemps, il avait eu peur de l'entendre lui

dire ces mots. Même lorsqu'elle le lui disait aujourd'hui, elle ne manquait pas de remarquer une légère grimace qui se dessinait sur son visage.

C'était une réaction incontrôlable de sa part.

Elle l'encercla, fit glisser ses doigts le long de l'une de ses épaules, sur sa clavicule, de chaque côté, puis sur son autre épaule et enfin en haut de son dos. Elle descendit ensuite le long de sa colonne vertébrale en le griffant légèrement du bout de ses ongles, lui arrachant un frisson.

Elle se déplaça vers le mur, car elle avait besoin d'un certain appui pour pouvoir faire ce qu'elle attendait de lui. Elle se colla dos au mur et prononça son nom d'une voix douce :

— Matt.

Il lança un regard par-dessus son épaule vers l'endroit où elle s'était postée, mais resta en position près de la commode. Elle ne lui avait pas encore donné l'ordre de se déplacer.

Carly voyait le pouls de son partenaire battre dans son cou, et son torse se soulevait puis retombait à un rythme plus soutenu.

Les tétons de Carly mouraient d'envie de ressentir les caresses de Matt, et elle se mit à mouiller de plus en plus, envahie d'une sensation d'humidité croissante entre le haut de ses cuisses.

— Matt, retourne-toi et viens te mettre au milieu.

Chaque fois qu'elle lui donnait un ordre et que Matt lui obéissait sans poser de questions, sans la moindre hésitation, en toute confiance, Carly en avait le cœur qui battait la chamade, son pouls se mettait à battre à tout rompre et elle se retrouvait à bout de souffle.

Elle avait été surprise de constater que cela l'excitait, et lui aussi, mais cela allait plus loin...

— À genoux, *Marine*, lui ordonna-t-elle lorsqu'il s'approcha suffisamment près d'elle pour qu'elle puisse sentir sa chaleur et son souffle chaud qui lui parvenait par saccades.

Il se mit immédiatement à genoux et inclina la tête en baissant le regard.

Cet homme était splendide. Il n'éprouvait aucune peur à remettre entièrement son sort entre les mains de sa partenaire. Pendant le sexe, il préférait d'ailleurs s'en remettre à elle, il en avait besoin. C'était dans ces moments-là qu'il pouvait abandonner toute notion de contrôle et laisser quelqu'un d'autre lui dicter ses actes, comme chez les Marines, lorsqu'on lui donnait des ordres.

Il s'était habitué à ce qu'on lui dise quoi faire, et comment. Cette habitude lui avait permis de survivre pendant toutes ces années dans l'armée, à toute cette dévastation dont il avait non seulement été témoin, mais à laquelle il avait aussi contribué.

Enfin, du moins, son obéissance lui avait permis de survivre, jusqu'au jour où c'en avait été trop, où ce qu'il avait vécu l'avait submergé jusqu'au point de rupture.

Depuis lors, il était brisé.

Carly leva son pied nu et le posa sur son épaule droite. Il se redressa, mais resta à genoux tandis que Carly écartait les siens, lui exposant son intimité. Elle lui passa une main dans les cheveux et appliqua une pression à l'arrière de sa tête. C'était là la seule directive qu'il lui fallait.

Il bascula en avant, se jeta sur l'entrejambe de sa femme avec sa bouche et glissa sa langue entre les plis de son sexe avant de plaquer ses lèvres contre son clitoris pour l'aspirer.

Carly garda les fesses plaquées contre le mur et le laissa faire sa petite affaire, car c'était un véritable pro en la matière et il n'avait pas besoin de consignes.

Elle se contenta plutôt de fermer les yeux et de savourer la sensation de sa bouche sur ses lèvres. Il savait quand faire usage de sa langue, de ses dents, quand la mordiller, la lécher, aspirer sa peau, la titiller.

Il savait ce qui la ferait grimper aux rideaux immédiatement, et ce qui lui provoquerait une déferlante de plaisir.

— Caresse-toi, parvint-elle à dire.

Elle se força à ouvrir les yeux pour le regarder. Son mari était certes magnifique, mais lorsqu'elle le regardait caresser son érection volumineuse comme cela, il devenait une époustouflante œuvre d'art.

Il enroula ses doigts autour de la base de son sexe, le serra jusqu'à ce que ses veines ressortent, et tandis qu'il se mettait à faire des mouvements de va-et-vient avec son poing, sa bouche continua de se déchaîner sur l'entrejambe de Carly.

Les jambes tremblantes, elle se colla plus fort contre le mur, pour éviter de se laisser glisser par terre et de se liquéfier complètement.

Tout en lui aspirant le clitoris, il enfonça deux doigts dans les plis de son sexe pour recueillir ses fluides, qu'il mélangea avec une goutte de liquide pré-séminal qui perlait au bout de son gland pour s'en badigeonner le sexe. Il accéléra ensuite les mouvements de son poing autour de sa verge maintenant lubrifiée

Plus vite il se caressait, plus vite il la léchait, lui arrachant un gémissement saccadé d'entre les lèvres.

— Matt.

Les orteils du pied qu'elle avait calé sur son épaule se recourbèrent et elle se mit à vaciller dangereusement. Elle plaqua donc violemment une main contre le mur et, de l'autre, lui empoigna la tête pour garder son équilibre.

Elle sentit son souffle chaud vibrer à un rythme rapide contre son sexe.

— Ne songe même pas à venir, lui ordonna-t-elle, c'est à moi de te faire jouir.

Il se caressa plus lentement, mais ne ralentit pas le rythme de sa bouche, et il émit un petit bruit. Quelle qu'en soit la nature, celui-ci était étouffé, mais Carly avait le sentiment qu'il se retenait avec difficulté. Elle se souvint, dans son esprit embrouillé, qu'elle lui avait demandé de se masturber, et donc qu'elle devait lui ordonner d'arrêter.

— Arrête de te caresser et fais-moi jouir, dit-elle d'une voix faible, peinant elle-même à se retenir.

Il lui effleura le clitoris du plat de sa langue. Il lui suffit de le titiller encore un peu avec le bout de sa langue et de l'effleurer avec ses dents, et le tour fut joué.

Elle rétracta ses doigts dans ses cheveux et enfonça ses ongles dans son cuir chevelu. Elle plaqua une main sur sa bouche pour étouffer le gémissement qui lui échappa brusquement des lèvres, et se cambra contre lui sous l'effet de son orgasme. Il lui maintint les hanches pour la stabiliser, l'empêcher de tomber à la renverse, par terre, et décolla sa bouche du sexe de sa partenaire. Dans cette même position, à genoux, il releva la tête, les paupières lourdes, son regard bleu pâle plongé dans le vague, ses lèvres écartées et scintillantes.

Un filet de liquide pré-séminal pendait à l'extrémité de sa queue.

— Debout, s'exclama-t-elle à bout de souffle, sans que ce mot ne sonne le moins du monde comme un ordre.

Ce n'était pas du tout sur ce ton qu'elle comptait s'exprimer, mais il se releva tout de même, le regard plongé dans le sien.

— C'est ça que je veux.

Elle n'eut pas besoin d'en dire plus. Il saisit le filet de liquide pré-séminal au bout de son pouce et le porta à ses lèvres.

— Putain, grogna-t-il lorsqu'elle lui aspira le doigt dans sa bouche et le lécha jusqu'à ce qu'il n'y ait plus rien dessus.

— Une autre fois, répondit-elle à sa question tacite.

Elle n'avait pas envie de s'agenouiller, mais plutôt qu'il la prenne contre le mur.

— J'ai envie de te servir.

Un frisson la parcourut lorsqu'elle l'entendit prononcer cette phrase sur un ton un peu bourru.

— Oui, tu es à mon service.

— Tu sais ce dont j'ai besoin.

— En effet.

Elle avait besoin de la même chose que lui.

— Donne-moi ce dont j'ai besoin.

Un nouveau frisson vint lui parcourir l'échine en entendant sa voix éraillée.

— *Marine*, tu as pour ordre ce matin de me donner ce dont j'ai besoin.

Il ne s'attendait pas à cela. Il se saisit de ses poignets après une brève hésitation, puis la fit se retourner et poser ses mains à plat contre le mur, la piégeant dans cette position. Il ne la lâcha pas, mais écarta plutôt du bout de son nez les longs cheveux de Carly posés sur son épaule, afin de dégager sa nuque. Son souffle chaud vint chatouiller la peau de la jeune femme.

— Ma commandante, oui, ma commandante, finit-il par murmurer tout contre le sommet de sa colonne vertébrale, ce qui fit une nouvelle fois se contracter son entrejambe.

Il lui aspira la peau à la base de son cou, puis la mordilla doucement sur chaque épaule, la faisant gémir. Ses petites morsures n'étaient pas douloureuses, mais elles firent bouillonner le sang de Carly dans ses veines. Il lui relâcha les poignets tout en faisant glisser sa langue le long de sa colonne vertébrale... et s'arrêta juste au-dessus de sa raie pour lui aspirer la chair à cet endroit.

— Matt...

Il remonta le long de sa colonne vertébrale, l'effleurant du bout des lèvres tandis qu'il se relevait, puis lorsqu'il fut debout, vint lui saisir le sein gauche dans sa main droite, par-derrière. Il serra en même temps son bras gauche autour de sa taille, fit descendre sa main jusqu'à ce que ses doigts viennent effleurer le carré de poils pubiens de sa partenaire, puis lui titilla le clitoris.

Il lui fit écarter davantage les jambes avec son genou, de la même manière qu'il procéderait pour fouiller un suspect. Il recourba deux doigts en elle et replia les genoux juste assez pour que le gland de sa queue vienne effleurer ses propres phalanges. Il guida son sexe en elle.

Ses doigts vinrent à nouveau se poser sur son clitoris, et sa queue la remplissait à présent.

Ouiiii.

Ses cuisses musclées se contractèrent tandis qu'il s'enfon-çait en elle, et il vint simultanément enfoncer ses dents dans la chair de sa partenaire, à la jonction entre son cou et son épaule. Il accompagna chaque coup de reins d'un grogne-ment guttural contre sa peau.

Oh bon Dieu, oui.

Il encercla son clitoris et lui tordit un téton, sans ralentir le rythme, lui octroyant tout ce dont elle avait besoin à cet instant.

Aussi retors que pouvait être l'esprit de Matt, il était tout à fait sur la même longueur d'onde que celui de Carly. Cela ne cessait de la surprendre, de temps à autre. Il était capable de remarquer les détails les plus insignifiants. Lorsqu'elle le croyait perdu dans ses pensées, en réalité, il l'écoutait toujours.

Elle ne savait pas comment il y parvenait, mais sa capa-cité à porter attention aux détails – ou même aux détails d'une importance considérable, comme le sexe – rendait bien plus supportables les problèmes auxquels il faisait face.

C'était l'une des raisons pour lesquelles Max l'avait gardé au commissariat. Matt était doué pour comprendre les intentions des gens, faisait bien son travail et n'avait peur de rien.

Qui plus est, il était extrêmement carré, rigoureux. Elle ne pouvait se l'imaginer porter un uniforme avec le pli de sa manche ne serait-ce qu'un cheveu de travers.

Non, elle savait qu'il ne ferait jamais ça.

Il repassait lui-même ses uniformes, et passait beaucoup de temps à les arranger à la perfection.

Tout devait être d'une certaine façon, et tout, dans sa vie, avait une place particulière.

Il allait mieux désormais qu'à l'époque où elle l'avait rencontré, peu de temps après qu'il avait été démis de son poste chez les Marines pour raisons médicales. Mais il ne serait plus jamais le jeune homme qui avait rejoint les rangs de l'armée, désireux de se battre pour son pays, qui réciproquement ne s'était pas toujours battu pour lui.

Mais Carly, elle, l'avait fait, et se battrait à ses côtés jusqu'au jour de sa mort.

Toutefois, à présent, elle était plutôt prête pour *la petite mort* [1], tandis qu'elle se cambrait contre lui à chaque coup de hanches, à chaque fois que sa queue remontait en elle, ce qui la faisait mouiller davantage et lui durcir encore plus. Elle rejeta la tête en arrière contre son épaule, interrompant le contact de sa morsure contre sa peau. Il lui relâcha le téton, enserra le devant de sa gorge entre ses doigts, assez fort pour lui rappeler à quel point sa puissance était grande et qu'il suffirait d'un rien pour qu'il lui fasse du mal.

Il ne lui en avait jamais fait.

Et il ne lui en ferait jamais.

Il avait toutefois craint de lui en faire un paquet de fois.

Il enfouit son visage au creux de son cou, et Carly aurait pu jurer qu'elle l'entendit la supplier :

— S'il te plaît.

Il voulait la satisfaire, et elle, en retour, souhaitait lui donner ce dont il avait besoin.

— Jouis avec moi, *Marine*, lui ordonna-t-elle.

Il resserra son étreinte autour de sa gorge, pas trop fort pour qu'elle puisse respirer, mais assez fermement pour l'empêcher de bouger. Les genoux de Carly vacillèrent à mesure que la pression commençait à monter en elle.

L'orgasme était proche. Elle se contracta autour de sa queue et il grogna.

— Jouis pour moi, grommela-t-il dans son oreille, la décontenançant par cet ordre inattendu.

Il martelait à présent son corps contre le mur, et ses hanches claquèrent contre les fesses de Carly à un rythme rapide.

— Jouis, le pressa-t-elle, tout de suite.

Il donna un dernier profond et violent coup de reins contre elle avant de s'immobiliser. Lorsque l'orgasme de Carly déferla autour de lui, il se déversa profondément en elle avec un grognement grave.

Le nom de sa partenaire lui échappa des lèvres, et il colla son torse contre son dos, la plaquant contre le mur.

Il déposa un doux baiser à l'endroit où il l'avait mordue, puis frotta sa joue recouverte d'un léger duvet de barbe contre la sienne en essayant de reprendre son souffle. Lorsque les contractions de l'orgasme ralentirent, il se retira doucement, la retourna et la conduisit jusqu'au lit.

— Il faut que je me fasse un brin de toilette d'abord, murmura-t-elle.

. . .

— Non, pas encore.

Elle éprouvait une étrange sensation de paix à l'idée qu'elle abritait un morceau de lui en elle.

En vérité, cela ne signifiait rien. Elle portait déjà son alliance au doigt, tout comme son nom de famille, déjà. Elle n'avait opposé aucune résistance là-dessus, car elle voulait devenir une Bryson à part entière.

Elle avait fait partie de la famille dès l'instant où il l'avait vue à l'hôpital, ce fameux jour où elle avait aidé Hannah à venir au monde.

En la voyant aboyer des ordres alors qu'Amanda était en travail, il l'avait intérieurement surnommée, pour rire, la « doctoresse dictatrice », mais en réalité, la voir ainsi prendre les rênes de la situation avait retenu son attention et lui avait donné envie d'elle.

Les femmes n'étaient pourtant pas du tout sa préoccupation à cause de ses problèmes, alors il avait oublié cette idée jusqu'à ce qu'il devienne impossible pour lui d'ignorer cette connexion entre eux.

Il ne voulait pas l'envahir de ses problèmes, mais elle était forte et lui avait été d'un soutien indéfectible. Elle avait même été prête à renoncer à son rêve d'adopter un bébé et de devenir mère, rien que pour lui.

Rien que pour lui.

Elle avait fait ça pour lui.

Il grimpa dans le lit et roula sur le flanc, fixa son visage et plongea dans ses doux yeux verts. La femme de sa vie avait l'air satisfaite.

Il était de service pour le défilé cet après-midi-là et allait faire des heures supplémentaires pour pouvoir être en congé le lendemain et fêter Noël en famille, passer avec Levi son premier Noël. Il avait donc vraiment besoin de rattraper quelques heures de sommeil, mais à ce moment précis, il ressentit la nécessité de regarder sa femme et de se rappeler à quel point il avait de la chance de l'avoir.

Elle leva une main et lui saisit la joue.

— Il faut que tu dormes encore un peu. Tu travailles jusqu'à 23 heures ?

— Non, de midi à 20 heures pour toute la durée du défilé, et aussi pour laisser un peu de temps libre à certains des officiers qui se sont portés volontaires pour travailler demain.

— C'est très gentil de leur part de faire ça.

— Ils savent à quel point demain est un jour important.

— Cela me donne l'espoir qu'un jour, ce monde deviendra plus tolérant de manière générale.

Il poussa un soupir et caressa la peau douce de sa joue du bout de l'une de ses phalanges. Il lui avait causé tellement de soucis et fait endurer tant de douleur ces dernières années. Adopter Levi avait été une façon pour lui de montrer à Carly sa gratitude.

— Tu penses que je devrais emmener Levi ? lui demanda-t-elle.

— Au défilé ? Est-ce qu'il va comprendre ce qu'il se passe ?

— Bien sûr que non, mais...

— Il fait trop froid pour lui dehors.

Il savait pourquoi Carly grimaça. L'instinct protecteur qu'il ressentait pour elle, il le ressentait aussi pour son fils, et cela avait été instantané. Lorsque Matt avait pris Levi dans ses bras juste après sa naissance, il avait saisi à quel point ce petit être était vulnérable.

— Toute la famille va se retrouver sur le trottoir devant les *Grandioses coupes de cheveux* dans la grande rue. Levi est le seul des petits-enfants qui ne va pas passer la journée chez tes parents aujourd'hui.

— Carly, il a cinq semaines.

Ils n'avaient aucune raison de laisser Levi aux parents de Matt aujourd'hui, ils avaient déjà du pain sur la planche avec tous leurs autres petits-enfants et Greg. En plus, ils allaient tous les trois passer la journée à la ferme demain, de toute façon.

— J'en suis bien consciente, Matt. Mais Levi est un Bryson maintenant, et il devrait fréquenter sa famille.

Bien sûr qu'il devrait fréquenter sa famille, mais Matt n'appréciait pas de s'imaginer Carly et Levi debout sur le trottoir, dans le froid d'une part, mais surtout à un endroit où ils pourraient se faire repérer par la commère du coin s'ils traînaient un peu trop longtemps dans le secteur. Il n'allait pas non plus se disputer avec Carly à ce sujet. D'un, il n'aurait pas le dessus sur elle, et de deux, cela ne ferait que faire grimper sa tension.

— Alors emmène-le avec toi. Teddy a une grande fenêtre dans son salon. Va te mettre à l'intérieur avec lui et regarde le défilé par la vitre.

Au moins, tous deux seraient à l'abri des éléments et plus en sécurité, ce qui le rassurerait quelque peu.

En tout cas, il l'espérait.

— Je peux faire ça, oui.

— Tant que je ne reçois pas d'appel, je serai en patrouille sur le tracé du défilé. Je passerai vous faire un petit coucou au salon pour voir si tout va bien.

— Parfait, ça me paraît bien.

Il doutait qu'aucun membre du clan Shirley ne vienne voir le défilé. Souvent, ils évitaient autant que possible d'aller en ville. Ils détestaient la police, de même que le conseil municipal. Ils se considéraient comme une nation souveraine et autogouvernée.

En réalité, tout ceci n'était qu'un ramassis de conneries. Le gouvernement ne reconnaissait pas le principe de nation souveraine, ce qui voulait dire que ces groupuscules n'avaient aucun pouvoir et étaient soumis aux mêmes lois que tout le monde.

Mais malheureusement, ces salopards ne l'acceptaient pas, ce qui faisait d'eux une véritable plaie pour le commissariat de police de Manning Grove.

Même si son nom et celui de Carly figuraient sur l'acte de naissance de Levi et que le bébé portait le nom Bryson, Matt s'inquiétait toujours de la présence des Shirley. Ce clan de cul-terreux, là-haut dans les montagnes, était imprévisible. Leur chef avait violé Autumn à répétition jusqu'à ce qu'elle tombe enceinte de lui.

Quoi qu'il arrive, cet enfant n'était pas un Shirley. C'était un Bryson, et Matt le protégerait comme il se devait. Tous les Bryson qui portaient l'insigne seraient réquisitionnés pendant le défilé et ne pourraient surveiller Carly et Levi de près. La seule qui ne serait pas en uniforme, c'était Leah, qui était enceinte, et il était hors de question qu'il fasse courir le moindre risque à son futur neveu ou sa future nièce.

Matt était bigrement mort de trouille de savoir que Leah partait encore en patrouille. Il ne comprenait pas comment Marc pouvait le tolérer. Matt avait fait part de son mécontentement à son chef et frère aîné à diverses reprises, tout comme lorsqu'elle était enceinte d'Austin et de Jax. Mais Max avait estimé que cette décision revenait à Leah et Carly, l'obstétricienne de Leah. Une fois parvenue à sept mois de grossesse, Leah n'avait pas eu d'autre choix que d'accepter le compromis d'être reléguée aux tâches de bureau. Matt comprenait à quel point ce poste pouvait être ennuyeux et frustrant, car il y avait été lui-même relégué à plusieurs reprises en guise de sanction lorsqu'il n'avait pas réussi à se maîtriser.

Malgré tout, il n'appréciait pas de voir sa belle-sœur, de

laquelle il était proche et qu'il appréciait comme une sœur de sang, prendre des risques alors qu'elle était enceinte.

Rien que d'y songer à cet instant précis, sa mâchoire se crispa et il serra les poings.

Si Leah était sa femme, il ne le lui permettrait pas. Il mettrait son veto et exigerait qu'elle soit assignée aux tâches de bureau dès qu'elle lui présenterait un test de grossesse positif.

Malheureusement, personne n'en avait quoi que ce soit à foutre de son ressenti.

Il ne voulait simplement pas risquer d'avoir un deuxième enfant. Trop d'enfants avaient souffert ou étaient morts lorsqu'il était en mission. C'était à cause de cela que son cerveau s'était fragmenté en un millier d'éclats, à cause de ces enfants qu'il avait vus morts ou à l'agonie, à cause de ces vulnérables innocents qui souffraient qu'il avait décidé de ne pas avoir d'enfants à lui.

La peur de voir ses propres enfants dans cette même situation l'aurait détruit.

Il avait été très clair dès le début avec Carly quant au fait qu'il n'en voulait pas, et elle avait été claire avec lui quant au fait que devenir mère était son vœu le plus cher, même si elle ne pouvait pas tomber enceinte.

Il avait fait tous les efforts possibles pour finir par accepter d'avoir un enfant rien qu'à eux afin de garder Carly auprès de lui.

Sinon, il l'aurait perdue.

Et il avait besoin d'elle.

Bon Dieu, il avait besoin d'elle.

Sans elle, il n'aurait pas survécu à son retour à la vie civile. Il aurait fini par se tirer une balle dans la bouche, ou bien dans une chambre capitonnée à l'hôpital psychiatrique.

Sans elle, il n'aurait pas eu Levi.

À présent, Levi était sous sa responsabilité, il lui incombait de le protéger et de prendre soin de lui.

Il faudrait lui passer sur le corps pour qu'il laisse l'un de ces enfoirés de consanguins là-haut, dans les montagnes, le lui dérober ou lui faire du mal de quelque manière que ce soit.

S'ils ne faisaient que s'approcher du bébé, s'ils osaient même ne serait-ce que regarder dans sa direction, qu'il ait cinq semaines ou quinze, Matt allait rameuter Sig et sa fraternité de motards pour achever ce que le chef des Blood Fury avait commencé.

Représentant de la loi ou non, il était désormais le père de Levi avant tout.

— Matt !

Il fronça les sourcils en se demandant pourquoi Carly avait l'air paniquée. Levi avait-il un problème, ou bien elle ?

Son souffle devint tendu, et sa vision se réduisit comme dans un tunnel.

Oh putain, cela ne lui était pas arrivé depuis très longtemps...

Tandis qu'il cherchait aveuglément la main de Carly, tout devint noir.

— MATT... Matt...

Inspiration.

Expiration.

— Reviens... Matt, s'il te plaît. Respire...

Inspirer.

Expirer.

— Respire, bébé, voilà.

Il essayait.

Il cligna des yeux et l'obscurité commença à s'estomper, son champ de vision s'élargit.

Il savait où il était, avec qui il était.

Il était en sécurité.

En sécurité.

Cela faisait longtemps qu'il n'avait pas fait d'attaque de panique ou bien s'était évanoui de manière inattendue. Les médicaments le stabilisaient, en général.

L'arrivée de Levi l'avait fait vaciller, mais il l'avait caché à Carly, car il ne voulait pas l'effrayer ni qu'elle reconsidère son choix d'avoir adopté Levi.

Il savait à quel point elle voulait un bébé et avait cru être prêt pour cela, qu'ils avaient attendu assez longtemps. Peut-être avait-il eu tort.

Il avait peur.

De la perdre.

De perdre Levi.

Le sang de quelqu'un d'autre était devenu son sang. Cela ne lui importait pas que Levi ne partage pas une seule goutte d'ADN avec lui ni avec Carly. Rien de tout cela n'avait eu d'importance dès la seconde où leur fils était né, où Matt l'avait pris dans ses bras et avait coupé le cordon ombilical.

Et lorsque Carly avait tenu le bébé dans ses bras pour la première fois, encore recouvert de membrane amniotique, elle avait pleuré.

Elle avait pleuré car son rêve était né ce jour-là, le rêve auquel elle s'était raccrochée depuis si longtemps, ce rêve qu'il avait ébranlé pour elle. Mais elle espérait...

Elle espérait que son état allait s'améliorer, qu'un jour, il serait prêt, prêt à faire face à cette situation.

Maintenant, peut-être allait-il encore tout faire de travers.

— Matt... c'est à cause de Levi, hein ?

Ce n'était pas à cause de Levi, mais à cause de la peur qu'il lui arrive quelque chose.

Bon Dieu, il ne pouvait pas lui dire cela et piétiner son rêve, ni lui faire regretter d'être avec lui.

— Je t'aime, murmura-t-il.

Une larme glissa du coin de l'œil de Carly lorsqu'elle passa la jointure de son doigt jusque sur sa mâchoire.

— Je sais.

— Je l'aime, lui aussi.

— Ça ne fait aucun doute.

— Je pensais être plus fort que ça.

Bordel, il avait cru être prêt.

Elle lui serra la main, celle qu'il avait saisie avant de s'évanouir, sa bouée de survie.

— Mais tu l'es. Tout est nouveau, notre foyer a changé. Tu aimes que tout soit en ordre, tu aimes planifier. À présent, il n'y a plus d'ordre établi, nous essayons seulement de trouver nos marques en tant que famille. Nous allons y arriver.

Putain, il l'espérait.

Jamais il ne voulait leur faire de mal, ni à elle ni à Levi. Il ne parviendrait plus à se regarder dans la glace si cela devait se produire.

— J'ai peur que tout cela empire.

Elle le saisit par le menton et tourna son visage vers elle.

— Non, ça ne va pas empirer, lui dit-elle d'un ton si confiant. Prends tes médicaments, parles-en à ton psy. Fais-lui part de tes inquiétudes. Il faut que tu sois honnête avec lui, pour nous.

Il prit une profonde inspiration.

— Je le ferai.

— C'est tout ce que je te demande. Le reste, nous réussirons à l'affronter tout seuls. Regarde tout le chemin que nous avons fait.

Elle avait raison. Ils avaient déjà fait un long bout de chemin.

Mais l'épisode de ce matin lui prouvait qu'il lui restait encore une longue route à parcourir.

Il ne pouvait qu'espérer atteindre son objectif ultime, et que lorsque ce serait chose faite, Carly et Levi seraient toujours à ses côtés pour le voir.

Chapitre quatre
Teddy & Adam

TEDDY SE RETOURNA et appuya sa joue droite contre son oreiller molletonné en plumes d'oie recouvert d'une taie en satin et fixa Adam qui, lui, dormait sur un oreiller « normal », sans froufrous de chez Target, car il « refusait de laisser reposer sa tête sur un canard mort ».

Comme Teddy était le plus âgé des deux, il avait besoin de grappiller un maximum d'heures de sommeil réparateur. Contrairement à son fiancé, cela le dérangeait de se lever avec de grosses traces rouges sur le visage. Il fallait dire aussi que son compagnon avait dormi sous la tente, ou pire, dans un affreux désert au Moyen-Orient. Il ne disposait certainement pas, par ailleurs, d'une routine particulière de soins pour la peau lorsqu'il était parti se battre là-bas, pour la « bonne cause ».

Il n'avait certainement qu'un pain de savon classique et un tuyau à disposition pour se nettoyer.

Teddy frissonna.

Mais désormais, Adam commençait petit à petit à

prendre davantage soin de la seule peau dont il disposait. Cela avait été compliqué au début, mais Teddy avait réussi à convaincre son amant d'essayer au moins quelques produits de soin pour la peau pour conserver son apparence naturellement canon.

Ce dernier n'avait pas besoin de grand-chose, de toute façon.

Mais un bon shampoing, après-shampoing, une crème hydratante et de la mousse à raser, c'était le strict minimum.

Parfois, Teddy l'attaquait par surprise et étalait une petite pression de gel dans ses cheveux courts, qu'Adam gardait coupés comme ses cousins, tondus de près sur les côtés et un peu plus longs sur le dessus. Sa coupe trahissait son métier et ce pour quoi il vivait. Il avait d'abord servi son pays au sein des Marines, puis sa communauté d'adoption en tant que flic.

S'il y avait bien une qualité pour qualifier son homme, c'était l'altruisme.

Teddy avait secrètement désiré chacun des trois cousins d'Adam, qu'il surnommait affectueusement les mecs Bryson, tout le long de ses années lycée. Après son diplôme, il avait finalement rassemblé le courage de faire son « coming out » à ses parents, après avoir fait tant d'efforts pendant si longtemps pour dissimuler sa vraie nature, dans l'espoir qu'ils comprendraient, le soutiendraient, continueraient à l'aimer et à l'accepter comme il était.

Malheureusement, il avait tort.

Il s'était trompé sur toute la ligne, et cela lui avait brisé l'âme ainsi que toute forme d'estime de lui-même.

S'étant retrouvé à la rue et sans famille, il avait fui Manning Grove et essayé de trouver sa place à New York, où, bien sûr, il s'attendait à être accepté, aimé et traité comme quelqu'un de normal... non ? New York était une ville progressiste, après tout, un véritable endroit cosmopolite où l'on trouvait tous types de personnes.

Il avait réussi à sortir de la rue en venant fourrer son petit cul de puceau dans le lit d'un coiffeur, qui l'avait pris sous son aile. Teddy avait tout appris au salon de son amant. Il avait même obtenu un brevet en cosmétologie.

Et puis son amant s'était trouvé un autre amant, un autre puceau « paumé », puisque Teddy ne l'était plus.

Une nouvelle fois mis de côté, il avait essayé de joindre les deux bouts dans une ville hostile à ceux qui n'avaient rien. Il avait accepté son échec et était finalement revenu là où il avait grandi, dans cette ville où il se sentait à la fois à son aise, car elle lui était familière, et mal à l'aise parce qu'il n'avait personne.

Mais d'une certaine façon, il était plus facile de construire sa vie à Manning Grove, même s'il était voué à la vivre seul. Comme il vivait tout près de sa famille, il espérait qu'un jour, celle-ci essaierait de reprendre contact, de comprendre qui il était et qu'il ne pouvait pas se transformer en l'homme que sa famille voulait qu'il soit.

Il ne pouvait pas vivre dans un tel mensonge.

En conséquence de quoi il resta seul.

Jusqu'au jour où il remarqua une fille de la ville qui avait l'air perdue et dépassée par la vie de cette petite ville, tout en essayant de porter la responsabilité de son frère adulte qu'elle n'avait jamais rencontré... un homme sur lequel la société portait un regard différent, exactement comme Teddy.

Teddy avait sauté sur cette fille de la ville, qui lui donnait le sentiment de pouvoir être lui-même sans rien avoir à craindre et laisser resplendir sa personnalité. S'il avait été hétéro, il aurait épousé cette fille, mais il l'aimait tout pareil.

Grâce à elle, il avait soudainement retrouvé sa place.

D'une certaine façon, tous deux étaient devenus membres de la famille Bryson, intégrés au sein de celle-ci comme s'ils y étaient nés. Enfin, Teddy avait retrouvé une famille.

Il avait une dette énorme envers Amanda. Si elle n'avait pas été là, peut-être n'aurait-il jamais rencontré son âme sœur à lui, qui dormait paisiblement à ses côtés et était tout aussi à croquer dans son sommeil qu'il l'avait été ce jour où il l'avait vu à l'autre bout du parking, vêtu de son costume sombre et bien taillé, au mariage de Marc et Leah.

Un mâle alpha à la personnalité dominante, un flic, un Marine. Il n'éprouvait pas la moindre gêne à aimer quelqu'un comme lui, qui était, comme certains avaient surnommé Teddy, « de la jaquette ».

Oui, il l'était, et il n'en avait plus rien à faire de qui pouvait être au courant.

Il le criait haut et fort.

Il se fichait que les gens détestent ce qu'il était, qu'ils parlent derrière son dos ou bien qu'ils lui donnent des surnoms méchants. Il s'en fichait, car ce n'était pas *leur* problème.

Pas le sien.

Pas celui d'Adam.

Et il allait épouser cet homme.

Ils allaient vivre ensemble et s'aimer comme ils l'entendaient, sans s'inquiéter de ce que pouvaient dire ou penser les autres.

La vie était bien trop courte pour ça, bordel.

Ils pouvaient désormais légalement se marier, et c'était ce que souhaitait Teddy, rien de moins. Il avait fait sa demande de fiançailles à Adam et son amant avait dit oui sans l'ombre d'une hésitation.

Toutefois, deux ans après, ils étaient toujours « fiancés », et chaque fois que Teddy parlait d'organiser leur mariage, Adam changeait de sujet, ou alors il trouvait une excuse et lui expliquait pourquoi ce n'était pas le bon moment ou bien pourquoi ils ne pouvaient encore rien prévoir.

Ou alors, il lui disait tout simplement « c'est pour bientôt ».

Mais Teddy ne voulait pas que ce soit « pour bientôt », il voulait que ce soit « maintenant ».

S'ils voulaient avoir des enfants, ils allaient devoir s'y mettre sans tarder. À 45 ans, Teddy n'était pas un perdreau de l'année, et entre réussir à trouver une mère porteuse, déclencher une procédure de FIV, plus la durée de la grossesse, tout cela prenait du temps. Il aurait peut-être passé 50 ans avant que leur premier, et certainement unique enfant, ne vienne au monde.

Il craignait de se sentir davantage grand-père que père.

En vérité, cela ne dérangerait pas Teddy de ne jamais avoir d'enfant, mais Adam avait laissé entendre qu'il en voudrait au moins un. En voyant son amant s'occuper de tous les bébés Bryson, Teddy s'était rendu compte à quel point il ferait un père extraordinaire.

Il poussa un soupir et continua de fixer celui qui, il l'espérait, deviendrait son futur mari.

Adam avait d'épais cils sombres, un nez parfait, et ses lèvres... eh bien, cet homme faisait des prouesses avec ses lèvres, des prouesses extraordinaires.

Sublimes.

Qui plus est, Adam n'hésitait jamais à rendre à Teddy les *attentions* qu'il lui prodiguait. En réalité, les aptitudes d'Adam en termes de suçage de queue étaient vraiment *l'apothéose*.

Teddy fit la bouche en cœur en traçant le contour des lèvres d'Adam du bout de son index. Son fiancé pouvait être virulent et prendre la vie trop au sérieux parfois. Lorsqu'il dormait, le corps et le visage détendus, il paraissait dix ans de moins que son âge.

Ce qui ferait donc de Teddy une cougar.

Grrr !

Un léger duvet brun lui était poussé pendant la nuit et recouvrait le visage d'Adam. Il se laissait pousser la barbe à l'occasion, mais préférait en général avoir la figure bien lisse car cela lui donnait un air plus « carré » dans son métier d'agent de police.

Oui, le compagnon de Teddy portait l'uniforme. *Rrrr*. Il était absolument canon lorsqu'il le portait, aussi.

Adam était si magnifique que Teddy avait parfois l'impression de regarder le soleil en face lorsqu'il le regardait : il était d'une beauté aveuglante.

Elle allait au-delà de son sourire narquois, de ses yeux bleu cristal si caractéristiques de la famille Bryson, ou de cette minuscule cicatrice qui venait entrecouper ses sourcils parfaitement dessinés.

S'ils étaient si parfaits, c'est parce que Teddy le forçait à poser son joli petit cul sur un fauteuil pour lui épiler ses épais sourcils fournis à la pince à épiler. Adam lui avait fait jurer de ne jamais dévoiler ce secret à *personne*.

Évidemment, les sourcils d'Adam Bryson avaient naturellement cette forme.

Clin d'œil, clin d'œil.

Teddy effleura des jointures de ses doigts la toison de poils sombres et entremêlés qui délimitait ses pectoraux musclés, pour s'affiner en une ligne qui s'étendait jusqu'au milieu de ses tablettes de chocolat – oui, cet homme avait de sacrées tablettes de chocolat ! –, contournait son mignon petit nombril à demi rentré, à demi sorti, avant de venir fleurir dans son carré de poils bien coupé qui venait souligner toute sa magnificence virile.

Teddy se plaisait à s'imaginer suivre ce chemin sombre et dangereux, tel le Petit Chaperon rouge, jusqu'à découvrir le grand méchant loup qui allait bondir, le surprendre et l'avaler tout cru.

Oui, il avait une vision un peu distordue des contes de fées. Il s'en fichait, c'était son fantasme.

S'ils avaient un enfant un jour, voilà un conte qu'il ne lui raconterait jamais, pas parce qu'il était trop violent, mais plutôt parce qu'avec lui, l'histoire prenait toujours une tournure « classé X ».

Parfois, il se demandait si sa personnalité exubérante, sa véritable nature, était trop écrasante pour Adam, qui était du genre plus discret, plus passe-partout. Son fiancé ne voyait pas la nécessité d'attirer l'attention sur lui, et n'était pas toujours très à l'aise lorsque Teddy avait tendance à parler fort et n'hésitait pas à clamer tout haut qu'ils avaient bien l'intention de vivre leur vie en tant que couple homosexuel dans cette ville sans se cacher.

Tous deux étaient diamétralement opposés.

Peut-être qu'Adam ne cessait de retarder l'échéance du mariage parce qu'il doutait de leur avenir.

Ou bien peut-être Adam se tenait-il avec Teddy uniquement parce qu'il était le seul homosexuel « revendiqué » dans la région. Peut-être que s'il avait l'embarras du choix, ce n'est pas du tout lui qu'Adam aurait choisi.

Oui, ils avaient une alchimie en matière de sexe, mais peut-être était-ce tout ce que ressentait Adam, et rien de plus profond que cela.

Teddy plaqua une main contre sa bouche pour ne pas pleurer, accablé par une douleur soudaine venue le poignarder droit au cœur.

Il était facile de dire « je t'aime », mais plus difficile de le penser sincèrement.

Parfois, ces mots pouvaient sonner creux, comme si la personne les disait machinalement pour ne pas créer de conflit.

Lorsqu'Adam prononçait ces trois mots, pensait-il sincèrement qu'il l'aimait ou bien les disait-il seulement pour contenter Teddy et éviter le scandale ?

Adam avait-il des doutes sur leur relation ?

Il s'était montré si cachottier ces derniers temps. Il rentrait tard à la maison, prenait des coups de fil en s'éloignant pour ne pas que Teddy l'entende, sans expliquer qui l'avait appelé ni pourquoi. Ou alors, il se contentait de clore le sujet en disant que c'était un coup de fil du travail.

Mais parfois, il se volatilisait complètement à certaines heures.

Ils avaient pour habitude de manger régulièrement ensemble durant leur pause déjeuner, mais ces derniers temps, Adam avait décommandé leur moment ensemble certains jours, prétextant un incident urgent dont il devait s'occuper. Teddy avait appris au travers du réseau familial des Bryson qu'Adam n'avait été appelé nulle part.

L'homme qu'il aimait avait-il trouvé quelqu'un d'autre, quelqu'un qui correspondait davantage à ce qu'il recherchait dans la vie ? Quelqu'un qui ne lui faisait pas éprouver une gêne, à l'inverse de Teddy et de ses manières théâtrales ?

Oh bon Dieu, avait-il poussé Adam à avoir une liaison ?

Si c'était le cas, Teddy allait trouver le coupable et lui arracher les yeux.

Mais si Adam ne parvenait pas à l'aimer tel qu'il était, à aimer sa véritable personnalité, alors il ne pouvait aimer Teddy, point final.

Son cœur se mit à battre à tout rompre à l'idée de perdre

l'homme qu'il aimait au profit de quelqu'un d'autre et de se retrouver seul à nouveau.

À l'idée de perdre potentiellement sa place dans la famille Bryson, la seule famille qui l'aimait et l'acceptait tel qu'il était.

Un sanglot lui monta peu à peu à la gorge.

Pris de panique, il secoua Adam par l'épaule.

— Adam !

Adam se rassit brusquement, droit comme un piquet, les yeux grands ouverts mais plongés dans le vague.

— Quoi ? Qu'est-ce qu'il y a ?

Teddy s'assit lui aussi en enfonçant ses doigts dans l'épaule de son partenaire. De son autre main, il se saisit de la mâchoire piquante d'Adam et lui fit brusquement tourner la tête dans sa direction.

— Tu ne m'aimes plus ?

Adam baissa ses sourcils parfaitement entretenus.

— Quoi ?

— Tu ne m'aimes plus ! sanglota Teddy.

— Quoi ?

— Tu n'as pas envie de m'épouser ! Tu as trouvé quelqu'un d'autre ! Qui ? Qui c'est ? Je vais lui arracher les yeux, bordel !

Adam ouvrit la bouche à s'en décrocher la mâchoire et laissa échapper un bruyant souffle avant de la refermer brusquement.

— Tu as fait un cauchemar ou quoi ?

— Oui, voilà quel est mon cauchemar.

Adam passa une main le long du visage de son partenaire et secoua la tête.

— Eh bien, tu es réveillé, alors ton cauchemar est fini. Rendors-toi, il est...

Ses yeux vinrent se poser sur le réveil digital posé sur la table de nuit de Teddy.

— Bon sang, il est 5 heures du matin... merde.

Adam se laissa retomber sur le matelas, interrompant l'étreinte de Teddy. Il donna un coup de poing dans son oreiller tout simple pour lui faire reprendre sa forme, roula sur son flanc, tourna le dos à Teddy, se blottit dans le lit et poussa un soupir.

— Rendors-toi.

— Je ne peux pas, pleura Teddy en venant se coller contre le dos large et chaud d'Adam.

— Mais Ted, arrête tes conneries. J'assure le service de 15 heures aujourd'hui, il faut que je dorme.

— Je n'arrive pas à dormir, chéri. Je n'y arrive pas.

Adam roula dans l'autre sens de sorte qu'il se retrouve face à Teddy, séparé de lui de quelques centimètres.

— Je n'ai pas envie de me coltiner ton côté névrotique, là.

— Je ne suis pas névrotique.

Adam leva brusquement les sourcils jusqu'en haut de son front.

Teddy fit la grimace et roula des yeux.

— D'accord, d'accord, je suis un peu parano.

— Un peu ?

— Eh bien, tu t'es montré si cachottier, dernièrement.

— Non, c'est faux. J'étais occupé.

— Occupé à quoi ?

— À travailler.

Teddy le regarda en plissant les yeux.

— Tu mens.

L'expression d'Adam se durcit.

— Oh, vraiment ? Tu me traites de menteur ?

Teddy pinça les lèvres.

— Tu sais que j'aimerais devenir détective. J'essaie de faire mes preuves envers Max.

C'était vrai, Max en avait parlé, lui aussi.

Adam continua :

— En conséquence, je dois faire des heures supplémentaires et j'ai un emploi du temps de malade, parfois.

C'était vrai aussi.

Mais tout de même...

Teddy roula contre lui, fit basculer Adam sur le dos et lui grimpa dessus pour plonger son regard droit dans ses yeux bleus qui lui faisaient tout un tas de choses coquines.

— Est-ce que tu m'aimes ?

Il essaya de ne pas s'exprimer sur un ton trop pleurnichard, en vain.

— Bon Dieu, Teddy, mais qu'est-ce qui te prend, tu as un truc coincé dans le cul ?

— Pas toi, en tout cas. Ça fait une *éternité* que nous n'avons pas fait l'amour.

— Ça ne fait pas une *éternité*, gloussa Adam.

— *Une é... ter... ni... té*, dit-il, accentuant chaque syllabe en piquant le torse dur et musclé de son partenaire avec son doigt.

— Ça ne fait pas...

Son amant, qui ne l'avait plus été *ces derniers temps*, fut réduit au silence.

Adam fit la moue avec ses lèvres magnifiques, bonnes à embrasser, à aspirer.

— Rah ! Tu n'as plus envie de moi ! s'écria Teddy. Je le savais !

— Bon Dieu, grommela Adam.

Teddy enfonça de nouveau un doigt contre le torse de son fiancé, et Adam eut un mouvement de recul.

— Ne l'invoque pas dans ce lit ! Il ne va pas t'aider à te sortir de cette situation.

— Je n'ai pas besoin d'aide. C'est juste que tu fais tout un plat de cette affaire alors que ce n'est pas nécessaire. J'avais... la tête ailleurs.

— Quelqu'un d'autre t'a fait tourner la tête ?

— Teddy...

Il appuya un doigt contre les lèvres voluptueuses d'Adam.

— *Chut.* Je veux que tu sois honnête avec moi. Est-ce que tu m'aimes toujours ?

Adam fronça les sourcils.

— As-tu toujours envie de mon petit cul étroit et délectable ?

Teddy poussa un cri d'excitation lorsqu'Adam le coinça avec l'une de ses jambes musclées et le fit rouler jusqu'à ce qu'il se retrouve plaqué contre le lit. Son fiancé était maintenant calé entre les cuisses de Teddy, ses deux paumes enfoncées dans le matelas, de chaque côté de sa tête.

Adam laissa retomber sa tête, ses lèvres à un dixième de millimètre au-dessus de la bouche de Teddy. Il grogna :

— Faut-il que je le prouve ?

Teddy se lécha les lèvres.

— Ce serait bien appréciable. D'ailleurs, puisque tu es déjà réveillé...

— Je devrais gifler cet irrésistible cul pour m'avoir réveillé, tout cela à cause de conneries imaginaires...

— *Oooh,* souffla Teddy, et sa queue s'éveilla lorsque cette pensée le traversa.

Son homme était un vrai gorille, un énorme spécimen à dos argenté, imposant, fort... et si prompt à grogner lorsqu'il était agacé.

— Tu viens de me faire bander, remarqua-t-il inutilement, au cas où Adam ne sentait pas l'érection de son partenaire appuyer contre son bas-ventre.

Teddy n'était pas le seul à l'avoir toute dure. La longue queue épaisse d'Adam appuyait contre sa cuisse.

— Est-ce que tu vas me faire l'amour ?

— Non. Je vais te baiser.

— *Ooooh.*

Il préférait entendre ça.

— Je vais te prendre comme une brute, pour que tu le sentes encore tout à l'heure et que tu te souviennes à qui ton cul appartient quand tu regarderas ce défilé.

— *Ooooooooooooh.*

Il appréciait *vraiment* ce qu'il était en train d'entendre.

— J'aurais bien besoin d'une petite piqûre de rappel, chéri.

— Ce n'en sera pas une petite.

Non, ça, c'était certain, mais il n'allait pas s'en plaindre.

— Tu m'as manqué, murmura-t-il.

— Bébé, ça doit faire trois jours que nous n'avons pas baisé. Je ne vois pas bien pourquoi tu piques une crise à cause de ça.

— Tu t'es montré distant.

— J'ai beaucoup de choses à penser, c'est tout.

— Très bien, alors nous allons te changer un peu les idées en mettant un terme à cette longue période d'abstinence.

— Tu n'as pas dû bien entendre la phrase où je te disais que j'allais te baiser.

— Si, j'ai bien entendu. C'est juste que tu es *beaucoup* trop lent.

— Alors comme ça, mon petit nounours, mon Teddy Bear, veut que je mette les pleins gaz ?

Oh, il adorait qu'Adam l'appelle son « Teddy Bear ».

— Pas que tu mettes les pleins gaz, non, mais que tu passes un peu à l'action.

— Nous sommes déjà passés à l'action, Teddy Bear. On bande tous les deux.

— Évid...

Adam étouffa sa répartie sarcastique avec un baiser.

Il grogna tandis que leurs langues s'entremêlèrent et s'affrontèrent, car Adam essayait de prendre les commandes, et Teddy lui opposait une certaine résistance.

Il n'avait pas envie qu'on le trouve trop doux, après tout.

Son cœur se mit à marteler de joie dans sa poitrine lorsqu'il se saisit des joues d'Adam couvertes d'un léger duvet et l'embrassa plus profondément. Ces lèvres expertes pouvaient forcer n'importe quel homme à recourber les orteils.

Oh, très bien. C'était déjà le cas.

Adam laissa Teddy contrôler le baiser un tout petit instant, puis ils inversèrent les rôles.

ADAM FORÇA TEDDY à sortir sa langue de sa bouche et rappela à son fiancé qui, à l'ordinaire, prenait les commandes.

À l'ordinaire.

De temps à autre, il laissait Teddy se mettre au-dessus, mais c'était extrêmement rare et réservé à une occasion spéciale, car pour cela, il fallait qu'Adam ait d'abord quelques bières dans le sang. Après tout, il n'était *pas* du genre receveur.

Il l'avait compris très tôt, en pleine exploration de sa sexualité. Cela en disait donc long qu'il accepte de se laisser pénétrer par Teddy.

Mais il n'allait pas laisser Teddy le faire ce matin, ça non. À cet instant précis, il était agacé que, d'un, Teddy l'ait réveillé sans raison valable, et de deux, que Teddy se laisse dévorer par l'angoisse pour rien.

Son fiancé avait tendance à faire tout un plat du moindre détail.

C'était là quelque chose qu'il appréciait beaucoup chez lui, et qui mettait aussi sa patience à l'épreuve. Il faut dire que quelquefois, il allait trop loin.

Oui, son amant avait raison. Adam avait vraiment eu la tête ailleurs ces derniers temps, et ce n'était pas à cause de ses démarches pour tenter de devenir détective. Ça n'avait vraiment rien à voir avec ça.

Mais Adam ne pouvait pas dire la vérité à Teddy, pas encore. Le lendemain, c'était Noël, et il ne voulait pas tout foutre en l'air.

De plus, il devait assurer un dernier service avant de commencer sa semaine de vacances, dont il avait terriblement besoin. Il avait réservé un voyage à Aruba et caché cela à Teddy. Cela faisait partie de son cadeau de Noël surprise.

Adam entendait déjà le cri d'excitation perçant que son partenaire allait pousser, et s'imaginait aussi Teddy rongé par l'inquiétude à l'idée de devoir fermer boutique pendant une semaine. Mais la semaine précédente, il avait donné à Amanda les clés des *Grandioses coupes de cheveux* dans la grande rue et lui avait demandé d'appeler tous les clients de Teddy à son insu pour reporter leurs rendez-vous.

Tout se passait comme prévu, du moment que Teddy ne venait pas tout perturber.

Chose qu'il pouvait faire très facilement.

La seule chose que son futur mari avait à faire, c'était de lui faire son « boudin », et tout ce qu'Adam avait planifié pourrait tomber à l'eau.

Mais ce n'était pas le moment de penser aux éventuelles catastrophes que Teddy serait susceptible de provoquer. Là, tout de suite, il devait montrer à son Teddy Bear à quel point il l'aimait et le désirait toujours, puisqu'apparemment il semblait remettre cela en question.

Adam mit un terme à leur baiser et ignora le gémissement plaintif de Teddy, qui se transforma en des râles d'encouragement lorsqu'il descendit plus bas sur le corps longiligne et maigre de son amant, en frottant au passage son duvet de barbe piquant du matin sur la peau bien exfoliée et intensément hydratée de Teddy. Il planta d'abord un baiser sur chacun de ses tétons, puis vint en titiller les extrémités endurcies du bout de la langue.

Teddy émit une sorte de ronronnement et empoigna le dessus de sa tête pour l'encourager à descendre plus bas encore.

Il lécha l'étroite ligne de poils qui lui descendait au milieu du ventre et marqua un temps d'arrêt pour déposer un baiser sur la paire de ciseaux tatouée sur sa hanche.

Teddy prenait très au sérieux son travail au salon de coiffure. Il était très doué pour son métier et avait beaucoup de succès auprès de nombre de ses clients qui se fichaient comme d'une guigne que leur coiffeur soit homosexuel.

Même les « cheveux bleus » – le surnom qu'il donnait à ses clientes régulières d'un certain âge – le trouvaient « très drôle » et semblaient par chance soutenir vivement sa relation avec Adam.

Cela avait quelque peu facilité le déménagement d'Adam à Manning Grove pour rejoindre les équipes du commissariat.

Mais ça ne voulait pas dire pour autant que tous les gens du coin les acceptaient. Au contraire, beaucoup les rejetaient, y compris la propre famille de Teddy qui les fuyait comme la peste. Comme si l'homosexualité était contagieuse et s'attrapait comme un virus.

La plupart du temps, les parents de Teddy évitaient d'aller en ville, mais le peu de fois qu'ils les avaient croisés, ils avaient fait comme si Teddy était invisible. D'ailleurs, un jour que Teddy et Adam s'étaient retrouvés chez Dino's Diner pour leur pause déjeuner habituelle, ses parents étaient entrés dans le restaurant et avaient détalé tout de suite dès qu'ils les avaient aperçus, sans même leur dire un mot ni leur adresser un signe.

Cela leur avait brisé le cœur, et il était heureux que Ron et Mary Ann aient intégré Teddy dans la famille. Même les parents d'Adam avaient largement accepté leur relation et étaient ravis d'accueillir Teddy dans leur famille en tant que futur beau-fils.

Il avait la chance que ses parents ne soient pas dans le jugement et ne l'aient jamais été. Il ne pouvait donc pas comprendre que l'on puisse être « répudié » par sa propre famille pour avoir osé s'assumer pleinement.

Il aimerait beaucoup avoir une petite conversation avec les parents de Teddy, mais il savait qu'il était inutile de se les mettre encore plus à dos. Pour être honnête, il n'en avait tout simplement rien à faire d'eux. Ils ne remettraient jamais en question leur attitude ni leurs esprits étriqués.

Peut-être ne voulaient-ils pas fréquenter Teddy, mais des tas d'autres gens l'appréciaient.

Et voilà que Teddy s'inquiétait qu'Adam lui fasse des cachotteries, mais s'il lui cachait des choses, c'était pour une bonne raison.

Il effleura délicatement du bout des lèvres la peau de Teddy, passant de sa hanche tatouée à son autre hanche. Il sentit une pression sur le dessus de sa tête. Quelqu'un semblait s'impatienter.

Si quelqu'un pouvait être impatient, c'était bien Adam. Il faisait des heures supplémentaires ce jour-là et n'était rentré de son service de la veille que passé minuit. Adam n'était donc pas vraiment d'humeur à prendre son temps, ils devraient se contenter d'une partie de jambes en l'air express. Mais au vu de toutes les préoccupations qui rongeaient Teddy en ce moment, cela ne pourrait qu'empirer la situation.

Au vu des circonstances, il allait donc prendre son temps, apaiser les craintes de son fiancé puis se rendormir afin d'être sûr de ne pas somnoler sur place le lendemain.

Il fourra son nez dans les petits poils soigneusement taillés à la base de la verge en érection de Teddy, prit son scrotum doux comme du velours dans sa bouche. Il entendit un sifflement au-dessus de lui et sentit les doigts de Teddy s'enfoncer dans son cuir chevelu. Il lécha le dessous de la queue de Teddy en remontant sur toute la longueur de celle-ci, et s'arrêta sur son gland luisant.

— Chéri, grogna Teddy, alors qu'Adam avait la bouche juste au-dessus de son gland.

Il releva les yeux vers son homme, qui retenait son souffle avec impatience. Il prit ensuite Teddy dans sa bouche, aspira profondément son sexe et se délecta du goût salé et familier du liquide pré-séminal sur sa langue. Teddy cambra légèrement les hanches et Adam ne le quitta pas des yeux lorsque son partenaire laissa retomber sa tête sur son oreiller en canard mort et lâcha un soupir irrégulier.

Il n'avait pas fait ça depuis un moment, et maintenant il le regrettait. Il adorait donner du plaisir à son partenaire, car cela l'excitait de voir monter l'excitation de Teddy.

Le fait qu'il ait oublié d'être aux petits soins pour Teddy de cette façon était la preuve pure et simple que Teddy avait raison. Adam avait eu la tête ailleurs et n'avait pas été tout à fait « présent » dans leur relation. Encore une fois, il avait une bonne excuse pour justifier ses absences, mais il devait cesser de vouer toute son attention à son entraînement en vue de devenir détective et également ne pas trop se focaliser sur son secret.

Même à cet instant, il n'était pas concentré à cent pour cent sur ce qu'il faisait. Il poussa mentalement un soupir et se força à se recentrer sur l'action.

Il enroula ses doigts autour de la base du sexe de Teddy et l'enserra, puis suivit les instructions de Teddy pour savoir quel rythme lui convenait.

— C'est ça, chéri, gémit Teddy en cambrant brusquement ses hanches minces.

En écoutant les petits bruits émis par Teddy tandis qu'Adam le suçait, son sexe devint dur comme la pierre, et du liquide commença à fuir sur les draps.

Adam retira sa bouche avec un *plop* humide.

— Quoi ? Non ! se plaignit Teddy en décollant brusquement sa tête de l'oreiller.

— Prépare-toi, car je vais te faire jouir, et dès que j'y serai parvenu, je prendrai ce qui m'appartient. Ce sera mon seul et unique avertissement.

— Oh !

Teddy fouilla dans le tiroir de sa table de nuit d'un geste hésitant, se saisit d'un flacon de lubrifiant, et les mains tremblantes, en ouvrit le bouchon avec un *pop* et en étala une quantité généreuse sur ses doigts.

— Fais attention, je n'ai pas envie de te mettre un coup de genou en pleine figure.

Adam se décala suffisamment pour laisser Teddy accéder à la zone qu'il avait besoin de préparer à l'action. Il se badigeonna le sexe de lubrifiant, et lorsqu'il eut terminé, il referma le flacon et le jeta près de sa hanche au cas où Adam aurait besoin d'en rajouter. Ils ne mettaient plus de préservatifs car ils s'étaient fait tester tous les deux avant d'emménager ensemble, et tous deux s'étaient mis d'accord pour se faire dépister tous les ans afin d'être tranquilles. Par contre, ils ne se passaient jamais du lubrifiant. Cela dit, ils avaient aussi trouvé quelques alternatives intéressantes au lubrifiant vendu dans le commerce.

Dès que Teddy se remit en position, Adam le prit de nouveau en profondeur dans sa bouche et, lorsqu'il remonta le long de sa verge, il vint encercler son gland avec sa langue. En redescendant, il effleura avec ses dents, volontairement mais doucement, l'extrémité sensible du membre de Teddy. Le corps tout entier de son partenaire convulsa, et Adam le plaqua contre le lit en appuyant un bras sur la taille de Teddy. Il accéléra ensuite le rythme et se fit un peu plus agressif dans ses gestes.

Cela lui permit d'obtenir de Teddy la réaction espérée, c'est-à-dire qu'il perde complètement la raison et oublie toutes ses préoccupations infondées quant au fait que Teddy n'éprouvait plus rien pour lui ou bien ne se sentait plus attiré par son partenaire. C'était bien loin d'être le cas.

— Chéri...

Adam sourit autour de la queue de Teddy, qui durcissait chaque seconde un peu plus à mesure que son orgasme arrivait.

— Je... gémit Teddy. Oh... je vais jouir...

C'était là tout le but de la manœuvre, donc cela n'avait rien d'une surprise. Adam ne relâcha pas ses efforts, ne ralentit pas, maintint le même rythme jusqu'à ce que les hanches de Teddy bondissent du matelas et qu'il crie le nom d'Adam. Celui-ci fut bien content d'avoir les cheveux courts, autrement Teddy aurait pu lui scalper la moitié du crâne lorsqu'il jouit. Le sperme de son futur mari vint lui tapisser la langue et coula dans sa gorge, il l'avala tout entier.

Il ne laissa même pas Teddy se remettre de la bouffée de

sensations de l'orgasme. Adam lui écarta grand les cuisses et fit remonter ses genoux vers son torse mince afin de disposer de l'accès qu'il voulait et dont il avait besoin.

Il se mit à genoux et fit glisser son engin le long de la raie des fesses de Teddy, badigeonnée de lubrifiant, jusqu'à trouver sa cible.

— Oui, siffla Teddy, s'il te plaît...

Son gland passa au travers du trou musclé et serré de Teddy, et Adam s'enfonça à l'intérieur de son homme afin de le revendiquer sien.

Il se rappela en même temps l'une des raisons pour lesquelles ils étaient ensemble.

Ils se complétaient à la perfection. Leurs différences se contrebalançaient les unes les autres. Même s'ils avaient chacun une personnalité diamétralement opposée à celle de l'autre, ils arrivaient à faire marcher leur couple d'une certaine façon.

Teddy empêchait Adam d'être trop sérieux, et en retour, Adam aidait Teddy à garder les pieds sur terre... du moins jusqu'à un certain point, car il ne voulait pas étouffer la joie de vivre de Teddy ni celui qu'il était.

C'était lorsqu'il avait vu Teddy lui faire du rentre-dedans et se mettre en scène pour qu'il le remarque, le jour du mariage de Marc et Leah, qu'Adam avait envisagé qu'il puisse devenir son amant, son ami, et finalement son partenaire de vie au quotidien.

Une fois Adam calé en profondeur, il hésita l'espace d'une seconde, suffisamment longtemps pour entrelacer ses doigts avec ceux de Teddy et venir appuyer leurs mains jointes contre le lit. Il plongea ensuite son regard dans les iris vert jade de son homme. Il avait le regard si expressif qu'Adam pouvait facilement deviner l'humeur de Teddy rien qu'en lisant dans ses yeux.

— Hé, murmura-t-il en décrivant de lents mouvements de va-et-vient dans le trou chaud et glissant de Teddy qui les reliait physiquement.

Désormais, il voulait aussi que s'établisse entre eux une connexion mentale, afin de montrer à son fiancé qu'il n'avait aucune raison de s'inquiéter : Adam n'allait partir nulle part.

— Hé, mon beau, murmura Teddy, les yeux plus brillants qu'ils ne devraient l'être pendant le sexe.

Ce moment était censé être un instant de joie et non de tristesse.

— Tu n'as aucune raison de t'inquiéter.

Teddy se mordit la lèvre inférieure et acquiesça sans piper mot.

Ce qui signifiait que ses inquiétudes persistaient.

Cela dit, c'était Teddy tout craché, et Adam ne pouvait s'attendre à une autre réaction de sa part.

— Je t'aime...

Teddy acquiesça une nouvelle fois et les larmes commencèrent à monter dans ses yeux verts.

Bon Dieu, s'il commençait à pleurer...

— J'adore être en toi.

Il acquiesça de plus belle, et cette fois une larme lui glissa du coin de l'œil, lui coula sur la tempe et vint se nicher dans ses cheveux blond foncé.

Puis il renifla.

Et... bien évidemment, son visage se mit à se contorsionner.

Merde.

— Si tu commences à brailler, je me retire et je me rendors.

Teddy écarquilla les yeux et fronça les sourcils.

— N'y songe même pas.

— Et toi, ne songe même pas à pleurer, lui intima Adam.

Teddy libéra l'une de ses mains et s'en servit pour éventer sa figure à présent toute humide.

— Regarde, tu me mets dans tous mes états !

— C'est *toi* qui te mets dans tous tes états.

— Comment ai-je pu avoir la chance d'avoir mon mec Bryson rien qu'à moi ?

— Tu m'as pourchassé, m'as attiré dans un placard dont tu as bloqué la porte avant de me donner un petit morceau de toi. Et je ne parle pas d'un morceau de ton cul, dit Adam en tapotant sur le torse d'Adam à l'endroit de son cœur, mais de ce morceau de toi. Cela dit, il faut reconnaître que ton cul était et est toujours vraiment adorable, lui aussi.

Teddy essuya ses yeux qui coulaient et se frotta le nez.

— C'était très romantique, tu ne trouves pas ?

— Je n'appellerais pas ça romantique, mais tu as attiré mon attention.

— Je t'ai enfermé dans un placard sans te laisser d'autre choix que de faire attention à moi.

— Ça a été le meilleur jour de ma vie, murmura Adam.

La lèvre de Teddy se mit à trembler.

— Arrête de dire des choses aussi chou !

Adam ravala son sourire.

— D'accord.

Teddy écarquilla les yeux.

— Non, continue !

— Décide-toi.

— Et si nous continuions ce que nous étions en train de faire et remettions cette discussion à plus tard ?

— Oui, je suis plutôt d'accord là-dessus.

— Je n'étais pas en train de faire un sondage.

Teddy ouvrit grand la bouche, puis la referma aussitôt et sourit.

— Tu es vraiment une bête.

— Mais pas n'importe quelle bête, la tienne.

Son sourire s'estompa.

— Arrête de pleurer, putain, le menaça Adam, sinon, fini les coups de queue.

— Mais j'ai envie de ta queue, murmura Teddy.

— Et moi, je veux te la donner.

Il déposa un baiser sur les lèvres douces de Teddy et vint frotter son nez le long de celui de son partenaire avant d'appuyer son front contre le sien.

— Je vais jouir en toi.

— Tu as intérêt, dit Teddy d'un souffle.

Adam se saisit à nouveau de la main libre de Teddy, laissa leurs doigts s'enchevêtrer et plaqua leurs mains contre le lit. Il se mit ensuite à bouger en donnant de vigoureux et profonds coups de reins dans les fesses de son amant. Il adorait sentir l'anus de Teddy qui l'enserrait étroitement, les petits bruits qu'il faisait et le fait de se sentir si proche de lui par l'intermédiaire de ce lien spécial qu'ils partageaient. Teddy était complètement fou de croire qu'Adam puisse aller voir ailleurs.

C'était tout l'inverse qu'il voulait.

Il était déjà à sa place.

Il accéléra ses coups de reins jusqu'à ce qu'il sente une pression commencer à monter, puis ralentit le rythme, car il ne voulait pas que cela se finisse trop vite, que cela dure un peu plus longtemps. Il était prêt pour cela à sacrifier quelques dizaines de minutes de sommeil.

Ils échangèrent un baiser, puis un autre.

Mais lorsque Teddy se contracta fort autour de lui, ce fut pour Adam le coup de grâce. Il ne pouvait plus tenir. Il colla sa bouche à l'oreille de son amant et lui dit :

— Je vais te remplir de moi.

Son fiancé frissonna en dessous de lui en entendant ses

mots, et Adam savait que Teddy mourait d'envie qu'il fasse ce qu'il venait d'annoncer.

Dans un dernier sursaut, Adam s'enfonça profondément en lui et resta immobile. Un râle grave lui échappa des lèvres et sa queue se mit à pulser tandis qu'il se vidait en son fiancé, son futur mari, son partenaire de vie.

Teddy ne correspondait pas à ce qu'Adam cherchait au premier abord, mais s'était avéré précisément celui dont il avait besoin.

Et Adam ne le quitterait jamais.

Partie Deux

Plus tard dans la journée du réveillon

Chapitre cinq
Marc & Leah

LEAH POUSSA un grognement en s'asseyant sur la chaise pliante que son beau-père lui avait installée devant le salon de coiffure de Teddy, les *Grandioses coupes de cheveux,* dans la grande rue. Elle était contente que ce soit son dernier bébé, fille ou garçon.

Ron, toujours là pour jouer les protecteurs, car c'était une qualité viscérale chez lui, s'assit sur la chaise à côté d'elle. Il lui tendit une couverture, que Leah repoussa d'un geste de la main.

— Donne-la à maman, le bébé me donne chaud.

En réalité, elle était prête à se délester de son manteau en laine, mais si Marc voyait cela, il allait piquer une crise.

— Elle en a déjà une. Assieds-toi dessus pour l'instant. Ça va peut-être contribuer à empêcher les hémorroïdes.

Leah ouvrit la bouche et la referma aussitôt. Il valait mieux faire comme si elle n'avait pas entendu cette dernière remarque.

On savait bien de qui les trois fils de Ron tenaient leur caractère entêté.

Marc avait également hérité de lui sa voix grave et virile, de même que son physique. Ron, qui avait désormais dans les 65 ans, était un grand-père diablement sexy. Il gardait la forme en s'occupant de leur ferme à sapins de Noël.

Et aussi en tirant les oreilles de ses petits-enfants.

Ron replia la couverture, aida Leah à se relever et la posa sur l'assise de la chaise avant de l'aider à se rasseoir.

— En parlant de mamans, comment va la tienne ? lui demanda-t-il en se rasseyant.

Leah se contorsionna la nuque et croisa le regard bleu de Ron.

— Très bien. Elle adore sa nouvelle vie, là-bas, dans le sud. Elle voulait que je vous redise qu'il faut absolument que vous reveniez la voir très vite, Mary Ann et toi, pour passer un peu de temps avec elle à la plage.

Sa mère avait déménagé sur le littoral, en Caroline du Sud, après avoir rencontré un homme avec qui elle s'était remariée.

Leah était contente pour elle, mais sa mère lui manquait et regrettait de ne pas pouvoir voir régulièrement ses petits-enfants. Au vu de leurs horaires de travail respectifs, il était compliqué pour Leah et Marc de prévoir une visite ou bien quelques jours de vacances chez elle. Lorsqu'ils parvenaient à prendre des congés, il manquait deux agents au commissariat.

Et maintenant, avec ce troisième bébé qui allait arriver dans quelques mois...

— Peut-être après les fêtes, et avant la naissance de mon dernier petit-enfant. Hors de question de rater ça, répondit-il.

Si cela n'en tenait qu'à Ron et Mary Ann, ils viendraient directement dans la salle d'accouchement pour assister à la naissance. La présence de Marc à ce moment-là lui suffisait amplement. Parfois, l'accouchement était trop dur à vivre.

— Êtes-vous sûrs que ce sera votre dernier petit-enfant, à tous les deux ?

Il arqua l'un de ses épais sourcils poivre et sel.

— Vous allez en avoir un autre ?

— Non ! s'empressa-t-elle bien trop vite de crier.

Ron sourit.

— Je me doutais bien que non. Amanda a rendu son tablier, et ça m'étonnerait que Carly insiste pour adopter un autre bébé. Il ne reste donc plus que Teddy et Adam, même si en pratique, les éventuels enfants qu'ils auront ne seront pas mes petits-enfants.

— Peut-être pas en pratique, mais presque.

Ron haussa et laissa retomber l'une de ses larges épaules.

— C'est vrai, mais le véritable grand-père de cet enfant, ce sera mon frère.

Leah tendit le bras et tapota la main de Ron.

— Tu es le grand-père de tout le monde, papa, y compris de Greg.

Un sourire mélancolique se dessina sur les lèvres du vieil homme.

— Ce garçon...

— Est-ce que tu as trouvé l'arbre que tu cherchais ?

Il esquissa un petit rictus narquois.

— Nous en avons trouvé un, oui.

Le rouge monta aux joues de Leah.

— Ne parlons pas de ça.

— Oui, il ne vaut mieux pas. Mais les enfants nous ont aidés à choisir un sapin parfait.

— Est-ce qu'ils l'ont décoré ?

— Nous l'avons installé et avons descendu les décorations du grenier, mais nous allons laisser les enfants le décorer après le défilé pour les occuper.

— Nous sommes contents que vous les ayez pris.

— J'ai vu ça, dit Ron en adressant un clin d'œil à Leah.

— Nous avons dit que nous n'allions pas en parler.

— Ah oui, c'est vrai.

Les gens commencèrent à se serrer sur les trottoirs. Certains d'entre eux restaient debout, d'autres installaient des chaises le long du tracé du défilé partout dans le centre-ville.

Ron se racla la gorge, et heureusement, changea de sujet :

— Au moins, la neige s'est arrêtée.

— J'espère qu'il va neiger demain, rien que quelques flocons. Cela rendra la journée encore plus spéciale si cela arrive.

Leah aperçut Mary Ann qui se frayait un chemin à travers la foule, Greg et Hannah sur les talons. Les Bryson venaient toujours camper sur la portion de trottoir devant le salon tous les ans pour regarder le défilé. C'était une tradition chez eux.

Sa belle-mère s'arrêta devant elle et lui tendit un gobelet en carton.

— Chocolat chaud.

— J'aurais préféré un hot toddy [1].

La mère de Marc prit une expression interloquée.

— Je plaisante, maman, murmura-t-elle dans sa barbe, mais quand même, c'est vrai.

— Je t'ai entendue ! s'exclama Mary Ann en installant Greg sur sa chaise avec une couverture, à côté de Ron, avant de prendre place à son tour sur la chaise de l'autre côté de Greg.

Hannah se laissa tomber sur la chaise pliante de l'autre côté de Leah d'un air quelque peu surjoué.

Leah but une gorgée de son chocolat chaud aux arômes intenses, marmonna un *mmmh* puis se pencha en avant pour demander à Mary Ann :

— Où sont les garçons ?

— Ils ont vu Marc qui parcourait la foule. Ils sont partis patrouiller à pied avec lui et jouent les vrais officiers de police. Il va les reconduire ici sous peu.

— Je suis certaine qu'Oliver ne voudra pas rater son père à cheval dans le défilé.

— Papa participe au défilé tous les ans, déclara Hannah, ses deux mains gantées serrées autour de son gobelet. Je suis certaine que si Liver le rate, il le verra l'année prochaine.

— Je croyais que tu n'avais pas le droit de l'appeler comme ça ? demanda Leah à la version miniature de 10 ans d'Amanda.

— Ça lui plaît.

— Non, ça ne lui plaît pas et tu ne l'appelles pas comme ça, la réprimanda Mary Ann quelques places plus loin, tout en sirotant sa boisson chaude.

— Chaque fois que tu l'appelleras comme ça, je jetterai l'un de tes cadeaux au feu.

— Grand-père ! vociféra Hannah.

— Ça te paraît trop radical ? Bon, très bien, alors chaque fois que tu l'appelleras comme ça, je remplacerai ton nom par le sien sur l'étiquette de l'un de tes cadeaux. Comme ça, tous les super cadeaux que nous t'avons achetés seront pour lui.

— Grand-père, gémit-elle, ce n'est pas gentil.

— Pas plus que de donner à ton frère un nom d'abat.

— Beurk !

Leah eut soudain un flash-back de l'époque où elle et Marc avaient commencé à travailler ensemble, et où il lui sortait toujours des noms de cochonnailles.

Elle s'était mise à penser qu'il avait peut-être une forme du syndrome de la Tourette. Il lui avait avoué plus tard qu'il s'imaginait toujours des rôtis, jambons et autres tranches de lard chaque fois qu'il avait besoin de détourner son attention du désir qu'il éprouvait pour Leah. Il n'avait pas le droit d'entretenir une relation avec elle en tant qu'instructeur.

C'était sympathique, mais assez bizarre.

À l'image de Marc.

— Pieds de porc à la marmite, murmura-t-elle avec un sourire.

— Quoi ? demanda Hannah, tirant Leah de ses souvenirs.

— Rien.

— Ils m'ont acheté des pieds de cochon à la marmite pour Noël ? cria Hannah. Pouah, dégoûtant !

— Dégoûtant, l'imita Greg en riant.

— Hannah, nous entendons encore parfaitement bien et ne préférerions pas devenir sourds avant l'heure, lui rappela Mary Ann.

— Les garçons crient plus fort que moi.

— Ils sont trois, et toi, tu es la seule fille.

Hannah leva les yeux au ciel et souffla avec dédain :

— Oui, c'est ça.

Elle détourna le regard en direction de la rue déserte, dans laquelle on avait dégagé la neige pour le défilé.

— Ça commence quand, ce machin ?

— À la même heure que tous les ans, lui répondit Leah en dissimulant un sourire amusé derrière son gobelet.

— Je ne serais même pas venue si papa n'était pas dans le cortège.

— Oh que si, lui dit Ron. C'est une tradition obligatoire dans la famille Bryson.

— Quand j'aurai 18 ans, je ne serai plus obligée de venir me les geler ici.

— Est-ce que tu seras toujours une Bryson, à 18 ans ?

Elle ouvrit grand la bouche en entendant la question de son grand-père.

— Oui.

— Alors tu auras le cul vissé sur cette chaise et tu seras là.

— Grand-père !

— Grand-père a dit *cul* ! croassa Greg en rebondissant sur sa chaise.

Mary Ann poussa un soupir. Leah étouffa un ricanement en prenant une gorgée de son chocolat chaud.

Elle se tourna vers ses beaux-parents.

— Merci d'avoir pris les enfants. La journée a été si sereine.

— S-e-r-e-i-n-e ou s-e-n-s-u-e-l-l-e ? épela Ron.

— Ron ! le réprimanda Mary Ann.

— Tranquille, se corrigea Leah, du moins jusqu'à maintenant.

Elle remarqua son mari qui se faufilait à travers la foule avec Jax dans les bras, tandis qu'il tenait fermement la main d'Austin enveloppée dans une mitaine. Ce dernier donnait la main à Oliver.

Bon Dieu, à le voir comme cela, elle en avait toujours le souffle coupé, surtout lorsqu'il était en uniforme. Voilà la raison pour laquelle elle était tombée enceinte une troisième fois.

En le voyant interagir avec leurs garçons et leur neveu, ses ovaires se mettaient à bombarder des ovocytes comme une mitraillette.

— Les voilà qui arrivent, dit Mary Ann.

— Les voilà qui arrivent ! hurla Greg, tout content de voir les garçons, comme s'il ne les avait pas vus depuis des semaines, et non depuis environ vingt minutes. Et il y a Marc, aussi !

Oh oui, le voilà qui arrivait.

Son mari plongea son regard dans le sien et sourit.

Elle décida alors sur-le-champ de faire une sieste après le

défilé pour pouvoir le sauter jusqu'à la moelle dès qu'il passerait la porte de la maison après le défilé.

Son sourire trembla et il la regarda en levant un sourcil, comme s'il pouvait lire dans ses pensées.

Elle l'espérait bien. Peut-être pourrait-ce lui tenir chaud au fur et à mesure qu'il se déplaçait au rythme du défilé.

Lorsqu'ils arrivèrent assez près du reste de la famille, Marc reposa Jax et lâcha la main d'Austin pour qu'ils puissent courir voir leur mère.

— Maman !

Tous deux se jetèrent sur elle, et Leah dut abriter son chocolat chaud contre elle pour ne pas qu'ils le lui fassent tomber des mains.

— On a mangé du funnel cake [2] !

— C'est vrai ? Avant le dîner ?

Austin, qui était un vrai clone de Marc, acquiesça.

— C'est papa qui nous en a acheté.

— Oui, je vois que tu as du sucre partout sur les lèvres.

Elle leva les yeux vers son père.

— Papa sait quel effet le sucre a sur vous. Et papa sait aussi que vos grands-parents vont vous commander des plats chinois ce soir, pour le dîner.

— Papa sait aussi quel effet un petit peu de sucre a sur votre maman, murmura Marc.

— C'est comme ça que la jeune génération appelle ça aujourd'hui ? demanda Ron. Du sucre ?

Il se tourna vers Mary Ann.

— Est-ce qu'on aura droit à un peu de sucre, tout à l'heure ?

— J'ai déjà mis une tonne de sucre dans ta tarte au sucre brun, mon chéri.

Ron sourit, Marc fit la grimace et Leah poussa un grognement.

— Au moins, ça me laisse un peu d'espoir, dit Leah dans sa barbe.

Ron lui tapota la main.

— Oui. S'il me ressemble un tant soit peu, il n'aura aucun problème là-dessus à l'avenir.

— Bon Dieu, grommela Marc. Papa, les enfants !

— Quoi, les enfants ? Nous parlons de tarte au sucre. Ce n'est pas ce dont tu parlais, toi aussi ?

— Waouh, murmura Leah en voyant un homme imposant avec une très longue barbe se diriger vers un endroit libre sur le trottoir.

Il tenait d'une main une femme blonde, et une petite fille qui lui ressemblait comme deux gouttes d'eau de son autre main.

M ARC TOURNA la tête dans la direction du regard de Leah, qui fixait le motard d'un mètre quatre-vingt-dix pour quatre-vingt-dix et quelques kilos se diriger vers un endroit libre sur le trottoir, tout près de là où était assise sa famille.

— Dunn et moi l'avons croisé l'autre jour sur le terrain vague où se trouvait auparavant l'ancien dépôt, dit Leah.

— Qu'est-ce qu'il faisait là-bas ? Cela fait un moment que les Blood Fury ne sont plus propriétaires de ce terrain.

— Il était en train de parler à cette blonde. Il nous a dit qu'elle s'était perdue et qu'il essayait seulement de la renseigner. Je ne pensais pas qu'ils se connaissaient, mais apparemment, mon instinct m'a trompée.

Marc leva les sourcils. Le commissariat de police avait régulièrement affaire à Judge Scott et à son cousin Deacon, puisqu'ils étaient propriétaires d'une entreprise de recouvrement de cautions du nom de Justice Bail Bonds à l'autre bout de la ville. Cependant, tous deux s'étaient mis à porter les couleurs du gang de motards des Blood Fury l'an dernier, lorsque le gang avait été ressuscité par le fils de l'ancien président décédé. Pas un seul flic au commissariat de Manning Grove n'avait été ravi de voir ni d'apprendre que le gang allait renaître de ses cendres, car les Fury avaient causé beaucoup de problèmes avant l'implosion du groupe plus de vingt ans auparavant.

Le meurtre et le chaos avaient été leur mot d'ordre.

— Elle n'a pas l'air si perdue que ça, là, puisqu'elle tient Judge par la main. La petite doit être sa fille, elle lui ressemble comme deux gouttes d'eau.

— C'est la première fois que je vois la petite, répondit sa femme.

Lorsque Judge commença à installer leurs chaises pliantes, la petite fille les remarqua et partit en courant. Elle avait de petits grelots attachés à ses baskets qui se mirent à tinter.

Judge et sa mère s'écrièrent de concert :

— Daisy !

Daisy courut rejoindre les deux fils de Marc ainsi qu'Oliver. Elle leur cria « salut ! » à pleins poumons et leur fit un signe de la main maladroit.

— Je m'appelle Daisy !

Austin et Jax levèrent tous les yeux vers Marc, sans bien savoir quoi faire.

Marc secoua la tête. À ce rythme-là, il allait devoir apprendre à ses fils comment draguer les filles. Il donna un petit coup de coude à son aîné.

— Dis bonjour.

Avant qu'aucun des deux garçons n'ait le temps de dire quoi que ce soit, Daisy déclara :

— J'ai 5 ans. Vous voulez bien être mes amis. Je n'ai pas encore d'amis pour jouer.

Leah lança un regard à Marc.

Il prit les devants, puisque ses fils semblaient avoir perdu leur langue. Il posa une main sur l'épaule d'Austin à l'instant où Judge et la femme blonde les rejoignirent.

— Voici Austin. Il a 6 ans.

Il posa ensuite son autre main sur la tête de Jax, couverte d'un bonnet en laine.

— Lui, c'est Jax, il a 4 ans. Et voici Oliver, qui a ton âge.

— Salut ! beugla Greg en bondissant sur ses pieds et en venant se poster près de Marc, où il se balança d'un pied sur l'autre.

— Je m'appelle Greg ! Je... je veux être ton ami.

Daisy renversa la tête en arrière, leva les yeux et fixa Greg.

— Salut, Greg ! Tu as quel âge ?

— J'ai... j'ai... hésita Greg en inclinant la tête et en se tordant les mains pour essayer de se souvenir.

— Trente-deux ans, lui murmura Marc.

— Trente-deux ans ! répéta Greg.

— Oh, tu es vieux ! dit Daisy en avançant sa lèvre infé-rieure pour prendre une mine exagérément boudeuse.

— Daisy ! la réprimanda sa mère.

— Mais c'est vrai, maman !

Greg se mit à rire.

— Je suis vieux.

— Salut Greg, le salua la blonde. Je m'appelle Cassie, et je suis la maman de Daisy.

— Salut Cassie ! la salua Greg d'un vague signe de main accompagné d'un grand sourire. Tu es très belle. Tu es venue voir Max au défilé ?

— Merci. Je ne vois pas qui est Max, au juste ? demanda Cassie en plissant les sourcils.

— Max est le chef de la police du coin, lui expliqua Judge.

Il fixa Marc de ses yeux verts perçants et releva fermement le menton pour le saluer.

— Marc.

— Judge. Quelle surprise de te voir ici.

— Ce n'est pas trop mon truc, les défilés de Noël, mais Dutch joue les pères No...

Il s'empressa de refermer la bouche et lança un regard aux enfants.

— Daisy voulait aller s'asseoir sur les genoux du père Noël, lui donner sa liste de cadeaux, et aussi regarder le défilé.

Marc acquiesça, soulagé que le motard n'ait pas révélé le secret que Dutch, le garagiste du coin, s'était déguisé en père Noël comme tous les ans, et que le père Noël n'existait pas. Les enfants ne le savaient pas encore, et il n'était pas certain que Greg le sache non plus.

Marc baissa les yeux vers Daisy, qui semblait si minuscule devant Judge, puis releva le regard vers Cassie.

— Vous venez d'arriver en ville ?

— Ma sœur et son mari habitent ici. Daisy et moi sommes venues juste après Thanksgiving.

— Vous comptez rester là ? demanda Marc.

— Je ne sais pas encore.

Marc ne manqua pas de remarquer le regard qu'il lui lança lorsqu'il entendit cette réponse.

Leah intervint :

— Je vous ai vue l'autre nuit sur ce terrain vague. La femme enceinte qui portait l'uniforme, c'était moi.

Cassie se retourna vers elle.

— Oui, le soir où je... euh... je me suis perdue.

— Mmm-hmm, répondit Leah. Perdue… alors comme ça, vous lui faites faire un petit tour de la ville, Judge.

Judge grimaça.

— Oui. Elle prend ses repères.

— Comment ça se passe, avec le gang ? demanda Marc. Vous avez déserté la montagne ?

— Oui, plus aucune saisie chez eux, dit Judge, l'expression de son visage indiscernable.

Sa longue barbe fournie qui lui recouvrait la figure et son bonnet gris tiré jusqu'en bas de son front ne dissimulaient pourtant pas ses traits.

— Trip a retenu sa leçon.

Ce n'était pas ce que Marc avait voulu insinuer, mais il lui avait implicitement fait savoir qu'il était au courant de ce qu'il s'était passé un mois plus tôt entre le Clan Shirley et le gang de motards. Il ne connaissait pas tous les détails, mais savait que quelque chose avait mal tourné entre eux.

Mais sans le gang des motards ni même les Shirley, Levi ne serait pas arrivé dans la vie de Matt et Carly, alors il n'allait pas trop chercher des poux à Judge sur le sujet ni essayer de creuser.

Personne n'était descendu de la montagne pour porter plainte, et Marc doutait qu'ils le fassent. Les Shirley n'obéissaient qu'à leurs propres lois et détestaient la police.

Tout comme le gang des motards.

Toutefois, Marc était reconnaissant envers Autumn d'avoir permis à son jeune frère d'adopter son bébé, comme tout le reste de la famille.

— Carly va amener Levi, l'avertit Marc. Autumn et Sig viennent voir le défilé ?

— Je ne crois pas. Je ne pense pas que Sig veuille la voir en ville en ce moment. Je vois que tu es de service pour le défilé, et je suppose que tes frères aussi. Je me doute que tu n'as pas besoin de moi pour surveiller Levi, mais au cas où, je suis là.

Marc scruta l'homme un long moment. Judge avait été nommé sergent d'armes au sein du gang de motards, ce qui signifiait qu'il avait le rôle de gros bras du club et donc pour mission d'en protéger les membres ainsi que tous ceux qui fréquentaient le gang de près ou de loin. Marc avait effectué quelques recherches au sujet des gangs de motards après que Trip était revenu en ville et avait commencé à faire revivre le club des Fury. Il voulait être bien informé en cas de problème, de même que tous ses collègues.

Il savait que les femmes et les enfants des différents membres du club étaient considérés comme la « propriété » de celui-ci. Judge se sentait probablement toujours responsable de la protection du petit dernier des neveux de Marc, ce qui expliquait pourquoi il avait proposé de garder un œil sur lui, même si le bébé était désormais un Bryson.

Il était sous la protection d'une famille de flics au lieu de celle d'une famille de motards.

— Ma femme va les surveiller, et mon père aussi. Il est peut-être à la retraite, mais il reste ancien flic et Marine de cœur, donc je pense que ça ira pour la garde des enfants. Adam et Marc vont rester dans les environs, eux aussi.

Judge tira sur sa longue barbe et acquiesça.

— Vous avez la situation en main, alors.

— Oui, mais je te remercie d'avoir proposé.

Judge inclina la tête et tendit une main à Daisy.

— Viens, gamine.

La petite fille fit une moue boudeuse.

— Je veux qu'on devienne copains.

— Ce sera pour une aut' fois, lui dit Judge. Tu auras bien l'occasion de les fréquenter quand tu entreras à l'école.

En entendant cela, Marc tendit l'oreille et remarqua que Leah avait fait de même.

— Alors, elle va rester dans le coin ?

— Oui, elle reste là, répondit-il en passant un bras autour de l'épaule de Cassie.

La femme ne répondit pas à cette affirmation, et Marc se demanda par conséquent si elle avait conscience que le colosse à ses côtés avait pris la décision à sa place.

— Eh bien, j'ai été ravi de vous rencontrer, Cassie.

Il lui tendit la main, et la jeune femme la serra.

— Marc Bryson. Voici ma femme, Leah, que vous avez déjà rencontrée, mes parents, Ron et Mary Ann, ma nièce Hannah, et vous connaissez déjà Greg, l'oncle d'Hannah. Bienvenue à Manning Grove, une ville sympathique, peuplée de gens sympathiques.

Il leva les yeux vers Judge.

— Et nous aimerions qu'elle le reste.

Judge bougea subrepticement la mâchoire en adressant à Marc un ferme signe de tête.

— Pareillement.

Il souleva ensuite Daisy, posa l'une de ses larges mains à l'arrière de la nuque de Cassie et les reconduisit à l'endroit où il avait installé les chaises, à quelques mètres en aval du pâté de maisons.

Marc lança un regard à sa femme.

Celle-ci murmura :

— Intéressant.

— Peut-être le club va-t-il rester dans le droit chemin s'il y a des femmes et des enfants dedans, espéra Marc.

— Ça n'a pas été le cas, la dernière fois, dit Ron. Judge a lui-même fait partie des enfants du gang, ainsi que Trip, Cage, Rook et Sig. Je vais demander à ton frère de surveiller de près cette bande de motards. Espérons que l'histoire ne se répète pas. Je n'aurais jamais pensé qu'un jour, notre ville puisse avoir affaire non seulement à une bande de motards, mais aussi à ce clan de dégénérés dans les montagnes. Lorsque les Fury ont été démantelés, nous avions pensé que la pire chose à laquelle nous pourrions être confrontés dorénavant, ce seraient les fabricants d'alcool de contrebande et de méthamphétamine.

— Oui, c'était le bon vieux temps, hein, papa ?

Ron secoua la tête.

— Nous avons mâché le travail de Max.

— Espérons seulement que Dutch était sincère lorsqu'il t'a dit qu'ils ne comptaient pas semer le trouble dans cette ville.

— C'est ce que nous verrons, lui dit son paternel.

Oliver monta sur les genoux de Ron, tandis que Jax, lui, était déjà assis sur ceux de Mary Ann.

— Je vais aller faire un tour pour voir si j'aperçois la tête du cortège. Ils ne devraient plus tarder à partir, maintenant.

— Carly, Amanda et Teddy ne sont pas encore là, s'exclama Mary Ann. Ils feraient bien de se dépêcher, sinon ils risquent de rater Max.

Marc parcourut la foule du regard.

— Carly arrive. Elle vient de s'arrêter pour voir Judge. Il semble qu'elle lui montre le bébé.

— Eh bien, il faut que Teddy ouvre le salon pour qu'elle puisse l'emmener au chaud, à l'intérieur. Je n'ai pas envie qu'il reste dehors par ce temps.

— Cela va l'endurcir un peu, ma poule, dit Ron à sa femme.

— Un bébé de cinq semaines n'a pas besoin d'être endurci, gloussa Mary Ann.

— Bah !

— Tu seras privé de tarte, tout à l'heure.

— Je veux de la tarte et j'en mangerai, répondit son mari.

Marc frappa dans ses mains.

— Bon, eh bien je vais descendre le long de la rue. Amusez-vous bien, vous tous.

Il se pencha pour embrasser Leah, et en profita pour lui chuchoter :

— Si la situation dégénère, envoie-moi un message. Ne fais rien de façon irréfléchie.

— Qu'est-ce qui dégénère ? Tes parents qui se disputent pour une *tarte* ? demanda Leah en mimant des guillemets lorsqu'elle prononça ce dernier mot.

Marc déposa un baiser sur ses lèvres. En se redressant, il lui dit :

— Envoie-moi un message si tu as besoin de moi.

— Et si je te disais plutôt de but en blanc que j'ai besoin de toi ? murmura-t-elle avec un sourire. Si je dors à l'heure où tu rentres, réveille-moi.

Cela promettait.

— Ne mange pas trop de sucre avant d'aller te coucher, intervint son père. Tu n'arriveras peut-être pas à dormir, et une grosse journée nous attend demain.

Leah fit la grimace.

— Oui, c'est Noooël ! cria Greg. Le père Noël arrive !

— Oui, le père Noël arrive ! hurla Jax.

— Il va descendre par la cheminée, hein, grand-père ? demanda Austin.

— Seulement si tu as été sage cette année, dit Ron.

— Je repasse vous voir plus tard. Soyez gentils avec vos grands-parents, les enfants.

Marc secoua la tête en lançant un dernier regard à sa famille, et repartit dans la direction d'où il était venu, c'est-à-dire dans la direction opposée à une tornade du nom de Teddy, qui se dirigeait droit vers eux.

Chapitre six
Matt & Carly

Carly manœuvrait précautionneusement avec sa poussette à travers la foule en essayant de ne pas écraser les pieds ni de cogner dans les mollets des gens. C'était la première fois qu'elle se servait de la poussette que Max et Amanda lui avaient donnée.

Elle se sentait toute stressée à l'idée de sortir en public avec son bébé pour la première fois. Elle regrettait que Matt ne puisse être là avec elle, mais elle savait bien qu'il devait travailler aujourd'hui pour avoir sa journée demain.

Et la journée du lendemain était une occasion spéciale que personne ne devait manquer sous aucun prétexte.

Elle espérait n'avoir rien oublié d'emporter dans le sac à langer et aussi que Levi avait assez chaud. Du moment que Teddy leur ouvrait son salon, ils seraient bien vite à l'abri de ce temps de fin décembre.

Un homme grand avec une très longue barbe attira d'emblée son attention, puis elle reconnut le gilet qu'il portait. Il se tenait auprès d'une femme blonde aux courbes généreuses et une petite fille d'une égale blondeur.

Elle les avait déjà vus, lui et son cousin, en ville et savait donc de qui il s'agissait, mais elle n'était pas au courant du fait qu'il avait rejoint le gang de motards de la région, dont étaient membres Sig et Autumn, la mère biologique de Levi.

Instinctivement, elle songea à passer devant eux sans s'arrêter, mais sa curiosité prit le dessus et la força à s'arrêter.

— Bonjour.

L'homme imposant qui portait un bonnet tourna la tête et promena son regard sur elle avant de poser les yeux sur Levi dans la poussette.

— Vous êtes Judge, n'est-ce pas ? C'est vous, le propriétaire de Justice Bail Bonds ?

— Oui, grommela Judge en se retournant face à elle.

— Je... euh... je suis Carly Bryson, et voici Levi, dit-elle en désignant la poussette d'un signe de main.

Judge écarta les narines et son regard revint se poser sur le bébé.

— Salut ! Je m'appelle Daisy ! cria la petite fille assise sur sa chaise en lui adressant un vague signe de la main et en balançant ses petites jambes d'avant en arrière.

— Salut, Daisy.

La femme que Carly supposait être la mère de la petite fille se présenta.

— Je m'appelle Cassie.

— Bonjour, répondit-elle en tendant la main d'un geste vif à la femme qui était assise.

— Je suis le docteur Carly Bryson, gynécologue-obstétricienne à l'hôpital de la région. Autumn est une de mes patientes, ainsi que Stella.

— Je m'en souviendrai.

Carly se mit à rire.

— Je n'essayais pas de vous convaincre de venir poser les

pieds sur les étriers dans mon cabinet. Je voulais seulement vous dire comment je connaissais les femmes de votre club.

Carly désigna Judge d'un geste brusque du menton, qui scrutait à présent le bébé, accroupi devant la poussette.

— Son club.

— Oh... oui, c'est ça, son club. Est-ce qu'Autumn vient ici aujourd'hui ? Cela fait un moment que je ne l'ai pas vue.

— Non, lui répondit Judge d'un grognement grave.

— Oh, eh bien...

Judge tendit le bras et glissa un doigt le long de la joue potelée de Levi.

— Il est roux ?

— Non.

— Bien, acquiesça Judge, une main appuyée sur la poitrine de Levi.

Sa main était si grande qu'elle recouvrait tout l'abdomen du bébé.

— Il va bien ?

— Oui, il va très bien. Il est parfait.

Judge acquiesça de nouveau.

— Est-ce qu'Autumn va bien ? Je n'ai pas eu de ses nouvelles depuis une quinzaine de jours. Sig est passé me livrer son lait maternel ces deux dernières semaines. Je voulais seulement m'assurer que tout allait bien pour elle... que tout se passait comme il fallait entre eux.

— Elle va bien.

— Pourriez-vous lui dire que nous l'invitons à la ferme des Bryson demain, pour Noël ? Enfin, si elle veut passer un peu de temps avec Levi, bien sûr.

Judge se releva.

— Sig la laissera aller nulle part sans lui.

— Très bien.

Hors de question, évidemment, que Sig, un ancien taulard, passe la journée de Noël entouré de flics.

— Eh bien, s'il vous plaît, dites-lui qu'elle est la bienvenue, même si elle ne peut pas venir. Je veux seulement qu'elle sache... combien nous lui sommes reconnaissants.

— Elle le sait.

Judge avait toujours les yeux rivés sur Levi, l'air soulagé. Peut-être avait-il craint que Levi souffre de malformations congénitales, et ses inquiétudes étaient légitimes.

— Prenez bien soin de lui.

— J'y compte bien.

— Si ces consanguins des montagnes vous causent des emmerdes, tenez-moi au courant.

Carly ouvrit la bouche et resta figée ainsi l'espace d'une seconde, sans bien savoir quoi répondre. Elle faisait partie d'une famille de flics. Si les Shirley venaient lui chercher des noises, à elle ou à Levi, la dernière personne à laquelle elle songerait à s'adresser serait bien un motard. Elle ne voulait pas d'un énième déchaînement de violence. Levi en était déjà le produit, et il ne servait à rien de répondre à la violence par la violence.

— Très bien, alors...

— *Coucooooooouuuuu*, mon beau. Oh ! s'exclama Teddy en dévisageant Judge, la bouche béante. *Ooooh.*

Il plissa le nez.

— Oh non. Non, non et non ! dit-il en décrivant un cercle avec sa main devant la figure de Judge. Cette abomination est tout à fait inacceptable.

Teddy avait-il bien conscience d'à qui il avait affaire ? Judge n'était pas une grand-mère habituée du salon à qui il faisait une petite coupe. Le motard n'avait rien à voir avec les « cheveux bleus » qui venaient chez Teddy.

— Qui t'a dit que ça t'allait bien, hein ? Tu sais qui te l'a dit ? dit Teddy en venant se coller au visage de Judge et en lui enfonçant un doigt en plein milieu du torse. Personne !

Judge le regarda en clignant des yeux, le visage impassible.

Cassie avait une main plaquée contre son visage, qui prenait une légère teinte écarlate, mais avait adressé un petit signe de tête à Teddy. Apparemment, elle était d'accord.

Daisy était assise sur sa chaise en silence, la bouche béante, émerveillée par cette personnalité grandiloquente qu'était Teddy.

— Tu caches ta splendide figure, et ces yeux verts, ces pommettes, ces lèvres voluptueuses.

Il arrondit une main sur le côté de sa bouche et se pencha en direction de Cassie.

— Je suis certain qu'il fait des merveilles avec, également.

Cassie acquiesça de nouveau, sa main toujours collée contre sa bouche.

— Oh, tu en as de la chance, toi. Mais mon beau, ce... *machin* qui te recouvre le visage, c'est non. Il faut que tu dégages ça.

— J'aime bien lui faire des papouilles dans la barbe, s'aventura Daisy. Mais ça pique, ça n'a rien à voir avec les cheveux de Jury.

Carly ne savait pas du tout qui était Jury.

— Oui, on dirait vraiment qu'il a une fourrure de bête qui lui pousse sur le visage.

Lorsque Teddy tendit le bras pour venir toucher la barbe de Judge, l'homme à la carrure imposante recula.

— Ne fais pas ça.

— Hmm, on se fait désirer... tu es vraiment le genre de gros dur que j'adore. Mais ne t'inquiète pas, la seule paire de ciseaux que j'ai sur moi, c'est celle qui est tatouée sur ma hanche, et celle-là, il n'y a qu'un homme qui la voit.

Teddy se tourna vers Cassie.

— À quoi ressemblent ses cheveux sous son bonnet de laine ?

— Il a une coupe à la brosse, comme s'il s'était coupé les cheveux avec une tondeuse pour chien.

Teddy haleta et se donna une tape sur le front.

— Tu as vraiment besoin de quelqu'un pour arranger ça, mon colosse, et il se trouve que je suis exactement la personne qu'il te faut.

Il pointa du doigt son salon de coiffure à peine un demi-pâté de maisons plus loin.

— Tu vois cet endroit là-bas, les *Grandioses coupes de cheveux* dans la grande rue ?

— Teddy, j'ai vécu ici toute ma p... ma *palpitante* de vie. Je sais qui tu es, je sais où est ta boutique.

Teddy fronça ses sourcils foncés qui ne formèrent plus qu'une ligne.

— Ah bon, c'est vrai ?

— Oui. Tu ne le savais certainement pas parce que je n'ai jamais mis un pied dans ta boutique.

Judge s'approcha et se mit à grogner :

— Et je n'en aurai jamais l'intention. Je sais me démerder tout seul, je n'ai pas besoin de ton aide.

Teddy ouvrit la bouche ronde comme un O puis planta une main sur sa hanche. Il avait dû comprendre que c'était peine perdue avec Judge, alors il se tourna vers Cassie.

— Tu aimes ce truc sur son visage ?

Cassie pinça les lèvres.

— Tu vois. Même *elle*, ça ne lui plaît pas.

— Moi, ça me plaît ! s'exclama Daisy.

— Moi aussi, ça me plaît, grommela Judge, et ma barbe va rester là où elle est.

Teddy laissa échapper un souffle agacé.

— Bon, très bien !

Il fouilla dans son portefeuille, en sortit une carte de visite qu'il tendit à Cassie avec insistance, et cette dernière la prit.

— Je suis là pour toi en cas de besoin. Tu dois être nouvelle dans le coin, car je ne vous avais jamais vues jusqu'à présent, ta fille et toi.

— Oui, je suis nouvelle.

— Alors je suis ton homme si tu as besoin que je m'occupe de votre resplendissante chevelure, à toi et ta petite fille. La première coupe est offerte par la maison, les *Grandioses coupes de cheveux*, juste là, dit-il en pointant du doigt sa boutique.

Il frappa dans ses mains.

— Bon, eh bien je dois aller ouvrir mon salon pour que ce petit bout de chou puisse venir se mettre au chaud.

Teddy se retourna vers Judge.

— Depuis combien de temps vis-tu ici ?

— J'ai vécu ici toute ma vie, répondit le colosse.

Teddy fit la moue et promena de nouveau son regard sur Judge. Il inclina la tête.

— Sommes-nous allés à l'école ensemble ?

— Tu as quelques années de plus que moi.

— Je parie que j'arriverais à reconnaître ton visage d'Apollon si tu me laissais passer un bon coup de tondeuse dans ce sac de nœuds.

— Raison de plus pour moi de le garder.

Teddy laissa échapper un halètement de surprise théâtral.

— Oh, c'est comme ça que tu le prends. Je vois. Très bien. Bon, alors je m'en vais.

Il se tourna vers Carly.

— Je vais aller t'ouvrir la porte. On se retrouve là-bas.

Il poussa un petit couinement, se retourna comme s'il faisait virevolter une cape derrière lui et partit à grands pas le long du trottoir.

Carly desserra les lèvres et dit :

— Transmettez mon invitation à Autumn, s'il vous plaît. Passez un joyeux Noël.

— Vous de même, dit Cassie.

Carly continua son chemin le long du trottoir avec la poussette, à présent encore plus bondé. Lorsqu'elle arriva au salon, elle retrouva sa famille alignée en rangs d'oignons devant la boutique. Tous étaient emmitouflés dans des couvertures et avaient le bout du nez rouge.

Matt avait raison, il faisait trop froid pour que Levi reste dehors, même brièvement. Toutefois, le lendemain, ils n'auraient pas d'autre choix que de sortir. Carly allait emmailloter Levi, puis le sangler contre le torse de Matt pour lui tenir chaud.

— As-tu vu Amanda ? lui demanda Mary Ann.

Carly fit un signe par-dessus son épaule.

— Je crois qu'elle tapait la discute à Adam là-bas, dans le coin. Ils avaient quelques détails à régler.

— Il y en a combien encore, des détails ? grommela Ron. C'est un...

Il se tut lorsque Teddy sortit à toute vitesse du salon.

— J'ai allumé le chauffage pour toi et le petit. Dis-moi s'il fait trop chaud.

— Merci, Teddy.

— Eh bien, tu prends tellement soin de mon grognon de mec Bryson que je dois te remercier.

— Si tu veux aller t'asseoir dehors avec le reste de la famille, je peux aller avec Levi à l'intérieur, proposa Mary Ann.

— Non, profite de ce moment au grand air.

— Mes vieux os n'aiment plus trop le froid.

— Alors il faut partir dans le sud, maman, répondit Carly à Mary Ann.

— Non ! Toute ma famille est ici, je ne veux pas qu'elle éclate en morceaux. Hors de question que je rate l'occasion d'être près de mes petits-enfants.

Mary Ann se pencha en avant.

— Ce n'est pas contre toi, Leah. Je ne crois pas que ta mère était très heureuse ici. Elle n'avait pas l'habitude de la mentalité des petites villes.

Leah posa une main sur son ventre.

— Elle viendra lorsque la naissance de celui-ci approchera. Je ne pense pas qu'elle veuille rater ça, elle non plus.

Elle lança un regard à Carly et leva les sourcils.

— Il n'y a qu'une seule personne autorisée en salle d'accouchement à la maternité, hein ?

— Euh...

Carly savait qu'outre Ron et Mary Ann, la mère de Leah aussi voudrait être présente le jour de la naissance de ce troisième bébé. Tous trois avaient essayé de rentrer dans la salle les deux dernières fois, mais Leah avait mis son veto.

— Seulement le père, avait-elle dit.

— Il y avait plus de monde que ça en salle d'accouchement à la naissance de Levi, se plaignit Mary Ann.

— C'étaient des circonstances particulières, s'empressa de dire Carly, et c'était moi le médecin.

— Chérie, je suis certain que Leah n'aurait pas envie que ses beaux-parents la voient dans cette posture. Un peu comme ce matin, dit Ron en souriant.

Carly connaissait ce sourire. Elle lança un regard à sa belle-sœur.

— Que s'est-il passé ce matin ?

— Nous n'en parlerons pas, grommela Leah en renvoyant à Carly un regard noir.

— Oh...

Oui, Carly était désormais habituée à ce que, dans une si grande famille, il y ait toujours le risque de se faire surprendre dans une situation compromettante si l'on ne faisait pas attention.

En réalité, Ron avait retrouvé sa culotte qui pendait à l'hélice d'un ventilateur de plafond, un matin quand il était entré dans la maison à l'improviste après qu'elle et Matt avaient couché ensemble. Carly n'avait pas la moindre idée de comment elle avait pu atterrir là. Ils avaient vite pris l'habitude de fermer les portes et de baisser les stores à chaque fois qu'ils se déshabillaient, car ils ne savaient jamais qui allait débarquer sans prévenir.

— Je l'emmène à l'intérieur.

Teddy s'empressa de venir lui tenir la porte.

— J'ai mis la machine à café en route si tu en veux.

Il la suivit dans le salon et se mit de suite à détacher Levi dans sa poussette.

— Oh, j'ai tellement envie de pincer ces petites joues rondes.

Teddy sortit Levi de la poussette, déposa un bruyant baiser sur l'une de ses joues potelées et le tint dans ses bras tandis que Carly lui ôtait sa combinaison pour le laisser en grenouillère. Teddy fit ensuite le tour du salon avec le bébé dans les bras pour le lui montrer.

— Je vais être le premier à couper tes petites mèches foncées. Et si un jour, tu veux devenir coiffeur, oncle Teddy sera ravi de te montrer les ficelles du métier.

— Je suis certaine que Matt a d'autres projets pour lui.

— Laisse-moi deviner, il veut qu'il intègre les Marines et devienne flic.

Teddy bâilla exagérément.

— Toujours la même chanson, le même refrain.

— Ils ont ça dans le sang, lui rappela Carly.

— Oui, mais ce petit bonhomme n'a pas tout à fait le même sang, alors il faut que ce soit un original. Il doit être le mec Bryson qui aura rompu avec la tradition.

— Je veux seulement qu'il soit heureux et en bonne santé.

— C'est exactement ce que je souhaitais pour Matty aussi.

Teddy lui ramena Levi, et Carly lui prit son fils des bras.

— Et j'étais tout à fait sérieux lorsque j'ai dit que je devais te remercier. Tu l'as rendu aussi heureux et rayonnant de santé que possible. Je pense que tu lui as sauvé la vie.

Teddy n'avait pas pour habitude de se montrer si sérieux, alors, à l'entendre s'exprimer sur un ton aussi mesuré, Carly en eut les yeux qui brûlaient et le nez qui piquait.

— Teddy, murmura-t-elle.

— Mais c'est vrai. Tu es devenue la personne la plus importante dans cette famille. Nous aurions pu le perdre si tu ne l'avais pas saisi par les bijoux et ne lui avais pas donné de repères dans sa vie.

Malheureusement, Teddy n'était pas le premier à le lui dire.

— Je m'inquiète de l'impact que pourrait avoir le bébé sur sa santé mentale. Même s'il refuse de l'admettre, parfois, cela lui rappelle de mauvais souvenirs lorsqu'il entend pleurer Levi. J'ai vu la tête qu'il faisait et il fait de son mieux pour réprimer son mal-être, mais...

Son mari souffrirait toujours de son syndrome de stress post-traumatique, et les bébés étaient un élément déclencheur de crises chez lui. Tous ces enfants qu'il avait vus dévastés par la guerre lui avaient laissé de profondes cicatrices.

Teddy lui fit un sourire triste en fixant Levi dans ses bras.

— Il t'aime, et il aime son fils.

— Parfois, l'amour ne suffit pas.

Teddy lui donna une petite caresse revigorante en faisant attention au bébé.

— Dans votre cas, si.

Carly espérait qu'il avait raison.

— Bon, alors, nous sommes censés passer une journée pleine de joie aujourd'hui, alors cessons d'être d'humeur si morose. Matty va surmonter tout cela pour sa famille, comme il l'a toujours fait.

Teddy se mit sur la pointe des pieds et planta un baiser résonnant sur la joue de Carly. En se reculant, il écarquilla ses yeux verts.

— Oh ! Je crois que j'entends la fanfare qui arrive. Je sors juste devant la boutique pour voir l'aîné des mecs Bryson en train de défiler dans son uniforme chic. Si tu as besoin de quelque chose, crie-moi *ooooooh héééé*.

Puis le coiffeur disparut et ne laissa derrière lui que le tintement de la clochette au-dessus de la porte.

Carly baissa les yeux sur le visage de Levi. Le bébé était éveillé et calme, il se contentait d'absorber cette nouvelle ambiance en suçant son poing d'un air satisfait.

— Une seconde, mon bonhomme, je vais te chercher ta tétine.

Elle sortit le sac à langer de la poussette et le posa sur la table devant la grande fenêtre panoramique du salon, sur la longueur de laquelle était peint à la main, en lettres fantaisistes, *Grandioses coupes de cheveux dans la grande rue*. Même si le salon était décoré de guirlandes lumineuses colorées avec des pendentifs en forme de flocon de neige accrochés aux fenêtres, elle parviendrait à avoir une vue dégagée du défilé.

Hannah la vit bouger à travers la fenêtre et lui fit signe de la main. Carly lui fit signe en retour, sourire aux lèvres.

Elle adorerait avoir une fille également. Il y avait besoin de plus de filles dans cette famille, mais elle ne voulait pas forcer Matt à une deuxième adoption. Tous les deux prenaient de l'âge, et elle avait été soulagée et heureuse lorsqu'il lui avait dit être prêt à se lancer dans la procédure d'adoption, l'année précédente.

Et désormais, son rêve avait pris corps.

En fouillant dans le sac, elle effleura un morceau de papier du bout des doigts, dont elle se saisit en même temps que de la tétine. Une fois celle-ci bien enfoncée entre les petites lèvres de Teddy, lorsqu'il se mit à la sucer calmement, elle déplia le morceau de papier qu'elle n'avait pas mis dans le sac ce matin-là.

Elle reconnut immédiatement l'écriture brouillonne sur le papier et son cœur cessa de battre. Elle retint son souffle en parcourant le petit mot du regard, puis revint au début pour le lire plus lentement. Une fois encore, ses larmes menacèrent de couler, en conséquence de quoi elle eut du mal à déchiffrer les mots.

À mon amour, ma vie, ma femme, mère de mon fils,

Je ne parviendrai jamais à te dire avec des mots à quel point tu comptes pour moi ni à quel point tu fais partie de moi. Je ne pourrai jamais te dire combien tu me pousses à devenir un homme meilleur, mais je veux que tu saches que c'est le cas.

Je t'aime du fond de mon cœur et ne pourrais pas t'aimer plus.

Merci de m'aider à m'accrocher, et de toujours te battre à mes côtés dans les moments difficiles.

Je t'aimerai pour l'éternité.

Ton Marine, mari et père de ton fils.

 ~ M

— Bordel de merde, murmura Carly en essuyant les larmes qui finirent par lui échapper.

Ce petit mot était le plus beau cadeau de Noël qu'elle n'ait jamais reçu, et elle le garderait, le chérirait pour toujours. Peut-être même le dissimulerait-elle sous son oreiller la nuit, quand elle dormirait.

La clochette tinta de nouveau, et Carly s'empressa d'essuyer ses dernières larmes ainsi que de cligner des yeux pour y voir plus clair. Elle aperçut alors son courageux Marine, son splendide mari et père aimant de son fils passer le pas de la porte.

Il *était* l'amour de sa vie, avec ses défauts et tout ce qui allait avec.

Levi se mit à gigoter dans les bras de Carly, et Matt remarqua que les yeux de son fils s'étaient fixés sur lui lorsqu'il s'approchait. Tout heureux qu'il était que son fils commence à le reconnaître, les larmes de Carly attirèrent son attention et il redressa la colonne vertébrale, raide comme un piquet.

— Qu'est-ce qu'il y a ? Est-ce que tout va bien ? Est-ce qu'il va bien ? Que s'est-il passé ?

Carly renifla et sourit.

— Nous allons parfaitement bien, andouille. Nous étions censés passer une journée pleine de joie aujourd'hui, et voilà que tu m'as fait pleurer.

Il sourit.

— Je vois que tu as trouvé mon petit mot.

— Matt...

— Tout ce que j'ai écrit, je le pense sincèrement.

Carly laissa échapper un souffle et s'essuya les yeux.

— Je sais.

— Ça ne devrait pas te faire pleurer.

— Bien sûr que si ! Je sais que tu ne dis pas ce genre de choses à la légère, et c'est ça, le pire, ou alors le mieux. Ou bien... qu'importe, c'était parfait.

Il fixa ses yeux bleus cerclés de rouge et sa lèvre inférieure tremblotante qu'il avait envie de goûter. Il se pencha donc pour lui donner un baiser furtif.

Lorsque Levi poussa un petit couinement de joie entre eux deux, Matt le lui prit des bras et le serra contre son torse en se retournant vers la grande fenêtre.

— Hé, Levi. Tu ne vas pas te rappeler ce défilé, mais ce sera le premier d'une longue série. Oncle Max sera tout devant.

Carly vint se poster à côté de lui, et il lui passa un bras autour des épaules en lui faisant une petite caresse revigorante.

— Je ne peux pas rester longtemps, mais je voulais passer vous voir pour m'assurer que tout allait bien pour vous deux.

Il se retourna vers elle.

— Désolé pour ce matin. Je te promets d'informer mon médecin de ce qu'il s'est passé.

Cette promesse-là, il la tiendrait aussi. Il ne voulait pas foutre en l'air ce qu'ils partageaient avec Carly. Elle encaissait beaucoup lorsqu'elle affrontait les situations avec lui. Comme il l'avait dit dans son petit mot, il lui était extrêmement reconnaissant de son soutien indéfectible dans tous ses moments difficiles, sans exception.

Elle passa les doigts dans le duvet brun qui recouvrait la tête de Levi, encore les larmes aux yeux.

— Merci pour tous les efforts que tu as faits pour essayer

d'aller mieux. Merci d'avoir fait tout ton possible pour que nous puissions accueillir un enfant dans notre vie.

Matt espérait que les yeux de Levi gardent leur couleur bleue comme ceux d'Autumn, de sorte qu'ils seraient comme les siens.

— Je savais à quel point cela comptait pour toi. Il fallait que je le fasse pour toi. Je ne voulais pas que tu regrettes de ne jamais avoir eu l'enfant que tu désirais si ardemment, que tu regrettes d'avoir fait une croix sur ce rêve parce que tu avais épousé un homme brisé. Je n'ai toujours voulu que ton bonheur.

— C'est réciproque, murmura-t-elle en se retournant vers lui pour lui saisir la joue. Je t'aime, Matt, et j'aurais été prête à faire une croix sur ce rêve pour que tu restes à mes côtés.

Voilà que maintenant, c'était lui qui avait les yeux qui piquaient, bon sang. Cela devait être l'air chaud artificiel qui sortait du système de chauffage de salon.

— Le fait de savoir que tu aurais été prête à faire ce sacrifice pour moi est justement ce qui m'a poussé à redoubler d'efforts. Je n'avais pas envie que tu aies à le faire. Je crois que cela aurait fini par me dévorer de l'intérieur de savoir que j'avais réduit à néant ton rêve de devenir mère.

— J'ai seulement l'impression que nous avons une dette énorme envers Autumn. Je lui ai transmis l'invitation pour demain, mais je doute qu'elle viendra.

— Cela n'aurait rien d'étonnant. En plus, je pense que Sig s'inquiète qu'elle sorte de la ferme en ce moment. Les événements sont encore tout frais pour tous ceux qui sont impliqués là-dedans.

— Dieu merci, tout s'est bien déroulé jusque-là. Espérons que ça continue ainsi.

Il passa l'une des jointures de ses doigts le long de la joue humide de sa femme.

— Oui, tout va bien se passer. Cet enfant est un Bryson, il a toute une armée derrière lui pour le protéger.

Carly se mit à rire.

— C'est vrai. Lorsque j'ai croisé Judge dehors, il m'a dit qu'il serait prêt à intervenir à tout moment.

Matt n'avait pas besoin de l'intervention d'un motard pour protéger sa famille. Il comprenait pourquoi Judge se proposait de leur apporter son aide, mais ce n'était pas nécessaire.

— Il faut que j'y aille.

Peut-être devrait-il aller toucher deux mots au sergent d'armes du club, afin de lui rappeler gentiment que Matt avait assuré les arrières de sa famille.

Elle s'essuya le visage.

— Tu veux bien me laisser une minute ? Je file aux toilettes.

— Oui.

Alors que Carly courait au fond du salon, la clochette au-dessus de la porte tinta et sa mère entra.

— Oh, voilà mon petit bébé avec son petit bébé dans les bras, s'écria-t-elle, et son visage s'illumina.

— Maman, il n'y a qu'un bébé ici, et c'est Levi.

Sa mère approcha et vint tout de même lui pincer la joue. Matt recula devant ce geste.

— Tu seras toujours mon bébé.

— Tu as des tas de petits-enfants à couvrir d'affection... je veux dire, à *pouponner*.

Mary Ann lui donna une légère claque sur le bras.

— Je ne cesserai jamais de couvrir mes fils d'affection.

Matt poussa un grognement.

— Je suis si heureuse que tu construises enfin ta vie, Matt, si heureuse de voir que tu as fondé ta propre famille. Tu *es* mon bébé... mais, en vérité, dit-elle en prenant une inspiration saccadée, je me suis fait un sang d'encre à ton sujet pendant une éternité.

— Je sais.

Bordel de merde, voilà qu'à présent, il avait contrarié les deux femmes qui lui étaient les plus chères dans sa vie. Il semblait être expert en la matière, et il n'était pas fier de cette aptitude.

Chaque fois qu'il s'engageait de nouveau pour partir en mission, c'était un vrai coup dur pour sa mère. Non, pas seulement un coup dur, elle en était dévastée. Elle ne comprenait pas les raisons de son geste, mais Matt n'était pas prêt à affronter la vie civile à ce moment-là. Ce n'était pas pour rien qu'il s'était engagé dans les Marines ni qu'il était devenu Raider, et il avait du mal à accepter d'avoir abandonné sa mission sans l'avoir menée à son terme. Mais désormais, après des années de suivi thérapeutique, il s'était rendu compte qu'il ne pourrait jamais accomplir cette mission. Il y aurait toujours un nouveau conflit pour succéder à un autre. Il ne pouvait pas arranger les choses là-bas, et il devait empêcher ce lourd poids, cette pression de le dévorer.

— Je n'ai plus peur.

Fichtre, Dieu merci.

— Je suis navré de t'avoir inquiétée.

Il ferma les yeux et souffla un moment. Il avait esquivé cette conversation pendant longtemps, trop longtemps. Mais à présent qu'il avait un fils, il comprenait mieux l'amour filial entre un parent et son enfant.

Il ne pouvait plus l'éviter à présent, et il devait tant à sa mère.

— Je sais que tu penses que j'ai choisi de partir en mission là-bas plutôt que de rester auprès de toi, auprès de ma famille. Je sais que tu en as été blessée, et je suis navré de t'avoir infligé cela. Ce n'était pas mon intention. Mon intention était de faire mon service comme tous les autres hommes de la famille Bryson et de marcher dans les pas de papa et grand-père. C'était ce que l'on attendait de moi. Mais lorsque je suis rentré à la maison, et lors de ma formation à l'école de police, tout cela m'a semblé factice, j'ai eu l'impression qu'il n'y avait rien de vrai là-dedans. La guerre, elle, était bel et bien réelle, les gens qui mouraient aussi. Faire son tour de patrouille dans une petite ville calme pour aller récupérer des chats coincés en haut d'un arbre, ce n'était pas la réalité, ça. Tout ceci m'a paru dénué de sens, et ce genre d'incidents était tout simplement insignifiant. J'ai eu l'impression que ce que j'avais fait là-bas était plus important, c'était réel.

Il avait du mal à expliquer son ressenti, comme si sa vie à Manning Grove n'avait pas d'importance, comme si n'importe qui pouvait le remplacer et faire son travail, mais que ses expériences à l'étranger avaient donné un sens à sa vie.

Son cœur savait que c'était faux, mais son cerveau voyait les choses autrement.

— Cela t'a brisé, et ça m'a brisé le cœur, dit-elle, les larmes prêtes à couler au coin des yeux.

Il ne voulait pas voir pleurer sa mère. *Putain.*

— Je suis désolé.

Matt tourna la tête en entendant un bruit. Carly se tenait au fond du salon, en pleurs, une main collée sur sa bouche. Elle la laissa retomber en venant vers lui et dit :

— Nous sommes censés passer une heureuse journée, aujourd'hui !

Sa mère lui fit une petite caresse sur le bras, puis se mit sur la pointe des pieds et l'embrassa sur la joue.

— Merci, murmura-t-elle. Je suis désolée si je vous ai mis la pression, à toi et à tes frères, de vous marier et de me donner des petits-enfants. J'ai cru que c'était pour cette raison que tu restais loin de nous. J'aurais dû me douter que vous alliez finir par vous caser, tous les trois, une fois que vous auriez trouvé la personne parfaite pour vous, et ça a été le cas. Je ne pourrais être plus satisfaite des femmes que vous avez choisies. Et maintenant, dit-elle en lançant un regard à Levi dans les bras de Matt avec un sourire empli de tendresse, j'ai eu ce que j'avais toujours espéré.

— Et tu as toujours papa à tes côtés.

Mary Ann se mit à rire jusqu'à ce que ses larmes sèchent.

— Oui, je l'ai toujours avec moi.

Elle se tourna vers Carly.

— Si tu as besoin de moi, crie un coup.

— Compte sur moi.

— Je raccompagne maman à la porte.

Il déposa un baiser sur le front de Levi et le remit dans sa poussette. Il en déposa ensuite un autre sur les lèvres de Carly et murmura :

— À plus tard.

Après avoir lancé un dernier regard à sa famille, Matt raccompagna sa mère dehors.

Chapitre sept
Teddy & Adam

Teddy ne pouvait s'empêcher de taper nerveusement du pied sur le trottoir, mais il valait mieux ça plutôt qu'il se ronge les ongles jusqu'à la matrice. En plus, s'il le faisait, il aurait un goût *dégueulasse* dans la bouche, puisqu'il portait des gants en cuir.

Il avait envie de se sentir mieux après sa conversation matinale – et cette partie de jambes en l'air diablement sexy – avec Adam, mais quelque chose le démangeait toujours. Il avait besoin de parler à sa meilleure amie.

Mais où était passée Amanda, d'ailleurs ?

Elle avait tendance à être toujours en retard, mais pas à ce point-là, et Adam voyait et entendait la fanfare du lycée qui remontait à présent la rue.

En tête du cortège du défilé se trouvaient toujours la fanfare avec sa pancarte « joyeuses fêtes » et tous les lycéens avec leurs mignons petits uniformes qui se les gelaient, suivis du maire sur son char, accompagné du conseil municipal. Eux ne se les gelaient pas car ils étaient vêtus de circonstance vu le temps qu'il faisait, et prenaient certainement une petite gorgée de leurs gourdes remplies de whisky, discrètement planquées dans leurs poches de manteau, à l'inverse des adolescents.

Après eux venait Max, le chef de la police municipale, qui se gelait habituellement son petit derrière sexy, assis à l'arrière d'une décapotable, à distribuer des écussons en velours du commissariat de police de Manning Grove à tous ceux qui s'approchaient de la voiture pour lui en demander un. Si c'était un enfant, le petit avait aussi droit à un petit sachet de bonbons. Max était très populaire chez les moins de 18 ans, et aussi auprès des femmes de plus de 18 ans, mais pour deux raisons bien distinctes.

Chez les uns, c'était parce qu'il distribuait des bonbons, et chez les autres, parce qu'il se laissait dévorer du regard comme un bonbon.

Amanda s'était dégoté un sacré beau morceau, mais hors de question qu'elle ne le relâche d'entre ses griffes. Non pas que Max ose jamais poser sur les autres femmes le regard qu'il posait sur la sienne.

Teddy poussa un soupir.

Il voulait tellement avoir ce qu'ils avaient, eux. Tout cela, il pensait pouvoir l'avoir avec Adam, mais il commençait à se poser des questions.

Oh non, il se tracassait trop au sujet de *tout* ! S'il ne faisait pas attention là-dessus, il pourrait pousser son amant à s'éloigner.

Oh, Adam devait une fière chandelle aux dieux des meilleurs amis, voilà qu'arrivait Amanda, se faufilant avec difficulté à travers la foule, le regard fixé sur lui avec un sourire secret aux lèvres.

Mais qu'est-ce que c'était que ce bordel ?

— Tu ferais bien de m'expliquer ça, et tout de suite ! insista-t-il lorsqu'Amanda prit place sur la chaise à côté de lui.

— Je peux peut-être dire bonjour à mes progénitures d'abord ?

— Non !

Amanda se mit à rire.

— Alors, que veux-tu que je t'explique ?

Teddy décrivit un cercle autour de son visage.

— Ce que cache ce regard sur ton visage, comme si tu avais appris un secret croustillant. Tu dois partager ça avec ton meilleur ami pour la vie.

— Bon, très bien, je vais te le dire...

Amanda se pencha en avant et appela Leah :

— Hé, Leah !

Teddy laissa échapper un halètement de surprise sonore.

— Hé, Amanda ! lui répondit Leah, qui n'était pas au courant des potins qui couraient de leur côté du groupe.

— Le bébé va bien ? demanda Amanda en lançant un regard malicieux à Teddy.

Leah leva le pouce en l'air.

— Elle va bien. Moi, je ne sais pas.

— Ce n'était pas drôle, siffla Teddy. Quand on est meilleurs amis, c'est *pour la vie*, vous avez bien entendu, *pour-la-vie*. Vous allez être obligées de me supporter pour toujours.

— Merde, marmonna Amanda.

— Très bien, dis-moi tout, ma poulette. C'était quoi, ce petit sourire secret ?

Amanda s'appuya contre le dossier de sa chaise pliante, déplia la couverture laissée dessus et la déploya sur ses jambes.

— Rien. Je pensais juste à la surprise que nous allons faire à *tu-sais-qui* demain.

Tu-sais-qui, c'était Greg. Teddy réfléchit une seconde à cette information.

— Je ne crois pas que c'était ça que tu avais en tête.

Amanda poussa un soupir.

— Si, je te jure que c'était ça.

— Jure-le-moi sur la vie de tes enfants.

— Je veux bien jurer sur la vie d'Hannah, mais pas sur celle d'Oliver.

— Maman ! cria Hannah d'une voix aiguë à côté de Teddy, je vais le dire à papa !

— Tu vois ? C'est pour ça que je parie sur sa vie. Espèce de cafteuse, dit-elle à sa fille en essayant tant bien que mal de garder un air sérieux.

— Les cafteuses feraient mieux de ne pas raconter d'histoires trop fort de café, sinon... déclara Ron, assis de l'autre côté de Leah.

— Grand-père !

Ron haussa les épaules.

— Quoi, c'est vrai.

Leah, qui était assise entre les deux, avait rejeté la tête en avant et tremblait.

— Ce n'est pas drôle, tante Leah, souffla Hannah.

— Je ne suis pas d'accord, répondit Leah en laissant échapper un rire.

Hannah croisa les bras sur sa poitrine et se mit à bouder.

— Le père Noël te voit bouder, lui rappela Ron.

Hannah s'empressa d'effacer son expression boudeuse et regarda plutôt droit devant elle d'un air plein de dédain.

— Je n'ai pas idée de qui elle tient ça, dit Amanda à mi-voix.

Teddy renifla d'un air méprisant.

La fanfare passa devant eux, et ils ne purent pas parler pendant quelques minutes car celle-ci était bruyante et s'arrêtait à chaque pâté de maisons pour que les majorettes puissent faire virevolter leurs bâtons, drapeaux, et faire le numéro habituel des jeunes filles en tenue légère dans une fanfare.

Teddy aurait l'air canon dans l'une de ces tenues.

Hmm.

Une fois la fanfare repartie, le char du maire leur passa devant.

Vint ensuite la Chevy Impala SS décapotable modèle 1965 (Teddy n'était pas fier de connaître ces détails, mais le chef roulait toujours dans ce même véhicule) avec le fils de Dutch au volant. Dutch proposait tous les ans de prêter sa voiture de collection pour le défilé, avec Cage au volant. La seule chose qui changeait cette année, ainsi que l'an dernier par rapport aux années précédentes, c'était que Cage avait rejoint le gang de motards dont Dutch avait été membre par le passé.

Il était maintenant devenu l'un de ces colosses tout habillés de cuir, tout comme le reste de la bande de mécaniciens virils et *doués de leurs mains* de Dutch.

Toutefois, Cage ne portait pas les « couleurs » de son club ce jour-là, par respect pour Max. Dutch s'efforçait autant que possible de rester en bons termes avec les membres du commissariat puisqu'il s'occupait de leurs véhicules, à la fois professionnels et personnels.

Mais Cage était sexy comme un dieu, comme tout le reste de l'équipe de Dutch. Parfois, Teddy éprouvait l'envie irrépressible de crever un de ses pneus juste pour que l'un d'entre eux vienne « à son secours », ou au moins qu'il se penche en avant pour lui changer son pneu.

Cependant, Adam savait changer un pneu comme un pro, alors s'il apprenait que Teddy avait appelé quelqu'un d'autre que lui à la rescousse, il se sentirait certainement un peu offusqué.

— Voilà oncle Max ! cria Austin.

— Max ! répéta Greg en rebondissant sur sa chaise et en faisant signe à tous les participants du défilé.

— Salut papa ! cria Oliver en se précipitant sur le rebord du trottoir pour faire signe à son père.

Ron bondit de sa chaise pour retenir le petit garçon de 5 ans afin qu'il ne fonce pas dans la rue.

— Parfois, j'ai encore envie de t'arracher les yeux pour m'avoir privé de mon premier véritable amour, grommela Teddy.

— Crois-moi, tu ne voudrais pas vivre avec lui, dit Amanda. Il est têtu.

Teddy haussa l'un de ses sourcils qu'il savait parfaitement bien dessinés.

— Ah, parce que toi, tu ne l'es pas ?

— Pas comme lui.

Teddy renifla à nouveau d'un air dédaigneux.

— Tu as Adam. Il est fait du même putain de bois que tout le reste de la famille Bryson.

Teddy laissa échapper un *hmmm*.

— C'est vrai, ma jolie. Mais...

Amanda tourna la tête vers lui.

— Mais ? cria-t-elle, attirant l'attention de son mari lorsqu'il passa devant eux en voiture.

Teddy fit un signe de la main à Max pour le rassurer, afin qu'il ne s'inquiète pas d'avoir à tirer sa femme de quelque fâcheuse situation. Il ne s'agissait que des tourments de Teddy.

Tourments dont il était sur le point de se délester auprès de sa meilleure amie pour la vie.

— J'ai piqué une petite crise de nerfs ce matin.

Amanda leva un sourcil, pas le moins étonnée.

— Petite ?

Il fit la grimace. Elle ne le connaissait que trop bien.

Il rapprocha son pouce et son index, ne laissant qu'un tout petit espace entre les deux.

— Une toute petite crise de rien du tout.

— Rien n'est jamais tout petit de rien du tout venant de toi, lui rappela Amanda.

— Je sais, c'est vrai. *Grrrr !* fit-il en mimant des griffes qui se refermaient avec sa main.

— Ce n'est pas ce que je voulais dire.

— Mais c'est vrai.

— Je n'avais pas besoin de le savoir.

— Ça reste un fait.

— Je te crois sur parole.

— Demande à Adam.

— Je ne vais pas demander à Adam la taille de ton machin.

— Pourquoi donc ? Il en attesterait sur l'honneur.

— *Breeeeeeeef...*

Teddy se mit à chuchoter et se rapprocha tout près d'Amanda, d'autant plus qu'Hannah était assise de l'autre côté du coiffeur et les écoutait très probablement.

— Bref, je pense vraiment qu'à bien y réfléchir, il a des doutes sur notre relation.

Amanda poussa un halètement de surprise.

— Non, impossible !

— Ou alors il a peut-être une liaison, dit-il dans sa barbe, tout juste assez fort pour qu'elle puisse l'entendre.

Amanda fit non de la tête.

— Adam ne te tromperait jamais.

— Ça, tu n'en sais rien.

— Tu es fou ou quoi ?

Teddy lui fit *chut* pour qu'elle ne parle pas trop fort. Ironie du sort, c'était lui que l'on faisait taire en général.

— Tu n'as pas remarqué à quel point les Bryson sont loyaux ?

— Il n'est peut-être pas comme ça, lui. Je commence à croire qu'il n'a accepté ma demande de fiançailles que pour que j'arrête de le tanner avec ça. Je crois que je fais un partenaire de vie convenable, mais... dit-il en se rapprochant d'Amanda et en arrondissant une main au coin de sa bouche pour éviter qu'Hannah ne l'entende, putain, je ne suis pas assez bien pour devenir son mari.

— N'importe quoi, c'est des conneries.

— Alors pourquoi est-ce que nous avons attendu si longtemps ?

Oh bon Dieu, il frissonna lui-même en écoutant son ton pleurnichard. Toutefois, ce sujet valait bien toutes les pleurnicheries du monde.

— Rien ne presse. Ce n'est pas comme si tu devais te dépêcher de te marier et de tomber enceinte parce que tu n'es plus de toute première jeunesse.

— Je n'ai pas passé ma prime jeunesse. Je n'ai que 45 ans, et je serais ravi d'avoir ce bébé. Tu sais bien qu'il en veut un.

— Mère nature n'a pas encore trouvé le moyen de vous le permettre.

Ce qui n'était pas une si mauvaise chose, car cela aurait déformé sa silhouette.

— Non, mais ça ne nous empêche pas de trouver une mère porteuse et de mettre à contribution les bébés nageurs d'Adam. Mais tout cela prend du temps et nécessite beaucoup de préparation. Nous ferions mieux de ne pas tarder à nous lancer dans cette procédure.

— Tu veux prendre celui d'Adam et pas le tien ?

Teddy haussa vaguement une épaule.

— J'ai fini par avoir mon mec Bryson à moi, et maintenant je veux le bébé de ce mec. Pour être honnête, je veux qu'il soit son portrait craché et pas le mien. Oh, et je pourrais l'habiller avec des tas de tenues tellement mignonnes !

Il se saisit de la cuisse d'Amanda et la serra.

— Adam doit forcément m'aimer, hein ? Il supporte tous mes défauts. Personne ne les supporterait à moins de m'aimer.

Amanda sourit et lui tapota la main.

— Oui, il t'aime.

— Alors il devrait souhaiter m'épouser.

— Les mecs Bryson ont toujours eu un problème avec l'engagement, lui rappela-t-elle, même Adam.

— Mais si l'on veut avoir un bébé, il faut qu'on s'y attelle bientôt. Je n'ai pas envie que l'on me demande si je suis le grand-père de mon gosse quand j'irai le chercher à l'école, frissonna Teddy. Il aura déjà bien assez de remarques comme ça à cause du fait qu'il aura deux papas.

Ils entendirent le *plic-ploc* des sabots des chevaux se diriger vers eux, suivi de quelques autres chars d'entreprises du coin et de celui de l'équipe de football du lycée.

Il poussa un soupir.

— En parlant de deux papas, il faudrait vraiment organiser une gay pride à Manning Grove.

— Hmm, oui. Mais il pourrait bien finir par n'y avoir qu'un seul char dans le défilé.

— Mais je déchirerais tout.

Comme à son habitude, il claqua deux fois des doigts et frappa dans ses mains, geste qui lui était si caractéristique.

— Ça, c'est certain.

— Et tu sais qu'Adam et moi ne sommes pas les seuls à porter les couleurs du drapeau arc-en-ciel ? Je suis sûr que quelques-uns de ces colosses tout habillés de cuir, montés sur leurs motos sexy aux moteurs qui grondent les portent aussi.

— J'en doute.

— On ne sait jamais, les hommes habillés en cuir, c'est tellement typique chez les homosexuels.

— Ça dépend du genre de tenue en cuir qu'ils portent. Je n'en ai encore jamais vu aucun rouler sur sa moto en culotte de cuir découverte au niveau des fesses.

— Oh, ça, eh bien…

— Ça filerait une crise cardiaque à tous tes cheveux bleus, dit Amanda.

— Mais ce serait tellement sexy, cela dit. Certains d'entre eux ont vraiment un joli petit boule.

— Je n'avais pas remarqué, mentit Amanda.

— Mmh-hmm.

— Eh bien, si un jour tu organises une gay pride, nous serons là pour t'accompagner tout le long du parcours, tous sans exception, dit Amanda en désignant d'un geste tous les membres de la famille Bryson alignés sur leurs chaises.

— Au moins, on ferait ça en juin pour éviter ce temps glacial. *Brrr*.

Il serra ses épaules, pris d'un frisson théâtral.

— Puisque mon homme n'est pas là, je vais peut-être devoir faire appel à l'un de ces colosses barbus pour me tenir chaud.

— Je m'en tiendrais au chocolat chaud si j'étais toi, Teddy. Adam n'est pas du genre à partager.

Le regard de Teddy s'illumina.

— Non, ce n'est pas son genre. J'adore, mais j'*adore* quand il me pique une crise de jalousie.

— Tu vois ? C'est la preuve qu'il t'aime.

— Mmmh. Je ne sais pas pourquoi.

— Tu veux tout savoir ? Je ne sais pas non plus, dit Amanda d'un air tout à fait sérieux.

Teddy ouvrit une bouche béante.

— Tu n'as pas fait ça !

Elle se mit à rire.

— Je crois que si.

— Oh ! Voilà Du...

— Le père Noël, s'empressa de le corriger Amanda.

— Ah oui, c'est vrai. *Le père Noël.* La barbe du père Noël aurait bien besoin d'un petit coup de tondeuse, elle a l'air un peu miteuse. Il faut absolument que je le convainque de venir s'asseoir dans mon salon. Il se bat bec et ongles contre moi pour ne pas avoir à venir, mais j'apprends petit à petit à apprivoiser cette bête sauvage.

— Attends qu'il soit passé distribuer les cadeaux aux enfants, s'il te plaît. Nous ne voulons pas qu'il soit en retard, sinon nous allons avoir droit à bien des pleurnicheries demain matin.

— Ce ne serait pas très agréable.

Amanda lui lança un regard.

— Oui, tu as compris, c'est désagréable d'entendre pleurnicher.

Teddy leva les yeux au ciel.

— Sauf si c'est pour une bonne raison.

— La voilà, la raison.

Teddy tourna la tête dans la direction dans laquelle Amanda regardait.

Adam espérait plus que tout qu'Amanda n'avait pas craché le morceau. Teddy et elle étaient copains comme cochons, mais il ne voulait pas gâcher la surprise qu'il réservait à son fiancé.

Il avait été compliqué de garder le secret car Teddy avait absolument besoin de *tout* savoir des faits et gestes de la famille Bryson, même lorsque cela ne le concernait pas.

Cela dit, dans quelques jours, Teddy allait probablement

geindre qu'ils faisaient trop l'amour et qu'il avait trop de sable dans toutes les fentes et les trous de son corps.

Il s'imaginait bien son homme porter un grand chapeau de soleil pendant, avec de la poudre blanche sur le nez, d'énormes lunettes de soleil à la Jackie Kennedy, en train de savourer un cocktail tropical avec un petit parapluie coloré dans son verre.

Peut-être même vêtu d'un maillot de bain moule-sexe à enfiler comme une chaussette.

Avec un peu de chance, Adam arriverait peut-être à le convaincre de se défaire de ce genre d'accoutrement – enfin, pas le convaincre de s'en défaire dans le sens de l'*enlever*, mais plutôt de s'en séparer et d'oublier l'idée d'en *porter* un. En vérité, il serait facile de le convaincre de s'en défaire, la seule chose qu'aurait à faire Adam pour cela serait de se déshabiller lui-même.

Son futur mari était un peu fou, mais Adam supportait plutôt bien ce genre de folie. Avec lui, il ne s'ennuyait pas dans la vie, ça, c'était certain, bordel.

Et Teddy taillait toujours les épais sourcils de Teddy à la perfection, ce qui était un atout supplémentaire.

Lorsqu'il arriva à l'endroit où étaient assis les Bryson sur le trottoir, il s'arrêta devant chacune des chaises, fit une accolade aux femmes, serra la main aux hommes et ébouriffa les cheveux des enfants, y compris ceux de Greg, qui se mit à rire et bondit tout de même de sa chaise pour étreindre Adam à lui en briser les os.

S'il y avait bien une enfant à qui il évita toutefois d'ébouriffer les cheveux, c'était Hannah. Elle se serait mise à caqueter comme une poule en train d'essayer de pondre un œuf s'il ne faisait que tenter de lui toucher les cheveux. Il s'arrêta donc en face de la fillette de 10 ans, bientôt 11, et lui tendit la main.

Hannah connaissait par cœur ce geste. Elle sortit une main de dessous la couverture sous laquelle elle était emmitouflée, retira son gant violet et posa sa main dans celle d'Adam. Celui-ci mit un genou à terre, baissa la tête et embrassa le dos de la main de la demoiselle.

— Je vous salue, princesse.

— Bien le bonjour, mon serviteur, répondit-elle comme si tout cela était parfaitement normal.

Elle releva le nez et prit une voix haut perchée et maniérée :

— Si madame la princesse le veut bien, son fidèle serviteur aimerait passer la voir afin de lui rendre visite avec son fiancé.

— Je vous l'accorde, dit-elle tel un monarque de 80 ans, mais un monarque de sang royal, pas une reine dans le genre drag-queen.

Adam se releva sur ses pieds et inclina la tête en signe de remerciement.

— Votre Altesse est si généreuse et bonne.

Ron renifla dédaigneusement à côté d'elle.

— Si Son Altesse ne daigne pas prendre garde à son séant, tous ses cadeaux seront jetés au feu ou donnés aux bonnes œuvres.

— Qu'est-ce que tu as fait ? demanda Adam à Hannah.

— Rien, grommela-t-elle.

— Est-ce que tu as encore surnommé ton frère de ce charmant nom d'abat ?

— Non.

— Si ! cria toute la famille de concert, y compris Greg.

— Mmh-hmm, princesse. Vous n'aurez pas le droit d'aller au bal.

Hannah roula des yeux et fit une discrète moue.

— Je n'ai pas de prince charmant pour être mon cavalier. Papa m'a dit « pas de prince charmant avant 30 ans ».

— Quarante, dit Ron.

— Grand-père !

— Très bien, jeune fille, 50. Continue comme ça et je vais augmenter d'une décennie.

— Tu n'es pas mon père !

Tous se figèrent et aucun d'entre eux n'osa bouger.

Enfin, tout le monde sauf Ron, qui tourna lentement la tête vers sa petite-fille.

— Tu as raison, je ne le suis pas. Je suis le père de ton père, ce qui signifie que c'est moi le roi dans cette famille. Longue vie au roi !

Greg se mit à rire et dit d'une voix tonitruante :

— Grand-père est le roi ! Il lui faut une couronne ! Grammaire, ça veut dire que tu... tu es la reine.

— *Mmh-hmm*, s'interposa Teddy. C'est moi la reine, dans cette famille. Personne n'usurpera mon titre.

Non, personne n'allait le faire, mais peut-être la couronne de Teddy penchait-elle légèrement.

Adam sourit à son fiancé, qui lui envoya un baiser.

Lorsqu'Adam vint se poster devant son futur mari, Teddy lui tendit la main, lui aussi.

— La reine ici présente exige d'être traitée avec la même considération, serviteur.

Adam ricana, posa un genou à terre sur le béton gelé et baisa la main de son fiancé.

— Oh, ronronna Teddy, j'adore te voir à ge... *ouille* !

Amanda lui avait donné un grand coup de coude dans les côtes.

— Elle a 10 ans, tu as oublié ? Elle ne sortira avec personne avant ses 50 ans. Ne lui inculquons pas d'idées déplacées en attendant.

— Comme si toi et ton mec ne le faisiez pas.

— Maman veut que papa la gifle, dit Hannah tout haut, si bien que même la foule amassée près d'eux se retourna.

Tous les membres du clan Bryson se figèrent à nouveau.

Ron simula une quinte de toux pour tenter de dissimuler son rire.

Teddy se tourna vers Hannah tandis qu'Adam se relevait.

— C'est juste. *Tout le monde* a envie de se faire gifler par ton papa, ma petite. *Tout-le-monde.*

— Pas moi ! s'immisça Oliver au bout de la rangée.

— Pas moi ! hurla Greg.

— Mon papa pense que les gifles, ce n'est pas bien, déclara Hannah.

— Oh si, il... *ouille* ! Ma poulette, je vais finir par avoir un bleu si tu n'arrêtes pas, se plaignit Teddy à Amanda.

Ron se tourna vers sa petite-fille.

— Tu ne crois tout de même pas que ton père ne s'est jamais pris de gifles ?

— Oh mon Dieu, je suis tout faible, murmura Teddy.

— Est-ce qu'il était vilain ? demanda Hannah.

— Oh, s'il te plaît, dis-moi qu'il était vilain, murmura Teddy à mi-voix.

— Je vois que je ne suis que ton deuxième choix, le taquina Adam.

Teddy jeta une main autour de son fiancé.

— Non, bien sûr que non. Tu seras toujours le numéro un à mes yeux, tout comme je suis le numéro un dans ton cœur, hein ?

— Oui, toi et personne d'autre que toi, Teddy Bear.

Il disait cela sincèrement, même si Teddy avait des doutes sur sa fidélité en ce moment.

— Ooooh, il est tellement adorable, dit Amanda en

donnant à nouveau un coup de coude droit dans les côtes de Teddy, lui arrachant une grimace.

— Pas toujours, répondit Teddy en agitant les sourcils.

— Bon, eh bien, il faut que j'y aille.

— Oui, mon beau. Assure-toi de m'offrir une vue dégagée sur ce derrière en partant.

Adam se pencha et donna à Teddy un baiser furtif. Il essayait de ne pas se montrer trop démonstratif en public, surtout en uniforme, car tous les gens du coin n'acceptaient pas forcément son orientation sexuelle et il ne voulait pas que Max reçoive des plaintes à cause de cela. Cela dit, les plaintes que Max avait reçues après que certains de leurs concitoyens avaient appris que l'un des officiers du commissariat local était homosexuel avaient été traitées rapidement et efficacement. Son cousin et chef ne faisait preuve d'aucune tolérance envers l'intolérance.

Le but de Max était de favoriser une plus grande diversité au sein des équipes du commissariat, ce qui était une des raisons pour lesquelles il avait intégré Jet, la sœur d'Adam, au sein des forces de l'ordre. Cependant, dans cet objectif de rendre la police plus inclusive, de plus en plus de Bryson venaient grossir les rangs du commissariat.

Mais maintenant que Jet était engagée, il ne restait plus un seul Bryson qui était ou souhaitait devenir flic – du moins, il en serait ainsi jusqu'à ce que les enfants deviennent adultes.

Après leur voyage à Aruba, ou même pendant, Adam comptait avoir une discussion sérieuse avec Teddy afin d'engager la procédure qui leur permettrait d'avoir un enfant rien qu'à eux. Il savait que Teddy était partant, il fallait seulement qu'ils examinent les détails de cette démarche. Peut-être après qu'il aurait terminé d'examiner Teddy en profondeur.

Il sourit.

— Oh, j'aime ce sourire, ronronna Teddy.

Adam se racla la gorge. La dernière chose dont il avait besoin, c'était d'arborer une érection sur le parcours du défilé.

— Il faut que j'y aille.

Teddy le regarda en battant des cils et le salua en agitant un doigt.

— On se retrouve à la maison, chéri.

Adam le regarda en relevant sèchement le menton, échangea un regard avec Amanda et redescendit la rue le long du trottoir, impatient de voir ce que la journée du lendemain leur réservait.

Il espérait que ce serait le meilleur Noël de toute sa vie. Il mourait d'impatience de faire la surprise à Teddy le lendemain, lorsqu'il lui offrirait son cadeau.

Chapitre huit
Max & Amanda

Quelques heures après le défilé, Amanda était assise en tailleur sur le lit et se frottait de la lotion sur les mains et les coudes. Max était en train de prendre une douche rapide. Ils avaient dîné et comptaient bien déguster un dessert version adulte, puisqu'ils étaient encore débarrassés des enfants et de Greg.

Il vaut mieux battre le fer tant qu'il est chaud, comme disait le dicton. Amanda était prête à battre ce fer autant que possible.

Elle sourit en entendant l'eau se couper. Quelques minutes plus tard, son sexy de mari ouvrit la porte de la salle de bains et en sortit complètement nu, ses cheveux sombres ébouriffés et détrempés. Il avait le regard fixé sur elle.

Bordel de merde, il arrivait toujours à lui faire éprouver de petits picotements dans son corps tout entier. Comment avait-elle pu avoir autant de chance, bordel ?

Il s'arrêta sur le pas de la porte, dans l'encadrement, le sexe dissimulé derrière une boîte cadeau.

— Qu'est-ce que c'est que ça ? demanda-t-elle innocemment.

— Je ne sais pas trop. Lorsque je suis sorti de la douche, j'ai trouvé ça sur le meuble.

— Tiens donc. Cette boîte serait-elle apparue par magie ?

— Eh bien, elle n'était pas là quand je suis entré dans la douche. Tu crois que ce sont les petits lutins du père Noël qui l'ont déposée là ?

— Ou alors peut-être un voleur, suggéra-t-elle.

— Un cambrioleur, la corrigea-t-il.

— Je croyais qu'un voleur dérobait justement des objets.

— Eh bien oui, tu m'as dérobé quelque chose : mon cœur.

— Max ! cria-t-elle en plaquant ses mains sur le lit, prise de picotements dans le nez et dans les yeux, ça ne se fait pas.

Il se rapprocha du lit en maintenant en place la boîte cadeau devant son entrejambe. Il fit à Amanda un sourire tordu.

— Comment ça, ça ne se fait pas ?

Elle renifla.

— Parce qu'on est le soir du réveillon de Noël et tu vas me faire pleurer. Grimpe dans le lit et ouvre ton cadeau.

Max monta dans le lit, appuya son dos nu contre la tête de lit et posa la boîte sur ses genoux.

— Eh bien ?

— Retire le couvercle pour moi, lui ordonna-t-il dans un murmure grave.

— Oh, tu as fait un trou dans la boîte pour y fourrer ta queue ?

— Est-ce que je serais du genre à faire ça ? demanda-t-il.

— Bien sûr, espèce de pervers.

— Eh bien, je ne l'ai pas fait, et je n'ai pas l'esprit plus pervers que toi.

C'était vrai.

— Je n'ai pas confiance en toi.

— Eh bien, tu auras ma queue ce soir, peu importe qu'elle soit dans cette boîte ou non.

— Arrête de jouer au con et ouvre-la, histoire que tu te sentes coupable si ta queue est le seul cadeau que tu as prévu de m'offrir.

Il ouvrit le couvercle de la boîte et regarda dedans. Amanda retint son souffle jusqu'à ce que Max relève ses yeux d'un bleu glacé, et son regard était tout sauf froid à ce moment-là.

Il en tira plusieurs photos une par une et siffla doucement.

— Bon Dieu, bébé, tu sais vraiment comment t'y prendre pour faire bander un homme.

— Pas n'importe quel homme, toi et rien que toi.

— Oui, bien évidemment. Aucun autre homme n'a intérêt à les voir, celles-là.

— Rien que le photographe.

Il regarda l'une des photos les plus compromettantes, puis la scruta en plissant les yeux.

— Quoi ?

— Le photographe, bien sûr.

Un muscle se contracta dans la mâchoire de Max.

— Le photographe était un homme ?

Il était si mignon lorsqu'il faisait son jaloux.

— Oui.

Max haussa les sourcils jusqu'en haut de son front.

— Un mec gay.

Ses sourcils sombres redescendirent à leur hauteur normale.

— Il a intérêt à l'être.

Amanda se mit à rire.

— Elles te plaisent ?

— Oh, putain que oui, murmura-t-il en sortant le reste des photos de la boîte.

Il les scruta une par une en prenant tout son temps.

Elle avait fait une séance de photos sexy en petite tenue, car elle ne savait pas trop quoi offrir d'autre à son homme qui n'était pas très matérialiste.

— Il faudra tenir ces photos hors de la vue des enfants, bien sûr, ajouta-t-elle.

— Je vais les faire encadrer et les accrocher partout dans mon bureau au commissariat.

— Quoi ?

— Je plaisante. Tu n'as pas entendu ce que je viens de te dire ? Hors de question qu'aucun autre homme ne te voie comme ça.

— Ce n'est pas tout, regarde sous le papier de soie.

Il la fixa du regard.

— Un nouveau sex-toy ? lui demanda-t-il, plein d'espoir.

Maintenant, elle regrettait de ne pas avoir commandé le sex-toy qui lui avait fait de l'œil.

— Regarde.

Il posa les photos sur le lit près de sa hanche, et Amanda vit qu'il avait du mal à en détacher son regard. Il retira le papier de soie et sortit de la boîte un petit écrin de velours noir. Il la scruta de nouveau.

— Qu'est-ce que c'est que ça ?

— Ouvre !

Amanda avait le cœur qui battait la chamade et espérait qu'il allait adorer son cadeau.

Il ouvrit l'écrin et hésita une seconde avant d'en tirer une alliance.

Il ne portait qu'une alliance en or toute simple au doigt, et Amanda voulait lui offrir quelque chose de plus joli, qui ait une signification.

L'alliance était en tungstène, avec une finition brossée de couleur bleue au centre de celle-ci qui s'étendait sur le contour de l'anneau. Cette couleur seyait bien à quelqu'un comme Max, si investi dans sa carrière au sein des forces de l'ordre. La bague avait attiré l'œil d'Amanda, et elle avait su tout de suite qu'elle serait parfaite pour son mari. Même s'il n'aimait pas trop les bijoux, elle savait que celui-ci allait lui plaire.

— Regarde à l'intérieur de l'alliance, le pressa-t-elle.

Les narines de Max se dilatèrent légèrement. Il inclina la bague et lut ce qu'Amanda avait fait graver par le bijoutier à l'intérieur : *Tous avec toi pour l'éternité ~ A.* Heureusement, son mari avait de grandes mains et il lui fallait une bague large.

— Ça, ça ne fait aucun doute, dit-il d'une voix bourrue.

Il retira l'alliance en or toute simple qu'il portait en la faisant pivoter sur son doigt et mit la nouvelle à la place. Il la fixa des yeux pendant quelques secondes, puis rassembla les photos avec soin et les posa sur la table de nuit avec la boîte.

Son mari était calmement assis là à regarder ses cadeaux, les doigts recourbés contre ses cuisses dénudées. Il n'était pas à l'ordinaire quelqu'un de très émotif, mais Amanda vit qu'il avait du mal à ne pas craquer.

Elle tendit le bras, lui saisit la main et entrelaça ses doigts entre les siens. Elle décida de mettre fin à cette situation délicate pour lui en changeant de sujet :

— Où est Chaos ?

Elle se sentit fière d'elle d'avoir réussi à s'exprimer sans prendre une voix étouffée.

Elle vit le soulagement dans son regard lorsque finalement, il la regarda, et elle était ravie de voir que son cadeau le touchait à ce point. Il était si difficile de lui trouver quelque chose.

— Il est couché devant la cheminée, pour réchauffer ses vieux os, finit-il par lui répondre.

— As-tu fait tout le nécessaire ?

— Je fais toujours tout ce que ma femme me demande de faire.

Amanda renifla doucement.

— Donc, tu ne l'as pas fait.

— Si, je l'ai fait.

— Alors où est-elle ?

— Nous irons la chercher dans sa famille d'accueil demain matin en route.

Elle lui serra la main.

— Il va être tout fou.

Max haussa les sourcils et sourit.

— Tu crois ?

— J'ai hâte de voir sa tête quand il la verra. Et puis, tu sais que ça lui permettra d'accepter plus facilement le départ de Chaos le moment venu.

Le sourire de Max s'effaça.

— Je n'en suis pas certain. Il fait partie de la vie de Greg depuis presque treize ans.

— Je sais, mais j'espère que ça pourra l'aider. Bon sang, j'espère qu'elle pourra m'aider à surmonter ça.

Ce fichu cabot portait bien son nom, mais elle s'était prise d'affection pour ce border collie un peu foufou. Elle ne pouvait s'imaginer vivre sans lui. Malheureusement, son heure allait bientôt venir, alors ils essayaient d'empêcher un déchirement familial en atténuant un peu cette douleur.

Max se racla la gorge. Ce moment allait être difficile pour lui aussi.

— Hannah et Oliver ont connu Chaos toute leur vie.

— Oh... nous allons tous être dans un triste état, avoua-t-elle.

— Il a encore un peu de temps devant lui. Il est très amoindri, mais inutile de précipiter les choses.

— Ce n'est pas ce que je sous-entends, crois-moi.

Elle poussa un soupir.

— Chaos est la mascotte de la biscuiterie Nonos. C'est lui qui m'a donné l'idée de monter mon entreprise.

— Son souvenir restera à tout jamais si tu laisses sa tête sur les emballages.

— Pourquoi est-ce que l'on parle de ça ?

— Parce que tu m'as posé la question pour le cadeau de Greg.

Amanda pinça les lèvres.

— Je t'ai donné le tien et nous avons parlé de celui de Greg, alors parlons du mien, maintenant.

— Oh, tu crois que j'ai quelque chose pour toi ?

— Oui, parce que j'ai fait ma liste au père Noël.

— Il n'y avait qu'une seule chose sur cette liste.

— Tu as remarqué que ce n'était pas ta queue ? lui demanda-t-elle.

Il se mit à rire.

— J'ai remarqué que tu avais omis de demander ce petit bijou hors de prix. Mais sérieusement, ma poule... un nouveau 4x4 Infiniti ?

— Eh bien oui. Tu n'as pas vu la pub ? Tout époux fidèle et aimant se doit d'offrir à son petit génie de femme sexy une voiture flambant neuve, le garer dans l'allée de garage et l'envelopper d'un énorme nœud rouge.

— Petit génie de femme sexy ? Tu y repenseras demain matin quand tu ne verras rien d'autre que ta vieille Subaru dans l'allée de garage en sortant de la maison. Ma nouvelle femme – celle contre laquelle je vais t'échanger – sera un petit génie ultrasexy. Elle, elle aura droit au nouvel Infiniti.

Amanda lui donna un gros coup dans l'épaule.

— Hé, ces photos que je t'ai offertes étaient sexy.

— Oui, et je suis certain qu'elles t'ont demandé beaucoup d'efforts, la nargua-t-il.

C'était vrai, cette séance photo avait duré des heures, et avant cela, Teddy avait passé une éternité sur sa coiffure et son maquillage. Avoir l'air naturellement sexy exigeait beaucoup d'efforts.

— Je suis certaine que tu m'en achèterais un si je me faisais faire une opération de rajeunissement du vagin.

Max renifla d'un air dédaigneux.

— J'aime ton vagin comme il est.

— Hmm, les gosses lui en ont fait voir de toutes les couleurs.

— Oui, c'est vrai.

— Tu vois !

— Peut-être que je te payerai ton opération de rajeunissement à la place de l'Infiniti.

— *Oooh.* Est-ce que je vais redevenir vierge, et tout le reste ?

— La dernière chose dont j'ai envie, c'est d'une vierge, bébé. J'adore l'expertise dont tu fais preuve avec ta bouche... et d'autres choses. Je n'ai pas le temps de te réapprendre tout cela de zéro.

Elle se mit à rire.

— Ce n'est pas toi qui m'as appris tout ça, d'abord.

— Je t'ai donné des indications pour te guider.

— C'est faux ! dit-elle, agacée, mais en souriant. Tu débordes tellement d'arrogance.

— Je déborde d'amour pour toi, dit-il en mettant une main sur son cœur et en ponctuant son geste d'un clin d'œil.

Elle leva les yeux au ciel.

— Oh, bon Dieu.

— Bon, eh bien je savais que tu n'allais pas te satisfaire de cette impressionnante matraque en guise de cadeau de Noël, dit-il en agitant une main au-dessus de sa queue à présent à demi en érection. Donc, je me suis dit que j'allais un peu agrémenter l'ensemble.

— *Oooh.*

Amanda se mit à genoux face à lui et frappa dans ses mains.

— Alors, qu'as-tu à m'offrir, mon cher et tendre mari, père du fruit de mes entrailles, protecteur et fougueux amant, toi qui m'es trop passé dessus pour que j'aille voir ailleurs ?

— Je suis content d'avoir commis ce dernier exploit. J'ai épargné à la gent masculine d'avoir affaire à toi. J'ai pris un coup pour toute l'équipe.

Elle sourit.

— En réalité, je n'ai rien à redire là-dessus.

— Quoi ?

Il la regarda la bouche béante et il posa une main sur son front.

— Est-ce que tout va bien ?

— Ça dépendra de mon cadeau. Allez, crache le morceau.

— Ce ne sont pas des photos sexy de moi, la prévint Max.

— Oh, tant mieux.

— Cela dit, je serais bien tenté de te piquer cette idée pour un futur cadeau d'anniversaire de mariage.

— Dépêche-toi ou tu ne verras pas notre prochain anniversaire de mariage.

— Quelle autorité, murmura-t-elle.

— J'ai eu le meilleur des maîtres, s'exclama-t-elle.

Il passa une main sous son oreiller, en sortit une chemise

en papier kraft unie qu'il avait cachée là pendant qu'elle prenait sa douche et la lui tendit.

Le regard empli d'excitation d'Amanda devint interrogateur.

— Tu as rapporté du boulot à la maison ?

— Oui, c'est ça ton cadeau, un lot de tableaux comptables. Ouvre ce truc, bordel.

Elle ouvrit la pochette et poussa un halètement de surprise. Elle plongea ses yeux noisette dans les siens.

— Des vacances en famille ?

Elle feuilleta du bout du doigt le tas de paperasse dans la chemise.

— Par pitié, ne me dis pas qu'on part à Aruba et que l'on va décoller le lendemain de Noël.

— Non, on ne part pas à Aruba, la rassura-t-il. Je me suis dit que le moment était bien choisi pour nous offrir une deuxième lune de miel, rien que tous les deux. Une lune de miel ailleurs qu'aux Finger Lakes [1] cette fois, où l'on fera autre chose que de se bourrer complètement la tronche au vin.

— Oh, bon sang, merci, dit Amanda. Tu sais que Teddy est mon meilleur ami, mais ce sera plus sympa de pouvoir voyager sans avoir droit au scandale. Attends... tu as dit rien que tous les deux ? lui demanda-t-elle, et son visage s'illumina.

Max lui sourit en agitant les sourcils.

— Sans les enfants.

— Oh, je viens d'avoir un orgasme.

— Génial ! Maintenant, je vais pouvoir avoir le mien et je n'aurai plus à me préoccuper du tien.

Amanda lui donna un grand coup dans le ventre.

— Oui, c'est ça. Tu ne jouis pas aussi facilement que ça.

Elle jeta un œil à leur destination de voyage. Elle ouvrit une bouche béante et sa tête faillit se dévisser de son cou.

— Les îles Fidji ? s'écria-t-elle d'une voix si aiguë que Max tressaillit.

Lorsque Max eut récupéré l'audition, il lui sourit.

— Oui, deux semaines là-bas.

— Quoi ? s'écria-t-elle de nouveau. Deux semaines entières ?

Elle battit des paupières et frissonna.

— Je viens de jouir une deuxième fois.

— Attends un peu que l'on soit aux îles Fidji. Je vais te donner tellement d'orgasmes que tu finiras par en avoir marre.

— J'en doute.

Elle laissa échapper un cri de joie, jeta la pochette de côté et se laissa tomber sur son torse. Elle enroula ses bras autour du cou de Max et lui planta un baiser sur la mâchoire.

— On va bien s'amuser, on aura du soleil, on nagera dans des eaux magnifiques et ce sera sexe à gogo. C'est le meilleur cadeau que j'ai reçu de *toute ma vie* !

— Oui, tu as vu ? Nous sommes absorbés par la vie, par notre carrière et même par Greg, et ça me manque de passer du temps rien qu'avec toi.

La gestion de son entreprise de friandises pour animaux n'avait rien d'aussi stressant que le travail de son mari, mais elle travaillait dur pour continuer à la faire tourner. Qui plus est, elle s'occupait des enfants et de son frère, qui aurait toujours besoin de beaucoup d'aide de sa part.

— Nous n'avons pas eu beaucoup de temps rien que pour nous. Greg a toujours été avec nous, et ce sera toujours le cas. Cela dit, je le savais lorsque je me suis engagé dans cette relation avec toi.

Il savait qu'il n'était pas possible de séparer Greg

d'Amanda, et cela ne lui avait jamais posé problème. Il connaissait Greg depuis bien plus longtemps qu'Amanda.

— Je sais, et je te suis infiniment reconnaissante d'avoir accepté ça. Je ne sais pas ce que j'aurais fait sans toi, pour être honnête.

Son excitation se dissipa rapidement.

Il écarta une mèche de ses cheveux auburn qui lui tombait sur le visage.

— Tu te débrouillais bien toute seule, mentit-il.

— Oh, quelle connerie. Tu m'as traitée d'irresponsable une paire de fois. D'ailleurs, tu m'as crié dessus pour la même raison, aussi.

— Tu as réussi à trouver ta voie.

Ça, ce n'était pas un mensonge. Il lui avait fallu un peu de temps pour grandir dans sa tête, mais elle était passée d'une gamine gâtée à une femme mature, les deux pieds sur terre. Même si elle avait été récalcitrante pendant bien trop longtemps à s'intégrer, elle avait fini par découvrir ce qui faisait le charme de la vie dans une petite ville.

— Ta famille m'a beaucoup aidée, murmura-t-elle en laissant glisser ses doigts le long de son torse nu pour venir réveiller de nouveau sa queue.

— Ma famille t'adore.

Cette affirmation était on ne peut plus vraie.

— Je les adore, moi aussi.

— En réalité, ce n'est pas *ma* famille, c'est la *nôtre*. Tu fais tout autant partie de la famille que si tu étais née parmi nous.

Amanda renifla doucement.

— Heureusement que ce n'est pas le cas, car comme le dirait notre effrontée de fille qui n'a pas la langue dans sa poche, *beurk !*

Max ricana et imita Hannah.

— Oui, *beurk, dégoûtant !*

Amanda posa une main sur le bas-ventre de Max.

— Tu sais à quel point je t'aime ?

Max rentra dans son petit jeu.

— Non, tu m'aimes comment ?

Elle gesticula pour venir se caler entre ses cuisses et adressa un Max un sourire narquois.

— Tu préfères que je te le dise, ou bien que je te le montre ?

— Les deux.

Sa femme était tellement canon. Ces photos d'elle en petite tenue avaient une signification toute particulière pour lui, et il les chérirait pour toujours, mais il préférait sa femme en chair et en os. Elle n'avait pas besoin de se maquiller, de se faire une coiffure extravagante ni de mettre de la lingerie sexy. Il n'avait besoin que d'elle.

Pour l'éternité.

Partie Trois

Le jour de Noël

Chapitre neuf
Max & Amanda

Max tint la porte à Amanda, et lorsque cette dernière et Chaos se faufilèrent devant lui, il lui pinça les fesses.

— Oh, mais voyons, vieille branche, nos galipettes d'hier soir n'ont pas suffi à t'éreinter ? Tu ferais bien de garder un peu de toute cette énergie pour les îles Fidji.

Elle avait eu du mal à se retenir de ne pas courir partout dans la maison en criant de joie, tout excitée, comme un de leurs enfants.

En réalité, les enfants n'étaient pas encore au courant qu'ils allaient être gardés par leurs grands-parents pour les deux semaines à venir. Si Max le leur avait dit, il n'aurait jamais pu faire la surprise de ce voyage à Amanda.

Leurs enfants ne savaient vraiment pas garder un secret, c'était un fait établi. Amanda l'avait appris à ses dépens toutes les fois où elle leur avait dit « ne dites rien à votre père », et qu'ils étaient allés tout lui répéter dès qu'il était de retour à la maison.

Quels rapporteurs.

En plus, ils auraient certainement pleurniché et fait des caprices parce qu'ils ne pouvaient pas y aller avec eux.

Le sourire d'Amanda prit des proportions démesurées.

— Peut-être devrais-tu effacer ce sourire aveuglant pour que nos enfants ne se doutent pas de quelque chose.

— Je ne peux pas, murmura-t-elle.

Son mari l'aida à retirer son manteau et le mit dans le placard avec le sien. Tous les cadeaux qu'ils avaient achetés, pour leurs enfants et pour tout le monde, devraient déjà être empilés sous le sapin que les enfants avaient décoré hier.

Sauf celui de Greg. Le chiot venu du refuge était dans une caisse à la biscuiterie Nonos, car l'entrepôt était chauffé. Ils étaient allés chercher la petite femelle il y a un court moment dans sa famille d'accueil, et Amanda mourait d'impatience de voir la tête de Greg lorsqu'ils allaient la lui amener dans la maison.

Alors qu'Amanda s'apprêtait à suivre Chaos qui marchait au ralenti, Max lui saisit le poignet et l'attira vers lui, la forçant à s'arrêter.

Elle le dévisagea par-dessus son épaule, et fronça les sourcils de manière si prononcée qu'ils ne formèrent plus qu'une ligne.

— Quoi ?

— Tu te souviens de ce premier Noël où tu as été une vraie emmerdeuse avec moi ?

— Je me souviens de ce premier Noël où *tu* t'es comporté comme un vrai emmerdeur avec *moi*, à toujours te mêler de mes affaires et à essayer de contrôler ma vie.

— Je n'en ai pas gardé le même souvenir.

— Évidemment que non. Tu m'avais même dit *quoi mettre* le jour de Noël. Alors, qu'as-tu à dire pour ta défense ?

Il leva les yeux au ciel.

Amanda fit de même.

— Oh.

Il la tira violemment par le poignet pour qu'elle vienne se coller contre lui.

— Nous nous sommes embrassés pour la première fois sous le gui dans cette maison même.

Était-ce vraiment leur premier baiser ? Elle ne s'en souvenait pas. À cette époque, elle avait fait tout un tas de rêves torrides au sujet de cet homme si agaçant. Ils avaient probablement échangé leur premier baiser au cours de l'une de ces rêveries.

— C'était le début de la fin, grommela-t-elle.

— Tu es probablement tombée amoureuse de moi dès l'instant où nos lèvres se sont effleurées.

— Je ne me rappelle pas que tu étais ivre cette nuit-là, et tu ne l'es pas non plus, là maintenant, alors est-ce que vous êtes tous déments de père en fils dans la famille ?

— Mes parents sont frais comme des gardons.

— Ça, ça ne fait aucun doute, Dieu merci. Donc, tu dois te souvenir de quelle façon je t'ai résisté.

Max arbora un rictus tordu.

— Tu ne m'as pas résisté. J'ai cru que tu allais m'avaler tout entier.

— N'importe quoi, murmura-t-elle lorsqu'il baissa la tête.

— Tu ne pouvais te lasser de moi, murmura-t-il.

— Je n'ai pas réussi à te fuir assez vite.

— N'importe quoi, répéta-t-il à voix basse en venant poser ses lèvres contre les siennes.

Il combla l'espace qui les séparait et Amanda *toléra* son baiser quelques secondes... enfin, plutôt une minute ou deux.

Jusqu'à ce que tous deux entendent quelqu'un se racler bruyamment et profondément la gorge. Max sortit immédiatement sa langue de la bouche d'Amanda et la rentra dans la sienne, mais il sourit tout contre ses lèvres.

— Si tu ne lui prêtes pas attention, il va partir.

— Ça n'a pas marché avec toi, murmura-t-elle en retour.

— Vos enfants bouillonnent tellement d'envie d'ouvrir leurs cadeaux qu'ils sont prêts à exploser, annonça son beau-père.

Max leva la tête.

— Est-ce que maman a préparé le petit-déjeuner ?

— Vous auriez dû venir plus tôt si vous vouliez prendre le petit-déjeuner, lui répondit Ron sur un ton sévère.

Max regarda sa montre.

— Il n'est que 8 heures.

— Et vos enfants, ainsi que vos neveux et Greg, nous ont réveillés à 5 heures, ta mère et moi, tellement ils étaient impatients de voir ce que leur avait apporté le père Noël.

— Est-ce que tout le monde est là ? demanda Max à son père.

Ils savaient déjà que les autres convives n'étaient pas là, car ils n'avaient pas vu leurs voitures garées dehors. Mais évidemment, Max était aussi têtu que Ron, alors il avait raison de le lui faire remarquer.

— Pas encore, mais ils auront un cadeau en moins par tranche de quinze minutes de retard, sauf pour Matt et Carly, puisqu'ils ont un tout-petit à gérer.

— Nous devrions tous avoir droit à une permission d'arriver en retard, puisque nous devons nous coltiner tes fils, rappela Amanda à Ron.

— Je prends ceci en considération. Bon, ta mère a préparé une énorme cafetière. Il y a aussi du pain perdu et de la quiche à la cuisine, si vous avez faim.

— Qu'est ce qui est plus important, le café et les petits plats de maman, ou bien nos enfants ? murmura Max à l'oreille de sa femme.

— Parce que tu me poses la question ?

— Très bien, allons dans la cuisine sur la pointe des pieds, alors.

Mais tous deux se firent remarquer avant même d'avoir pu se remplir le gosier et de prendre leur dose de caféine.

— Papa !

Hannah courut à toute vitesse à travers le salon pour rejoindre son père et se colla contre son torse en repoussant Amanda.

— Tu m'as manqué !

Amanda se pinça les lèvres.

Max lui lança un regard par-dessus la tête de leur fille, lui fit un sourire narquois et haussa les épaules.

Elle leva les yeux au ciel.

— Tu sais, gamine, je me souviendrai de ce moment quand dans six ou sept ans, tu courras me voir en hurlant parce qu'un garçon essaiera de rentrer dans l'allée de garage pour t'emmener à un rencard, et que ton père sera debout sur la terrasse avec un fusil dans les mains.

— Il ne ferait pas une chose pareille !

— Oh, n'en doute pas une seconde. Et je me souviendrai aussi d'à quel point tu préférais ton père à moi.

— Papa !

Max ricana.

— C'est ce qu'on verra.

Oliver courut jusqu'à eux et se colla au seul espace restant sur le corps de Max, c'est-à-dire l'arrière de ses cuisses et ses fesses, puisqu'Hannah ne lâchait pas son père ni ne voulait partager le torse de ce dernier avec son petit frère.

— Papa, tu vas me faire la même chose, à moi ?

— Non, répondit Amanda à leur fils. À la seconde où il sera passé minuit le jour de ton dix-huitième anniversaire, il va te mettre dans un carton et te jeter au bout de l'allée de garage pour qu'un livreur UPS vienne te chercher et t'expédier quelque part.

— Non, c'est pas vrai ! se mit à rire Oliver en lui lançant un regard dans le dos de son père.

— Non, je vais attendre jusqu'à minuit une, dit Max à son fils en passant une main dans ses cheveux foncés et décoiffés. Vous avez été gentils avec vos grands-parents ?

Il força les deux enfants à se décoller de lui pour pouvoir aller dans le salon où Ron était à présent assis sur sa chaise à bascule à siroter son café. Chaos, sa tête couverte de poils gris, était déjà couché à ses pieds tout près du feu. Mary Ann était assise avec Greg sur l'un des canapés, avec une tasse de café à la main, elle aussi.

Amanda espérait qu'ils n'en avaient pas donné du tout à Greg. Ce n'était pas le moment qu'il s'excite comme un fou. Cette journée allait déjà être bien assez excitante comme cela.

— Mon pote, tu as bu tout le café ou bien tu nous en as laissé ? demanda Amanda à son frère.

Elle avait besoin de savoir de façon détournée si elle devait s'attendre à ce qu'il soit quelque peu hyperactif, et aussi s'ils feraient mieux de s'envelopper de papier bulle pour se protéger de ses gestes trop brusques.

— Non ! Grand-père a dit... il a dit pas de café pour moi.

Oh bordel, Dieu merci.

— Bien pensé, grand-père, dit Amanda en croisant le regard de Ron.

Ce dernier lui fit un clin d'œil entendu.

La porte d'entrée s'ouvrit et deux chevaux de trait miniatures déboulèrent au coin de la pièce. Un long filet de bave pendait de la gueule de Menace. Les deux mastiffs passèrent devant Max d'un pas lourd et coururent immédiatement vers les petits bonhommes, Austin et Jax, qui étaient assis par terre, absorbés par leurs tablettes. Trouble vint lécher le visage de Jax avec sa grosse langue, de son menton jusqu'à son nez en passant par-dessus sa bouche ouverte, laissant une couche de bave sur la figure de l'enfant.

— Je suppose que tu n'as pas pris de serviette au petit-déjeuner ce matin ? demanda Amanda à son cadet de 4 ans.

— Pourquoi est-ce qu'on aurait besoin d'une serviette quand on a un chien ? intervint Marc au coin de la pièce en rejoignant la famille depuis le hall d'entrée.

— Vous êtes venus à pied, tous les deux ? demanda Mary Ann en plissant les yeux vers Leah.

— Nous voulions essayer de fatiguer un peu les chiens étant donné qu'ils vont être à l'étroit aujourd'hui, répondit Marc.

Ron bondit de sa chaise à bascule et alla voir Leah.

— Viens t'asseoir sur le trône du roi et rehausser un peu tes pieds. Je peux te faire un massage si tu en as besoin.

— Non, papa, elle n'a pas besoin d'un massage de pieds, grommela Marc.

— Si, elle en a besoin, insista Mary Ann, comme toutes les femmes enceintes. Ça fait circuler le sang.

— Celui de Leah ou celui de papa ? demanda Marc.

Leah leva les yeux au ciel en entendant la remarque de son mari tandis que Ron l'escortait jusqu'à *sa* chaise et l'aidait à s'asseoir.

— Cette femme porte mon futur petit-enfant, elle mérite d'être chouchoutée, dit Ron.

— Et elle arrive à te supporter, dit Max dans sa barbe, assez fort pour que son frère l'entende. Rien que pour ça, elle mérite une récompense.

— Va chercher une assiette à ta femme et un peu de jus de fruit, ordonna Ron à Marc.

— Ah, papa et son harem. Putain, pauvre de moi. S'il

n'avait pas maman, on serait obligés de cacher nos femmes, grommela Marc en se retournant avant de se diriger vers la cuisine.

Ils entendirent de nouveau la porte s'ouvrir, et quelqu'un cria :

— *Oh hééé !*

— Oncle Teddy est là ! crièrent les garçons de concert, et ils se précipitèrent comme une meute de bêtes sauvages pour se jeter dans les bras de Teddy.

— Oh, regardez-moi ces bébés gorilles.

Il avança tant bien que mal jusqu'au coin de la pièce, obligé de pousser les enfants pour passer, avec un petit cadeau emballé à la main. Adam arriva sur ses talons avec une immense montagne de cadeaux dans les bras, si haute qu'Amanda se demanda comment il pouvait voir où il allait.

— C'est pour nous, tout ça, Teddy ? beugla Greg, tout excité, au fond de la pièce.

— Certains de ces cadeaux sont pour vous, oui. D'autres sont pour les adultes, qui les ouvriront en toute intimité quand ils rentreront à la maison.

— Comme c'est adorable ! dit Amanda.

Adam posa la petite montagne de cadeaux à côté du sapin joliment décoré, car il n'y avait plus du tout de place en dessous.

— Personne n'a encore ouvert ses cadeaux ?

— Nous attendions que vous soyez tous là avant que les enfants se jettent dessus pour en déchirer le papier, dit Ron.

— Grand-père nous a fait attendre, grommela Hannah, à présent assise à côté de sa grand-mère, les jambes repliées sous elle, absorbée par son téléphone.

· · ·

MAX ALLA VOIR sa fille et lui arracha le téléphone d'entre les doigts. Il n'était pas ravi qu'Amanda lui en ait acheté un, d'ailleurs.

— Pas de téléphone aujourd'hui. Cette journée est consacrée à la famille, pas aux inconnus.

Hannah ouvrit une bouche béante.

— Je parle à mes amis, et les garçons ont leurs tablettes !

Max arracha la tablette des mains d'Oliver, et prit également celles d'Austin et de Jax après que Leah lui eut fait un signe de tête approbateur.

Il prit tous les appareils électroniques et les posa sur une étagère en hauteur, hors de leur portée.

— Grand-père vous les rendra quand il décidera que notre journée en famille sera terminée.

— Papa ! pleurnicha Hannah.

— Hannah, tu ne vas pas mourir sans ton portable, dit Mary Ann. Est-ce une si terrible corvée de passer un bon moment avec ta famille ?

Hannah fit la grimace, mais ne dit rien.

Amanda se tourna vers Max et murmura tout bas :

— Quand est-ce qu'on va leur annoncer qu'ils vont rester ici quinze jours pendant notre petite escapade aux îles Fidji ?

— Nous leur enverrons un mail après notre départ, lui dit-il pour plaisanter, avec toutefois une note de sérieux dans la voix.

— Oliver n'a pas d'adresse e-mail, et il ne sait pas encore très bien lire, lui rappela-t-elle.

— Il va comprendre ce qui se trame quand Hannah va taper du pied et faire un caprice parce qu'elle ne peut pas venir à la plage avec nous.

— Quand est-ce qu'on part, déjà ? lui demanda-t-elle, alors qu'il savait très bien qu'elle se rappelait *exactement* quand ils partaient.

Elle avait même activé un compte à rebours sur son téléphone.

Il lui sourit.

— Comme je l'ai dit aux enfants, priorité à notre moment en famille.

— Oh, très bien, grommela-t-elle en laissant retomber ses épaules et en tentant d'imiter la voix de leur fille, si c'est *obligééé*.

— Oui, c'est obligé. Quand est-ce qu'on fait la surprise à Greg ?

— Après que tout le monde aura ouvert ses cadeaux et que nous aurons débarrassé tous les bouts de papier cadeau. Tout le monde sera là à ce moment-là. Je crois que le chiot va distraire les enfants qui ne vont plus en finir de déballer leur palanquée de cadeaux si nous n'attendons pas.

— Bonne idée.

— Mais avant, on s'occupe de l'autre surprise, dit-elle en agitant les sourcils.

— Je suis d'accord, d'abord l'autre surprise. Sinon, Greg risque de se demander où est notre cadeau et de s'angoisser.

Teddy apparut tout d'un coup à côté d'eux, se pencha tout près d'Amanda et les fit sursauter tous les deux, les prenant par surprise.

— Quelle autre surprise, *hmm* ? Quels petits secrets dissimules-tu à ton meilleur ami pour la vie ?

Max croisa le regard d'Amanda pour lui transmettre un message tacite, et celle-ci répondit :

— Nous n'avons pas de secrets.

— Pourquoi est-ce que tout le monde se montre si cachottier ces derniers temps ? se mit à pleurnicher Teddy à la manière de Hannah.

— Arrête d'être parano, le réprimanda Amanda. Tout ne tourne pas autour de toi.

Teddy releva brusquement la tête.

— Ah bon ?

Max poussa un soupir.

— Tu veux du café, chaton ?

— Bien sûr, *mon petit chou*, j'en voudrais bien une tasse, répondit Teddy en souriant.

— C'est à moi qu'il posait la question. Et oui, je veux bien du café, mais je voudrais grignoter quelque chose en attendant Matt et Carly. Je vais venir avec toi.

Teddy prit un air dégoûté.

— Depuis quand est-ce qu'il t'appelle chaton ?

Il les suivit à la cuisine, où Adam était déjà en train de se goinfrer, debout devant le plan de travail.

— Depuis qu'il a pris un coup de vieux et qu'il ne se rappelle plus de mon nom.

Teddy lui donna un coup de coude.

— Mais il arrive encore à se mettre au garde-à-vous, hein ?

Étant donné qu'il n'y avait pas d'enfants à proximité autour d'eux, Amanda ne prit pas la peine de chuchoter.

— Oui, peu importe comment il m'appelle du moment qu'il est encore capable de ça, hmm ?

— Pas faux ! dit Teddy en se dirigeant vers son mari d'une allure maniérée et en ouvrant la bouche.

Adam enfonça docilement dedans une fourchette de pain perdu.

— Délicieux, tout comme toi, chéri.

— Tante Mary Ann est vraiment une bonne cuisinière.

— Ses leçons de cuisine commencent à tomber aux oubliettes, dit Max en lançant à sa femme un regard acerbe.

— Je n'ai pris quelques leçons de cuisine et de pâtisserie avec elle que dans l'unique but de détromper madame la vieille bique, pas pour attirer un mari dans mes filets.

— Paix à l'âme de cette vieille chouette rabougrie, dit

Teddy d'une voix chantonnante. Chéri, tu veux bien me couper une petite lichette de cette quiche ?

— Il faut que tu en manges plus qu'une lichette, répondit Adam, une grosse journée nous attend.

— Je dois surveiller ma silhouette. On va passer notre temps à être assis et à manger aujourd'hui, je vais gonfler.

— Il faut que je surveille ce que je mange, moi aussi. Je dois avoir l'air canon en bikini, dit Amanda à voix basse.

Teddy se retourna vers elle.

— *Ooooh !* Tu pars en voyage ?

— Mon homme va m'envoyer aux îles Fidji pour deux semaines d'ivresse et de parties de jambes en l'air.

— Quoi ? s'écria Teddy. Je fonds !

Il se retourna vers Adam et lui empoigna son T-shirt à manches longues.

— Il faut qu'on y aille avec eux.

— Non ! crièrent de concert Max, Amanda et Adam de concert.

Teddy fronça ses sourcils parfaitement taillés.

— Pourquoi non ?

— C'est notre deuxième lune de miel, s'empressa de dire Max.

Il devait immédiatement faire oublier à Teddy l'idée qu'Adam et lui les accompagnent pour ce voyage, car une fois que Teddy avait fait une fixette sur quelque chose, il refusait généralement de lâcher le morceau.

Teddy fit une mine boudeuse.

— Oh... bon... très bien.

Il dit à Adam :

— Il faut qu'on parte en voyage prochainement.

— Je vais voir si je peux prévoir quelque chose.

Teddy tapa dans ses mains et rebondit sur la pointe des pieds.

— Oh, génial ! Impressionne-moi, mais fais en sorte que ce soit une destination tropicale avec des tonnes de mecs en maillot de bain moulant, ronronna-t-il.

Adam secoua la tête.

— Pigé. Nous irons à Jersey.

Teddy enfonça un doigt contre le torse d'Adam d'un air espiègle. Son jeune amant laissa tomber sa fourchette dans son assiette presque vide et attira Teddy dans ses bras pour lui planter un baiser dans le cou.

— Oh, mon homme est d'humeur quelque peu libidineuse, à ce que je vois, dit Teddy en frottant ses fesses contre l'entrejambe d'Adam.

— Je t'imagine déjà vêtu d'un maillot de bain moulant à côté d'un grand gaillard italien bien poilu de New York, sur une plage de Jersey.

— Ce n'est même pas drôle. Tu sais que les gros nounours hétérosexuels, ce n'est pas mon genre.

— Je te rappelle donc, dit Adam, que tu n'as pas intérêt à regarder un autre homme que ton fiancé.

Teddy fit un petit bruit et haussa brusquement une épaule.

— Il n'y a pas de mal à reluquer, mais pas touche, c'est tout.

Il se retourna dans les bras d'Adam, lui saisit le visage et l'attira vers lui pour lui donner un rapide baiser.

— Tu sais à quel point je trouve ça sexy quand tu joues les gros ours jaloux. Et puis, *mmmh*, tu as le goût de sirop d'érable.

— Bon, alors prends donc ton petit-déjeuner. Je te prépare une assiette.

— Je n'ai pas envie de ne plus avoir de place pour le dîner.

— Le dîner n'aura pas lieu avant... amorça Adam avant de refermer immédiatement la bouche.

— Tout à l'heure ? suggéra Teddy.

— Plus tard, se corrigea Adam.

— Nous mangeons tôt, en général, lui rappela Teddy.

Il pivota la tête.

— D'ailleurs, maman fait en général cuire une dinde et un jambon au four, mais là, les deux fours sont éteints. Est-ce qu'elle a oublié ? Tu crois qu'elle perd la boule ?

— Les dames s'occupent de tout, dit Max en espérant que cela allait satisfaire sa curiosité, tout en sachant d'avance que ce ne serait pas le cas.

Teddy *restait* Teddy, après tout.

Teddy lança à Max un regard dubitatif.

— Elle ne nous a pas demandé de rapporter un plat comme à l'accoutumée.

— Bébé, si Max dit que l'on s'occupe de tout, c'est que l'on s'occupe de tout, dit Adam sur un ton plus ferme. Arrête de te faire du souci pour cela dans ta jolie petite tête et mange donc quelque chose, comme ça, dès que Matt et Carly seront là, nous pourrons regarder Greg et les enfants ouvrir leurs cadeaux.

— Et je pourrai enfin ouvrir ton cadeau.

— Ça, c'est pour plus tard.

— *Oooh.* Pas devant les petits, donc. Ça me plaît bien.

Teddy s'écarta d'Adam et vint se coller à Max en battant des cils.

— Alors, qu'est-ce que tu en dis, de tes photos ? Elles n'étaient pas sexy ?

— Je les ai adorées. Est-ce que le photographe était gay ?

Max ne manqua pas de remarquer le regard assassin qu'Adam lança à Amanda. Mais lorsque Max regarda dans sa direction, elle avait le visage curieusement inexpressif.

— Hmm... oui, il l'était, très, très gay, le plus gay des gays, même encore plus gay que moi, répondit-il en chantonnant la dernière partie de sa phrase.

— Je ne crois pas que ce soit possible, dit Max.

Teddy se trouvait forcément au sommet de la pyramide des gays.

— Il n'a pas arrêté de me faire du gringue tout le long de la séance.

— Vraiment ? grommela Adam.

— Tu étais présent pendant la séance photo ? lui demanda Max.

— Bien sûr que j'étais là ! Je devais m'assurer que sa coiffure et son maquillage étaient parfaits.

— Le photographe ne l'a pas aidée à arranger ses tenues ? Par exemple, il ne s'est pas assuré que ses tétons soient parfaitement en face des trous quand ils pointaient à travers le tissu ?

— Évidemment que non ! s'écria Teddy en agitant une main, c'est moi qui me suis occupé de ça.

Il serra ses bras autour de lui et frissonna en murmurant tel un souffleur de théâtre :

— C'est moi qui ai dû lui toucher les nichons.

Là-dessus, il tira la langue et fit une grimace de dégoût.

— J'ai arrangé moi-même la position de mes nichons, annonça Amanda. Je suis tout à fait capable de les remonter pour qu'ils ressortent à la perfection.

Max dévisagea sa femme. S'il la fixait suffisamment longtemps du regard, elle allait cracher le morceau.

— Il ne m'a pas touché les nichons, dit-elle d'un ton ferme.

— Bon, s'il était gay, ça n'a pas d'importance, déclara Max en haussant un sourcil et en scrutant attentivement le visage d'Amanda.

— Oui, exactement, s'empressa-t-elle de dire. Rien qu'à

l'idée de devoir les toucher, il m'a sorti « beurk, dégoûtant ! », exactement comme Hannah.

— Eh bien, heureusement que je ne les trouve pas dégoûtants, moi, déclara Max.

— À voir comme tu louches dessus, je dirais que non.

Elle sourit en songeant qu'elle avait eu le dernier mot.

Max saisit sa femme par le bras, l'attira vers lui et colla sa bouche contre son oreille.

— Si tu me mens, tu *vas* l'avoir, cette fessée que tu réclames tant. Ensuite, quand tu seras allongée sur le bord de la piscine au club de vacances, tout le monde verra tes fesses rougies par ton mari.

Il sentit un frisson la parcourir.

— Comme ça, tout le monde saura quelle vilaine fille je suis.

Sa petite ruse se retourna contre lui, car sa queue se mit à s'agiter dans son pantalon.

— On vous entend, vous savez, dit Adam en posant son assiette dans l'évier et en secouant la tête.

— Et je suis très jaloux rien qu'à l'idée d'imaginer Max te donner la fessée.

Teddy s'approcha de Max et le saisit par la joue.

— Si je suis un vilain garçon, tu vas me donner la fessée, à moi aussi ?

Adam se racla la gorge.

— Je plaisante, chéri. Tu es le seul homme qui a le droit de me coller une claque sur le boule.

— J'espère bien le rester. Bon, allez, mangez donc, vous tous, et démarrons cette journée.

Adam sortit de la cuisine.

— Pourquoi est-ce qu'il est si pressé ? demanda Teddy. Nous ne sommes attendus nulle part ailleurs que dans le salon.

— Peut-être qu'il meurt d'impatience de voir ce que le père Noël lui a apporté, répondit Max.

— Hmm, peut-être. Mais moi, je suis impatient de voir ce qu'il m'a fait comme cadeau, dit Teddy en sortant en trombe de la cuisine.

— Il va aller couler un bronze, murmura Amanda contre le torse de Max en enroulant ses bras autour de sa taille et en se collant contre lui.

— Il va plutôt chier la grande muraille de Chine, dit Max dans les cheveux d'Amanda en la serrant fort contre lui. Prends donc du café pour nous. Je nous prépare deux assiettes et je les apporte au salon. On dirait que Matt et Carly sont arrivés.

— Hé, murmura Amanda en décollant son visage du torse de son mari.

Il baissa les yeux sur elle et resta à la fixer. *Putain*, ce qu'il l'aimait. Il ne pouvait s'imaginer vivre sans elle.

— Si je décidais de pondre un troisième gosse, je m'assurerais que ce soit ton sperme qui me fiche en cloque.

— Je t'aime aussi.

Il se mit à rire, la lâcha et lui colla une grosse claque sur les fesses tandis qu'elle allait jusqu'à la cafetière.

— Ce n'est qu'un petit avant-goût de tout à l'heure.

Elle lui lança un regard par-dessus son épaule.

— Ne fais pas de promesses que tu ne pourras pas tenir.

— Ce n'était pas une promesse, *chaton*, mais une garantie.

Chapitre dix
Marc & Leah

MARC ÉTAIT ASSIS à côté de sa mère et fusillait son père du regard. Ce *grand-père* de 66 ans, marié de surcroît, était à genoux sur le sol, en train de masser les pieds de sa femme. Non, pas la femme de Ron, la mère de Marc, mais sa femme à lui, Marc.

S'il essayait de faire éprouver une quelconque culpabilité, c'était raté.

Si Leah le lui avait demandé, il lui aurait fait un massage de pieds, même s'il devait avouer que ce massage serait bien vite devenu plutôt interne qu'externe.

Leah poussa un soupir de satisfaction et se frotta le ventre d'une main, les yeux fermés.

— Je crois que je suis passée à côté de tous ces petits soins, déclara Carly en entrant dans la pièce. Je n'ai pas eu besoin d'endurer tout le côté incommode de la grossesse, je me suis juste fait chouchouter.

— Où est le bébé ? demanda Mary Ann lorsqu'elle vit que Carly avait les bras chargés de toutes sortes de choses, sauf de Levi.

Matt apparut au coin de la pièce qui donnait sur le couloir, une sorte de grosse étoffe de tissu sanglée sur le torse, avec une grosse bosse au-dessous. Marc supposa que cette bosse devait être le bébé.

— Qu'est-ce que c'est que ce bordel ? demanda Marc.

— C'est une écharpe porte-bébé, ou un truc dans le genre. Je n'en ai pas la moindre putain d'idée. C'est Carly qui l'a achetée, dit Matt en haussant les épaules. C'est moi qui la porte, et Leah va t'en acheter une. C'est plus facile de porter le bébé comme ça, machin truc.

— J'ai deux bras pour porter le bébé, je n'ai pas besoin de mettre ce genre de truc à la con.

— Voulez-vous bien surveiller votre langage, les garçons ? D'une part, c'est Noël, mais d'autre part, les enfants vous entendent, les réprimanda Mary Ann en s'appuyant sur l'épaule de Marc pour garder son équilibre.

— Putain ! beugla Greg, assis par terre à côté des garçons avant de se mettre à rire.

— Et c'est reparti, les fêtes de famille ne seraient pas de vraies fêtes de famille sans Greg qui lance des jurons à tire-larigot, grommela Max en entrant dans la pièce avec deux assiettes remplies.

Il en tendit une à sa femme, assise sur une chaise pliante calée entre la chaise à bascule de Ron et un deuxième canapé que ses parents avaient acheté lorsque la famille avait commencé à s'agrandir.

Marc fronça les sourcils.

— Il en entend tout le temps, entre toi et Amanda.

— Ce n'est pas pour autant qu'on veut qu'il en sorte à tout bout de champ.

— Pourquoi est-ce qu'aujourd'hui devrait changer de d'habitude ? demanda Marc à son frère aîné.

— Parce que c'est Noël ! siffla sa mère en donnant une

claque sur le bras de Marc avant d'aller voir Matt. Laissez-moi voir son adorable petit visage, roucoula-t-elle en écartant un morceau du tissu pour jeter un œil au bébé.

— Il dort, là, lui dit Matt.

— Est-ce que tu as besoin que l'un de tes frères vienne t'aider à rapporter des choses ? lui demanda-t-elle.

— J'ai seulement besoin du siège auto pour l'instant.

— Je vais le chercher, répondit Carly dès qu'elle eut les mains vides.

— Non.

La mère de Matt se tourna vers Hannah.

— Hannah, viens aider ton oncle.

Hannah ouvrit une bouche béante.

Mary Ann leva les sourcils devant l'absence de réaction de l'enfant.

— Tout de suite. Ton cousin a besoin de son siège auto.

— Mais on va ouvrir les cadeaux maintenant.

— Carly, cria Ron, peux-tu prendre l'un des cadeaux d'Hannah ?

— Grand-père ! s'écria Hannah avant de se relever et de sortir de la pièce en courant.

Quelques secondes plus tard, on entendit la porte d'entrée claquer.

— Oh, ça me plaît bien, cette technique, dit Amanda avant de fourrer deux tranches de bacon dans sa bouche. Peut-être que ça marchera pour lui faire faire sa part de tâches ménagères.

Tout d'un coup, les deux fils de Marc se mirent à sauter sur le canapé et sur lui. Jax lui donna un bon coup de genou en plein dans le mille, droit dans les bijoux.

— *Ouille.* Heureusement que votre mère porte votre dernier petit frère ou petite sœur, parce que je crois que vous avez réduit à néant toute probabilité d'en avoir d'autres.

Austin enroula ses bras autour du cou de son père.

— Papa, on peut ouvrir nos cadeaux maintenant ?

— Est-ce que tout le monde est là ?

— Oui !

— Alors c'est grand-père qui décide.

Ses deux garçons tournèrent la tête vers le père de Marc. Dieu merci, ce dernier décida de se lever, bien que lentement et en poussant un grognement rauque, et cessa de masser les pieds de Leah.

Ron s'approcha du sapin.

— La distribution des cadeaux se fera dans le calme et...

Tous les enfants le bousculèrent avec empressement et se mirent à fouiller avec leurs gros doigts dans la pile de cadeaux à la recherche des leurs.

Ron poussa un sifflement si fort que Marc grimaça, mais cela fut efficace car tous les enfants se figèrent sur place.

— D'abord, vous n'avez pas respecté la consigne de faire les choses dans le calme, et il faut attendre le retour d'Hannah.

Greg frappa dans ses mains, tout excité, et cria :

— Hannah !

— J'arrive ! cria-t-elle depuis l'entrée.

La porte claqua de nouveau et Hannah entra en trombe dans la pièce en jetant le siège auto aux pieds de Matt lorsqu'elle passa devant lui comme une tornade.

Matt le ramassa, le mit de côté et s'assit avec précaution sur le canapé entre Marc et Carly.

Carly se pencha sur le frère cadet de Matt et lui murmura en gardant un œil sur Leah :

— Je t'ai apporté ce dont tu avais besoin. Tout est dans le sac à langer.

Marc se contenta de lui faire un signe de tête, mais son cœur se mit à battre à tout rompre. Il espérait qu'il avait bien fait de demander à Carly de prendre ce qu'il voulait. Il voulait combler sa femme aujourd'hui, et non la décevoir. Il avait encore le temps de décider de lui donner son cadeau ou bien d'attendre.

Ron avait fait s'asseoir les enfants et Greg en demi-cercle autour du sapin, et décidait avec la mère de Marc de qui ouvrait quoi. L'expression comblée qui se dessina sur les visages de leurs parents tandis qu'ils distribuaient leurs cadeaux aux enfants et les regardaient en déchirer le papier était magnifique.

Des morceaux de papier cadeau volèrent dans toutes les directions et tombèrent même sur Chaos. La queue noire et blanche du vieux chien martelait lentement sur le plancher tandis qu'il veillait sur ses trois protégés : Hannah, Oliver et Greg.

Aucun des frères de Marc, ni leurs épouses, ni même Teddy ne pipèrent mot tandis que les enfants et Greg recevaient tour à tour un de leurs cadeaux, l'ouvraient sous les yeux de tous et montraient ce que le père Noël leur avait apporté.

Un jour, les enfants ne croiraient plus au père Noël, mais pour le moment ils y croyaient encore. Hannah était peut-être déjà au courant, mais si c'était le cas, elle faisait semblant de croire que le gros bonhomme guilleret tout habillé de rouge qui se glissait dans la cheminée au milieu des grandes flammes du feu existait.

Marc lui était reconnaissant pour cela. Il se délectait de voir ses fils ravis de découvrir leurs cadeaux. La vie était toute simple pour eux désormais, et Marc espérait qu'il en serait ainsi le plus longtemps possible.

Il lança un regard à Leah, qui avait à présent redressé le dossier de la chaise à bascule. Menace était assis entre ses jambes, et Leah faisait des papouilles au mastiff, sans détourner le regard de la scène qui se déroulait sous ses yeux.

Il n'aurait jamais cru pouvoir vivre une vie comme celle-ci, avec une femme, bientôt trois enfants, et deux chiens.

Leah lui lança elle aussi un regard, le sourire aux lèvres et une étincelle dans ses yeux noisette. Elle articula « je t'aime » et se retourna pour regarder les enfants au lieu d'attendre qu'il le lui dise en retour.

Trouble vint le voir d'un pas lourd et s'assit à ses pieds, avachie toute de travers, avec la langue qui pendait et un filet de bave qui coulait dangereusement au coin de la gueule.

— Il faut qu'on leur attache un bavoir au collier, se plaignit Max. Amanda devrait inventer une sorte de collier avec un réservoir à lingettes pour son entreprise, exprès pour les grosses bêtes baveuses comme les vôtres.

Ce n'était pas une mauvaise idée.

Il fixa du regard son frère cadet, qui semblait apaisé et calme. Il ne semblait éprouver aucune angoisse, aucun stress, même avec un bébé sanglé sur son torse.

— Regarde-toi, frérot. Tu as réussi à attirer dans tes filets une femme médecin, et maintenant, tu as un enfant et un boulot duquel tu ne t'es pas encore fait virer. Il ne te manque plus qu'un chien rien qu'à toi, et ensuite, tu auras peut-être une vie normale, tu vois.

— S'il nous faut un chien pour rentrer dans la norme, nous pourrons nous en passer, dit Matt. C'est ennuyeux d'être normal.

— C'est un vrai bordel, la vie normale, lui rappela Marc, avec des chiens *et* des enfants.

— J'en suis bien conscient. J'ai trois neveux et une nièce, tu te souviens ?

— Tu en as fait du chemin depuis la naissance d'Hannah.

Marc n'oublierait jamais le jour où quelque chose avait

fait l'effet d'un élément déclencheur chez Matt après avoir été forcé de prendre leur nièce dans ses bras lorsqu'elle n'était qu'un bébé. Sa réaction les avait tous effrayés. Il avait refusé de prendre ses médicaments et de suivre une thérapie. Max avait été à deux doigts de le renvoyer. Le chef de la police ne pouvait pas se permettre de laisser quelqu'un d'aussi instable dans les rangs des forces de l'ordre.

— Il m'a fallu dix ans pour en arriver là, dit doucement son frère, sa main libre enroulée autour du derrière de Levi, emmitouflé dans son écharpe.

— Ça a valu la peine d'attendre, murmura Carly en serrant la main que Matt avait plaquée contre son genou.

Teddy vint les rejoindre sur le canapé, se retourna et secoua les fesses en s'asseyant. Il réussit à se caler entre Marc et Matt avec un tonitruant :

— Bip, bip !

Marc et Matt poussèrent tous les deux un soupir et s'écartèrent autant que possible, c'est-à-dire pas beaucoup, car à quatre adultes sur le canapé, ils étaient serrés. S'ils ne s'étaient pas poussés, Teddy n'aurait éprouvé aucune gêne à venir s'asseoir sur les genoux de Marc, puisque Matt avait déjà Levi sur les siens.

Il adorait Teddy, mais pas au point de le laisser lui écraser le paquet avec ses fesses. Qui plus est, Marc doutait qu'Adam donne son aval pour cela.

Teddy leur passa à chacun un bras autour de la taille et dit :

— Quel bonheur d'être pris en sandwich entre deux mecs Bryson.

— Quand Adam se sera décidé à te passer la bague au doigt, est-ce que tu vas changer de nom de famille ? lui demanda Marc.

— Oh, bien sûr que oui ! Je prendrai le nom de Theodore

David Bryson, dit-il d'un air dramatique, comme s'il était sur une scène. Je ne verserai pas une larme lorsque je me débarrasserai du nom Sullivan. Si Adam n'avait pas croisé mon chemin et n'était pas tombé fou amoureux de moi, j'aurais certainement demandé à vos parents de m'adopter rien que pour pouvoir en changer.

Marc renifla dédaigneusement.

— Dans ce cas-là, Adam aurait été ton cousin.

— Il y a déjà assez de relations incestueuses comme cela entre frères et cousins là-haut, dans la montagne, au sein du fameux clan Shirley, dit Teddy en haletant. Oh, je me sens tellement coupable de leur avoir dévoilé la cachette d'Autumn ce jour-là. Ce petit bout de chou est né prématurément à cause de moi.

À cause d'une bévue de la part de Teddy, les Shirley avaient repéré où se cachait la mère biologique de Levi en ville après qu'elle s'était échappée d'entre leurs griffes, même si ce dernier ne savait pas le moins du monde qu'il les avait menés jusqu'à elle.

— Ce n'était pas ta faute, Teddy, lui assura Carly. Tu ne savais pas, ce n'était qu'un mauvais concours de circonstances.

— C'*était* de ma faute. Mais Autumn a été si gentille, elle ne m'a pas culpabilisé du tout. Elle m'a même couvert avec son colosse à la veste en cuir. Elle a dit à Sig que son couvre-chef était tombé et que ce n'était pas moi qui le lui avais arraché pour voir sa splendide chevelure rousse toutefois abîmée.

— Tu voulais seulement l'aider, dit Carly.

— Peut-être devrais-tu t'abstenir d'avoir les mains baladeuses la prochaine fois, grommela Matt.

— Tu as raison, Matty. J'ai tendance à être un peu trop tactile.

Marc et Carly échangèrent un regard au-dessus de la tête de Teddy et de Matt. Le jour était mal choisi pour qu'un Bryson un peu trop ronchon décide de réduire à néant la joie de vivre de Teddy.

— Alors... dit Teddy en se tournant vers lui, un demi-sourire forcé aux lèvres, qu'est-ce que tu vas offrir à Leah ?

— Un père qui lui fait des massages de pieds. On pourrait croire que je n'ai pas cassé ma tirelire pour son cadeau, mais en réalité, il m'a coûté cher : j'y ai sacrifié ma vie de célibataire et dépensé une fortune pour élever mes garçons.

— Ton père est un sacré charmeur, confirma Teddy. Tu as de la chance qu'il n'ait pas vingt ans de moins, sinon il aurait fait tourner la tête de vos épouses à tous.

— Maman l'assommerait avec l'un de ses faitout de cuisine s'il s'aventurait à faire ça.

Teddy fit de nouveau un sourire sincère.

— Elle serait bonne à devoir racheter un faitout. Vous avez tous la tête tellement dure, bon sang. Où est-ce que va Max comme ça ?

— Il est certainement parti chercher la surprise de Greg. Prépare-toi, l'avertit Marc.

— Il va nous falloir des bouchons d'oreilles, dit Matt.

— Il y a tellement de bébés dans cette famille, s'extasia Teddy. Cela fait beaucoup trop de petits êtres mignons à qui on a envie de pincer les joues, comme moi.

— Il vous en faut un à vous, à Adam et toi, dit Leah en se dirigeant vers le canapé avec Menace sur les talons.

Lorsque le mastiff arriva à côté de Trouble, il se mit à lécher la bave qui lui coulait au coin de la gueule.

Matt plissa le nez.

Marc se leva pour laisser sa place à sa femme, mais elle lui adressa un geste de refus.

— Ça ira.

— Nous n'avons pas besoin d'un chiot, dit Teddy.

— Un bébé, précisa Leah.

— Il nous faudrait une mère porteuse pour cela. Tu veux te porter volontaire ?

— Hors de question que Leah donne naissance à votre bébé, grommela Marc.

— Eh bien, en principe, ce serait le bébé d'Adam, mais nous élèverions ce petit chérubin ensemble.

— Hors de question que Leah donne naissance au bébé d'Adam, grommela de nouveau Marc.

La simple idée que Leah puisse porter le bébé d'un autre homme faisait bouillonner son sang dans ses veines. Si sa femme devait tomber enceinte, elle serait inséminée par son sperme et non par celui de son cousin.

— Oh, regarde-toi en train de jouer le vieil ours jaloux, Marc.

— Je ne porterai plus d'enfants après celui-là. Désolée, Teddy, dit Leah.

Le coiffeur poussa un soupir.

— Bon, alors il reste Amanda.

Marc renifla d'un air dédaigneux.

— Oh oui, je suis certain que Max sera cent pour cent d'accord.

Son frère aîné était plus possessif que ne l'étaient Marc et Matt.

— Elle devrait accepter de faire ça pour l'équipe des homosexuels.

— Tu lui as demandé ? s'enquit Carly à l'autre bout du canapé.

— Oui.

— Et alors ?

Teddy poussa un soupir.

— Elle dit que son minou n'a plus jamais été le même et qu'elle refusait de l'étirer une troisième fois.

— Elle n'a pas trop apprécié ses grossesses, confirma Carly.

— Eh bien, si je pouvais le faire, je le ferais, déclara Teddy.

— Si les hommes pouvaient être enceints, il n'y aurait plus un seul être humain sur cette terre, affirma Leah.

— Pourquoi est-ce que j'entends que l'on parle de moi par ici ? demanda Amanda en s'approchant derrière Leah.

— Parce que Teddy compte te mettre en cloque avec l'un des bébés nageurs d'Adam, répondit Leah en riant.

Amanda fit la grimace.

— Oh non, ça, jamais de la vie. Mon vagin a été défiguré à vie.

— Ça, on l'a déjà dit, lui assura Marc.

— Oh, vous parliez tous de mon vagin, sans moi ?

— Pourquoi est-ce que le vagin d'Amanda revient toujours dans la conversation ? grommela Matt. Je suis étonné qu'elle ne lui ait pas donné un petit nom.

— Oh, mais il en a un de nom. Il s'appelle...

— Non ! l'interrompit Matt, je ne veux pas savoir. Bon Dieu...

Amanda arbora un rictus sarcastique.

— Non, ce n'est pas *bon Dieu*, même si parfois, Max crie...

— Non ! hurla Matt en bondissant du canapé et en maintenant l'écharpe porte-bébé d'une main avec Levi dedans. Pas aujourd'hui, Satan.

Marc renifla avec dédain. Carly se cachait le visage des deux mains, tremblante de rire, et les yeux verts de Teddy faisaient des allers-retours entre Matt et Amanda.

— Ce n'est pas Satan non plus, déclara Amanda. Cela dit, ça lui irait mieux, peut-être.

— Bon, eh bien il semble que nous allons devoir trouver un autre minou de libre, annonça Teddy. Carly, tu aurais quelques contacts ?

— Je connais plein de *minous*, Teddy, répondit-elle. Je penserai à toi si l'un d'entre eux se libère.

— Il ne faut pas qu'on tarde, dit Teddy en fixant Adam du regard à l'autre bout de la pièce.

— Vous n'avez pas un mariage à prévoir avant ? demanda Marc.

— Nous ne parlons pas mariage pour l'instant, grommela Teddy.

Marc lança un regard à Amanda, qui se contenta de hausser les épaules.

Leah s'assit à la place qu'avait laissée Matt sur le canapé.

— Tu aurais pu venir te mettre là pour que ma femme puisse s'asseoir à côté de moi, dit Marc à Teddy.

— Pourquoi ? Elle t'a à sa disposition vingt-quatre heures sur vingt-quatre. Quand est-ce que je peux te faire des câlins, moi, mon grand ?

— Apparemment, elle a craché le secret.

— Quel secret ? demanda Amanda.

— À propos de ma taille, dit Marc avec un sourire narquois.

— Non, mais elle nous a tout avoué au sujet de tes anneaux aux tétons, dit Teddy.

— Ça, c'est du réchauffé, annonça Amanda. Marc, tu te rappelles la fois où tu as dû appeler Max pour venir te libérer parce que tu étais menotté au lit ?

Comment aurait-il pu oublier cet épisode ? C'était le jour où toute sa famille avait appris son secret à propos de ses anneaux aux tétons. Il ne s'était jamais remis de cet épisode.

— Je me rappelle aussi que Max m'a donné quelques conseils en arrivant, dont celui de toujours m'assurer qu'une clé de menottes soit scotchée à la tête de lit. Je me demande comment il le savait ?

Amanda se mit à rire.

— Mais bien sûr qu'il le savait. C'est l'astuce coquine numéro 101. Tu aurais dû connaître cette petite combine.

Il ne la connaissait pas, mais il avait appris cette leçon à ses dépens.

Heureusement, après cela, Leah et lui s'étaient embrassés et avaient fait la paix. À présent, voilà où ils en étaient, sur le point d'avoir leur troisième enfant.

SANS PRÊTER ATTENTION aux souvenirs coquins que se repassaient Amanda et Max, Leah prit la main de Teddy et la posa sur le côté de son ventre.

— Tu le sens ?

Teddy retira d'abord brusquement sa main, surpris, puis la reposa où il l'avait mise.— *Oooh*, c'est un téméraire, ce petit.

— Cette petite, le corrigea Leah.

— Je croyais que vous ne connaissiez pas le sexe.

— Non, nous ne le connaissons pas.

— Eh bien, il y a des chances que ce soit un autre petit mec Bryson miniature. Ron leur a transmis ses gènes virils en béton.

Leah leva la main et croisa les doigts.

— Je garde espoir, après tout il y a Hannah.

Amanda s'assit sur l'accoudoir du canapé, à côté de Marc.

— Hannah n'est qu'une anomalie, c'est tout. Elle nous a bercés de faux espoirs en nous faisant croire qu'il pourrait y avoir davantage d'œstrogènes dans cette famille pour contre-balancer toute la testostérone. C'était un piège.

— Toute la testostérone qui circule dans cette famille n'est pas un problème. Moi, d'une part, je ne m'en plains pas.

Teddy se pencha sur Marc, agita sa main sous son propre nez et en inhala l'odeur.

— Ce parfum de mâle alpha est aphrodisiaque.

Marc sourit et bomba le torse.

— Peut-être pour les gorilles mâles adultes, Teddy, dit Leah. Mais les bébés gorilles ne sont que des créatures puantes.

— Simple avertissement, dit Teddy en se penchant à présent sur elle, les gorilles empirent avant de s'améliorer.

— Génial, gémit Leah. Raison de plus de vouloir une fille.

— Est-ce que le sexe du bébé a vraiment une importance pour vous, Marc ? lui demanda Amanda.

— Je ne veux que le bonheur de ma femme.

Amanda chuchota bruyamment à l'oreille de Leah :

— Demande-lui un SUV Infiniti. Dis-lui que c'est ça qui fera ton bonheur.

Les adultes se turent en entendant claquer la porte d'entrée. Ils entendirent les grosses bottes de Max avancer dans leur direction, et lorsqu'il apparut sur le pas de la porte du salon, on vit une grosse boule de fourrure s'agiter dans ses bras.

— Je crois que nous avons là le dernier cadeau du jour, annonça Max, ce qui attira l'attention des enfants et celle de Greg.

Tous les convives de 10 ans et moins poussèrent des cris aigus et coururent jusqu'à Max, l'encerclèrent et tentèrent de faire une caresse au chiot de 3 mois qu'Amanda et Max avaient adopté dans un refuge des environs. Trouble, Menace et Chaos coururent aussi voir quel était l'objet de toute cette agitation et voulurent faire connaissance avec le nouveau venu à quatre pattes de la famille.

— Oh, à qui il est, ce chiot ? demanda Hannah, les yeux brillants d'excitation.

— Officiellement, il est à Greg, répondit Max à sa fille.

Greg se releva lentement alors qu'il était en train de s'amuser avec l'un des nouveaux jouets des enfants par terre et s'approcha de Max.

— Il... il est pour moi ? demanda-t-il en roulant des yeux et en se tortillant les mains dans des positions incongrues tout en agitant frénétiquement les bras.

— Elle, rectifia Max. Oui, elle est pour toi, mon pote. Le père Noël nous l'a livrée pour que nous puissions te l'offrir.

— Je... je n'ai pas demandé un bébé chien au père Noël.

— Ah bon ? demanda Max. Oh, alors peut-être avons-nous mélangé les listes de cadeaux, nous devrions la rendre au père Noël.

— Non, se mit à rire Greg en tendant la main pour venir caresser la tête du chien. Manda, le père Noël, il m'a apporté un chiot !

— Je vois ça, mon pote. Il faut que tu lui choisisses un nom aussi, dit Amanda sur le canapé avec un grand sourire aux lèvres.

Mary Ann cria :

— Par pitié, ne lui donne pas un nom bizarre comme Chamboule-tout.

Greg laissa échapper un nouveau rire tonitruant.

— Chamboule-tout !

— C'est parfait comme nom, dit Adam en riant. Elle va parfaitement s'intégrer avec les autres.

Mary Ann se cacha le visage dans les mains et secoua la tête.

— Voilà, maman, dit Marc en reniflant avec dédain. C'est toi qui as dit ça, c'est de ta faute.

— Chamboule-tout, répéta Leah. Ça me plaît bien, ce n'est pas pire que Menace ou Trouble.

— Ni Chaos, ajouta Amanda.

— C'est quoi comme race ? demanda Leah à la sœur de Greg.

Amanda haussa une épaule.

— Ils pensent qu'elle est croisée entre un border collie et un bâtard. En gros, ils ne savent pas ce que c'est.

— Mais tu l'as eue au refuge de border collie ?

— Oui, ils en avaient toute une portée.

Amanda baissa la voix :

— Si jamais vous avez envie d'un troisième chien pour aller avec le troisième enfant, vous pourrez l'appeler Désastre.

Leah tourna la tête et dissimula son rire pour ne pas que sa belle-mère le voie. Cette dernière dévisageait Amanda en fronçant les sourcils et se plaignait :

— Pourquoi est-ce que vous ne pouvez pas leur donner des noms de chien normaux comme Rover ou Duke ?

Lorsqu'elle parvint enfin à se calmer, Leah répondit à Amanda :

— Je crois que nous en avons plein le dos. Trouble est encore un fichu chiot, elle n'a qu'un an. Elle a intégralement mangé les chaussons de Jax et les a ressortis par les fesses morceau par morceau.

Amanda renifla dédaigneusement.

— Tu as essayé de les recoudre ?

— Malheureusement, je ne suis pas très douée en couture.

Greg était maintenant assis par terre avec le chiot sur les genoux qui le léchait. Chaos était couché à ses côtés, tapant doucement de la queue sur le sol. Il laissa le chiot lui donner des coups de langue lorsqu'elle en eut assez de dévorer le visage de Greg.

— Chaos est devenu très amoindri, murmura Leah à sa belle-sœur.

— C'est pour cela que nous avons décidé d'adopter le chiot maintenant, lui répondit Amanda elle aussi à voix basse pour que les enfants n'entendent pas.

— Nous avons adopté Trouble pour la même raison. Je sais que les enfants vont être complètement bouleversés le jour où Menace va partir. Ils l'ont connu toute leur vie, et puis celui-ci aura encore plus de mal à accuser le choc que les enfants, dit Leah en passant un bras devant Teddy pour venir tapoter le genou de Marc.

— Hé, je l'avais déjà avant de te rencontrer. Ça a été mon premier vrai grand amour.

— Oui, c'est vrai, et je doute que tu aurais toléré que je chie dans tes chaussures comme il l'a fait, répondit Leah pour narguer son mari.

— J'aurais peut-être pu laisser passer ça si tu l'avais fait en étant nue.

— Beurk, cria Teddy d'une voix perçante en bondissant du canapé avant de se ruer vers Adam. Prends-moi dans tes bras, mon beau. Ton cousin me donne des visions cauchemardesques.

— Viens ici, toi, ordonna Marc en attirant Leah tout près de lui. Chamboule-tout n'était pas le dernier cadeau.

— Non, en effet, dit Amanda avec un regard perçant.

— Je ne parle pas de ce cadeau-là. Je parle de celui que j'ai demandé à Carly de rapporter.

Leah dévisagea Marc.

— Pour moi ?

— Oui...

Son mari releva le menton vers Carly, qui se leva, fouilla dans le sac à langer et en tira ce qui semblait être une enveloppe de carte de vœux.

Après que sa belle-sœur la lui eut tendue, Leah dévisagea Marc, qui semblait un peu mal à l'aise, et même pâle.

— Qu'est-ce que c'est que ça ? demanda Leah d'une voix pleine de soupçons.

— C'est une surprise.

— Est-ce qu'on part pour une deuxième lune de miel ? Si c'est le cas, on devrait attendre que le bébé soit né...

— Non.

— Est-ce le bon cadeau pour le spa dont tu m'as parlé hier ? J'aurais bien besoin de me faire chouchouter.

Le massage de pieds auquel elle avait eu droit par les mains vigoureuses de Ron lui avait donné envie de réserver une journée pour avoir de nouveau droit à ce plaisir.

— Non. Mais c'est toi qui décides si tu l'ouvres maintenant ou plus tard... ou bien pas du tout. Je sais que tu préférais garder la surprise, mais je me suis dit qu'aujourd'hui serait le jour parfait, si tant est qu'il y en ait un, pour que tu saches ce que nous allons avoir.

— Vous allez avoir un bébé ! cria Greg de l'autre côté de la pièce.

Leah se rendit compte que tous les regards n'étaient plus dirigés vers le chiot, mais vers eux.

— Je voulais dire, le genre de bébé, précisa Marc.

— Un bébé humain, idiot ! dit Greg.

Son chiot était par terre à ce moment-là et jouait à entortiller les lacets de chaussures de son maître.

Leah sentit sa figure devenir blême. Elle mourait d'envie de le savoir, mais avait peur d'être déçue. En vérité, comme la plupart des parents, elle serait heureuse quel que soit le sexe, du moment que leur bébé naissait en bonne santé. Mais en même temps, tout au fond d'elle-même, elle désirait vraiment, vraiment, *vraiment* une fille cette fois. Elle avait insisté pour prendre une femelle lorsqu'ils avaient choisi leur deuxième chien, rien que pour ne pas être la seule fille de la maison. Cela dit, une petite fille...

Pas n'importe quelle petite fille, celle de Marc, qui hériterait peut-être de ses cheveux sombres et de ses yeux bleus éblouissants.

Ce serait une vraie fifille à son papa.

Ces saloperies d'hormones lui donnaient les yeux qui brûlent.

Elle retourna à plusieurs reprises l'enveloppe entre ses mains, et la fixa, bien consciente que tous avaient toujours les yeux rivés sur elle. Après l'avoir retournée entre ses mains encore quelques fois, elle leva les yeux vers son mari.

— Tu sais, toi ?

— Non, j'ai demandé à Carly de ne pas me le dire. Je voulais le découvrir en même temps que toi.

— Merci, marmonna-t-elle, une larme menaçant de couler au coin de l'œil.

Elle s'empressa de la ravaler avant qu'elle ne lui échappe.

— Ça ne devrait pas avoir d'importance.

— Je sais, dit Marc doucement.

— Il ou elle sera notre mini-nous. C'est tout ce qui importe.

— Je sais. Tu peux jeter l'enveloppe au feu si tu préfères, et nous attendrons.

Leah essaya de déglutir, mais sa gorge se serra. Elle avait vraiment envie de savoir, et craignait en même temps de découvrir la surprise.

Elle introduisit son doigt sous le recoin du rabat collé de l'enveloppe et le laissa glisser le long du rebord de celle-ci, l'ouvrant petit à petit avec précaution. Elle marqua ensuite un temps d'arrêt et resta là à la fixer.

— Nous pourrions choisir un prénom si nous connaissions le sexe.

— Bébé, c'est toi qui décides si tu veux ouvrir cette enveloppe ou non.

Leah se mordilla la lèvre inférieure. Le silence des enfants avait quelque chose d'anormal, cela ne leur ressemblait pas. Comment est-ce que tout le monde pouvait être si concentré sur elle et sur sa décision ?

Elle ferma les yeux, releva le rabat et sortit la carte de l'enveloppe. Marc fit un bond à côté d'elle et Leah entendit son souffle se couper. Elle ouvrit les yeux et lut ce qui était écrit au recto de la carte.

C'est un garçon !

Leah cessa de respirer et tenta de ravaler ses émotions. Une seconde passa, puis deux.

— Ouvre-la ! s'écria Carly.

Elle n'était pas du genre à être si impatiente à l'ordinaire.

Leah ouvrit la carte et une nuée de paillettes roses se mit à voler partout. À l'intérieur était inscrit un message manuscrit en grosses lettres capitales :

C'ÉTAIT UNE BLAGUE !
Celui-là n'a pas de pénis !
Vive le retour en force des vagins !

Leah plaqua une main contre sa bouche et Marc cria :

— Putain, Dieu merci !

Sa mère le réprimanda :

— Marc, surveille ton langage !

Greg laissa échapper à son tour un tonitruant « putain ! ».

Austin et Jax coururent voir leur mère et lui prirent la carte des mains.

— Qu'est-ce que c'est, maman, un garçon ou une fille ?

— Vous allez avoir une petite sœur, dit-elle à ses fils à travers ses larmes.

— Est-ce que c'est une bonne nouvelle ? demanda Austin, décontenancé.

— Une excellente nouvelle. Cela veut dire que grand-mère et moi aurons une autre petite fille à chouchouter pendant que vous irez passer du temps avec votre grand-père, tous les deux.

Teddy frappa dans ses mains et rebondit sur la pointe des pieds, lové dans les bras d'Adam.

— Cela veut dire que nous aurons aussi une petite fille à habiller, puisqu'Hannah ne nous laisse plus lui choisir ses habits.

Max et Amanda, Matt et Carly, Adam et Teddy ainsi que Ron et Mary Ann s'approchèrent de Leah pour la serrer dans leurs bras chacun à leur tour et lui adresser leurs félicitations.

Leah lança un regard à Carly qui tenait Levi dans ses bras, le sourire aux lèvres, et se balançait d'avant en arrière.

— Il ne peut pas y avoir de pénis caché, hein ?

— Eh bien, c'est toujours possible, mais je n'en ai vu un sur aucune de tes échographies.

— Et si elle en avait un, il serait assez gros pour qu'on le voie, dit Marc. Nous, les Bryson, nous sommes bien membrés, n'est-ce pas, papa ?

— C'est vrai. Je...

— Ron ! s'écria Mary Ann, c'est Noël. Nous n'allons pas aborder ce genre de conversation devant les enfants.

— Tu as entendu ta mère, on ne parle pas de pénis à Noël.

— Le moment n'est jamais bien choisi pour parler de pénis, murmura Teddy à la manière d'un souffleur de théâtre.

— Pénis ! croassa Greg, les yeux levés vers le plafond.

Son petit chiot se mit à aboyer en l'entendant, puis tous les chiens l'imitèrent à leur tour.

— J'ai un pénis, moi aussi ! Pas de va... gin !

— Oui, Greg, les vagins, c'est beurk, lui dit Teddy en accompagnant sa phrase d'un frisson exagéré et en plissant le nez.

Leah ne leur prêta pas attention, se pencha vers son mari et releva la tête vers lui. Il abaissa sa bouche et vint effleurer ses lèvres des siennes.

— Un jour de fête chez les Bryson n'aurait rien d'un jour de fête si tout le monde n'y apportait pas son petit grain de folie, chuchota-t-elle.

— Est-ce que tu préférerais qu'il en soit autrement ? murmura-t-il tout contre ses lèvres.

— Non.

— Tu es heureuse ?

— Toi, les garçons et ta famille faites mon bonheur. N'en doute jamais. La nouvelle que nous attendons une fille n'a été que la cerise sur le gâteau. Mais le trésor qui se cache à l'intérieur aurait été splendide, quoi qu'il en soit.

Elle poussa un soupir de satisfaction, posa une main sur son ventre et saisit de l'autre la joue de son mari, couverte de sa barbe de trois jours.

— Cette journée a été fantastique.

— Aujourd'hui, ce n'est que le commencement, lui rappela Marc.

C'était vrai. Une dernière surprise attendait encore d'être dévoilée.

Unique en son genre, celle-ci.

Chapitre onze
Teddy & Adam

L'ESTOMAC d'Adam se mit à gargouiller, sa bouche était aussi sèche que le désert du Registan en Afghanistan et il avait la gorge serrée. Son cœur battait à tout rompre.

— Pourquoi est-ce que tu n'arrêtes pas de regarder ta montre ? lui demanda Teddy lorsqu'Adam leva le poignet pour la centième fois.

Adam serrait toujours son fiancé dans ses bras, le dos de Teddy appuyé contre lui, et avait passé le bras auquel il ne portait pas sa montre en travers de son torse pour le serrer tout près de lui.

— Pourquoi est-ce que ton cœur bat comme un petit fou, mon beau ? Je le sens.

— J'ai pris trop de caféine.

— Tu es pressé de me donner mon cadeau ? C'est pour ça que tu n'arrêtes pas de regarder l'heure ?

Oh que oui, il était pressé, bordel.

La surprise qu'il comptait lui faire avait demandé des mois de préparation dans le plus grand secret. Bien sûr qu'il craignait que son plan tourne au plus grand désastre. Teddy n'était pas du genre très conciliant. Le moindre faux pas de la part d'Adam pourrait provoquer une scène des plus grandiloquentes, qui suffirait à elle seule à faire tomber sa surprise à l'eau.

— Je suis si heureux de savoir qu'une autre petite fille va venir agrandir la famille, murmura Teddy en tirant sur la manche d'Adam. Il faut qu'on discute sérieusement de ce que l'on compte faire par rapport à la question des enfants. Je ne me fais plus tout jeune, tu sais.

— Nous en discuterons.

Et cette discussion allait avoir lieu. Il devait seulement attendre que cette journée touche à sa fin d'abord. Lorsqu'ils seraient à Aruba, ils auraient tout le temps d'élaborer leurs futurs projets, sans que leur famille ni leurs engagements professionnels ne viennent interrompre ce moment. Ils ne seraient rien que tous les deux pendant une semaine entière.

Adam mourait d'impatience que les vacances arrivent. Le moment serait parfait pour resserrer leurs liens, si occupés qu'ils étaient tous les deux. Adam avait fait beaucoup d'heures supplémentaires pour pouvoir payer la surprise de ce jour-là, et Teddy était chef d'entreprise, alors il travaillait souvent beaucoup. Certains jours, ils se voyaient à peine.

Parfois, ils devaient se contenter de tirer un coup express, car s'ils restaient plusieurs jours sans sexe, Teddy allait s'imaginer qu'Adam se détournait de lui ou bien qu'il allait chercher des relations sexuelles ailleurs, exactement comme quand il avait piqué sa crise la veille au matin.

Le rejet des parents de Teddy ainsi que celui de son premier amant avaient instillé chez Teddy un profond sentiment de doute quant à l'existence d'un véritable amour. Maintenant qu'il faisait partie de la famille Bryson, Teddy n'avait plus de raison de se montrer si dubitatif, puisqu'ils étaient entourés au quotidien de couples qui représentaient l'exemple parfait d'un amour véritable et pérenne. Même les membres de l'ancienne génération, celle de Ron et Mary Ann et des parents d'Adam, continuaient non seulement de s'aimer, mais étaient toujours *amoureux*. Oui, il y avait une différence entre les deux.

Sa famille et celle de son oncle étaient toutes deux bâties sur de solides fondations d'amour, de confiance et d'honnêteté. Adam souhaitait qu'il en soit de même pour sa relation et sa potentielle future famille.

Il détestait faire des cachotteries à Teddy, mais tout cela serait bientôt fini et le moment viendrait où il pourrait enfin lui révéler ce qu'il lui avait réservé, au prix de très nombreux efforts de sa part et avec l'aide de ses cousins et de leurs épouses.

À présent, il ne manquait plus que tout se déroule comme prévu, sans accroc.

Malheureusement, chez les Bryson, il semblait toujours y avoir un accroc quelque part.

Les chiens se précipitèrent vers la porte d'un pas maladroit en entendant quelqu'un frapper.

— Il y a quelqu'un ! cria Greg, au cas où personne n'avait entendu les coups bruyants ni les chiens qui aboyaient tout excités dans une vraie cacophonie.

— Qui est-ce ? demanda Teddy. Il n'y a tout de même pas de démarcheurs à Noël, si ?

— Sûrement mon frère, dit Ron en se levant de sa chaise, ou plutôt son trône, près de la cheminée.

Teddy poussa un cri de joie aigu et gesticula dans les bras d'Adam.

— Tu ne m'as pas dit que tes parents allaient venir.

Adam lui adressa un sourire qu'il espérait suffisamment détendu et mesuré, même si intérieurement, il était sur des charbons ardents.

— Je voulais te faire la surprise.

— Oh ! Ma deuxième maman et mon deuxième papa sont là, s'exclama Teddy en frappant dans ses mains et en sautillant sur la pointe des pieds.

Il se défit de l'emprise d'Adam et courut après Ron. Adam prit une profonde inspiration pour tenter de calmer ses nerfs.

Max lui donna une vigoureuse tape dans le dos et se mit à rire.

— Garde ton sang-froid, sinon tu vas tout balancer !

Adam ne put qu'acquiescer.

— Et Jet est là aussi ! cria Teddy depuis la porte d'entrée au même volume qu'une bouilloire sifflante.

Teddy suivit les parents d'Adam, Cathy et Randall, dans le salon avec sa sœur Jet sur les talons.

— Ils n'ont pas rapporté à manger non plus, annonça Teddy, alors je me demande si nous aurons droit à tous ces plats chinois tout à l'heure.

— Nous avons déjà mangé chinois hier soir, déclara Hannah, je n'ai pas envie de remanger la même chose.

— J'adore les plats chinois ! s'exclama Oliver, je pourrais en manger tous les soirs.

— Oh, alors peut-être qu'on peut commander une pizza, proposa Hannah.

— Je suis certain que toutes les pizzerias sont fermées aujourd'hui, grommela Adam qui crut qu'il allait s'évanouir.

Peut-être ferait-il mieux de s'asseoir un peu.

— Vous savez qu'il a commencé à neiger ? annonça la mère d'Adam en lançant à son fils un regard inquiet lorsqu'elle avançait dans le salon.

Avait-il le teint aussi verdâtre qu'il le croyait ?

— Eh bien, regardez-moi tout ce tas de cadeaux sous l'arbre.

Elle alla faire la bise à tout le monde et les serrer dans ses bras, imitée par le père d'Adam qui serra la main de tous les convives en plus d'une étreinte.

— J'ai eu un chiot ! annonça Greg.

— Je vois ça, Greg ! Comme tu as de la chance ! Est-ce que tu vas partager ce chiot avec Oliver et Hannah ?

Greg acquiesça et fit un sourire à la mère d'Adam en lui montrant toutes ses dents.

— Oui.

Chamboule-tout s'amusait à ce moment-là à attraper la queue épaisse et touffue de Chaos.

— Alors, quand est-ce qu'on mange, Maman Bryson ? demanda Teddy à Mary Ann.

Randall prit le premier la parole :

— Je propose que nous allions faire une promenade avant que la neige ne s'épaississe. Tes sapins sont sublimes avec ce léger manteau neigeux, Ron. Je vois que tu as redoublé d'efforts pour qu'ils soient taillés à la perfection. Je parie que tu as dû en vendre tout un tas cette année.

— Oui, en effet. Les garçons ont donné un coup de main à leur grand-père.

Randall poussa un soupir.

— Peut-être qu'un de ces jours, j'aurai des petits-enfants rien qu'à moi. Hein, les enfants ? dit-il en lançant un regard à Adam et à Jet.

— Oui, papa, mais c'est Adam l'aîné. Il devrait se lancer en premier, s'empressa de dire Jet. Moi, je viens à peine de commencer ma carrière, je n'ai pas le temps d'être mère célibataire.

— Tu peux te trouver un mari, avoir des enfants et continuer à travailler, Jet, suggéra Cathy. On appelle ça être multitâche. Il ne faut pas être si étroite d'esprit.

— Ou bien une autre femme, Jet ? demanda Teddy en

levant les sourcils jusqu'à la ligne de démarcation de ses cheveux. Personne ici ne va te juger si tu préfères les tacos aux hot-dogs.

Jet se mit à rire et secoua la tête.

— Je m'occupe de ma carrière d'abord, pour l'amour, on verra après.

— Comme te l'a dit maman, tu peux avoir les deux, rappela Adam à sa sœur en se retenant autant qu'il pouvait de ne pas vomir.

— Bof, grommela-t-elle, je peux aussi avoir une carrière et me payer des tas de parties de jambes en l'air sans m'engager à rien.

— Oh, c'est un bon concept, dit Teddy.

— Jet ! hurla Cathy, il y a des enfants ici.

— Difficile de ne pas les remarquer, maman. D'ailleurs, ils ne seraient pas là si leurs parents ne s'étaient pas payé une partie de sexe.

— Le sexe, c'est crade, annonça Hannah.

— Comment est-ce que tu peux le savoir, d'abord ? demanda Ron.

— Parce que je vois papa et maman s'embrasser tout le temps. C'est dégueu.

— Hé, laisse-la croire que c'est crade et dégueulasse, comme ça, je n'aurai pas besoin de me poster sur la terrasse avec mon fusil, dit Max.

— Moi aussi, je veux du sexe ! annonça Oliver.

Max saisit son fils de 5 ans par l'épaule.

— Pas avant tes 25 ans !

— Papa ! s'écria Hannah, tu m'as dit que je devais attendre jusqu'à 30 ans pour sortir avec un garçon. Ce n'est pas juste !

— La vie n'est pas juste, ma chère petite. Il vaut mieux

que tu le saches maintenant, répondit Max en esquissant un petit rictus tandis qu'il essayait de se retenir de rire.

— Je t'ai dit 50 ans, lui rappela Ron.

Hannah leva les yeux au ciel.

— Eh bien voilà, ton père a été débouté par son propre père.

— Papa !

Max haussa les épaules.

— Il a le dessus sur nous tous.

Ron frappa dans ses mains, attirant l'attention de tous les convives.

— Et en ma qualité de souverain suprême dans cette maison, je suis d'accord avec mon frère, ce serait une bonne idée de sortir tous ensemble faire une promenade.

— Quoi ? Maintenant ? gémit Teddy. Il fait froid dehors, il neige, et puis c'est l'hiver... *brrr*.

Il enroula ses bras autour de lui et frissonna.

— Oui, maintenant, avant de manger, dit Ron. Ça nous ouvrira l'appétit.

— Nous ne pourrons pas manger s'il n'y a rien à manger, grommela Teddy dans sa barbe.

— Est-ce qu'il t'est déjà arrivé de mourir de faim avec Mary Ann ? lui demanda Adam.

— Non, jamais.

— Je t'avais dit de prendre un petit-déjeuner.

— Je voulais garder de la place pour le déjeuner.

Teddy rejoignit Carly qui se tenait à côté du siège auto où Levi dormait.

— Je peux rester ici pour garder le bébé.

— Il va venir se promener avec nous. Je lui ai rapporté plein de couches de vêtements, et Matt va le reprendre contre lui dans le porte-bébé. Mon mari est un vrai chauffage sur pattes.

— Eh bien, je suis d'accord là-dessus. Matty est chaud comme la braise, et quand il fait son ronchon, il a l'air torride.

— Tout le monde se couvre, cria le père d'Adam.

Teddy fit ressortir sa lèvre inférieure. Adam s'approcha de lui et passa son pouce dessus.

— Bébé, ce n'est qu'une promenade. Tu ne vas pas mourir, ça va être drôle.

— Comment tu sais que je ne vais pas mourir ? Nous pourrions nous faire attaquer par une colonie de lapins enragés. Tu n'as jamais regardé de films d'horreur ?

Adam colla ses lèvres à l'oreille de Teddy.

— Je te protégerai, mon Teddy Bear. Je te le promets.

— Oh, souffla Teddy, ne me fais pas bander devant les enfants.

— Il ne vaut mieux pas, non. Mets ton manteau avec tes tonnes d'accessoires assortis et tiens-toi prêt.

— Pour ton information, ces accessoires sont nécessaires à ma survie en plein hiver.

— Tu vis à Manning Grove, pas sur le cercle polaire, lui rappela Adam.

Teddy poussa un soupir et alla voir Randall avec le reste de la famille. Celui-ci se tenait à côté du placard et distribuait à tout le monde leurs manteaux, gants, bonnets et écharpes.

Adam se mit en retrait. Max s'arrêta à côté de lui et lui murmura :

— À partir de maintenant, on te couvre. Souffle un peu.

Plus facile à dire qu'à faire.

Adam entendit son père déclarer, de sa meilleure voix de flic à la retraite :

— Très bien, allons-y. Dès que vous serez convenablement vêtus, sortez dehors sur le porche. Faisons les choses dans l'ordre, sans débordements.

Si Adam n'avait pas l'estomac tout retourné, cette

réplique l'aurait fait rire. Retraité ou non, le flic vivait toujours à l'intérieur de l'homme.

Il resta volontairement à l'arrière de la meute. Son père tendit le dernier manteau à Max, qui attendit que Randall sorte avant lui.

— Je le retiens dehors, articula son cousin.

Adam acquiesça, sortit son portable et dit tout haut :

— Allez-y, j'ai un rapide coup de fil à passer.

— Quoi ? cria une voix perçante sur le porche.

— Allez-y, tout le monde. Je vous rejoindrai.

— Qui est-ce que tu appelles à Noël ? vociféra Teddy à l'intérieur de la maison.

Max ferma la porte d'un geste vigoureux pour couper court aux geignements de Teddy.

Adam se retourna et monta les escaliers quatre à quatre à toute vitesse. Soit il allait vomir, soit son cœur allait exploser dans une seconde.

Il ne savait pas bien laquelle de ces deux éventualités était la pire.

— Je t'ai dit que quelque chose de louche était en train de se tramer, cracha Teddy à Amanda tandis que tous s'amassaient sur les marches du porche et avançaient sur le trottoir pavé recouvert d'une fine couche de neige. Qui est-ce qu'il appelle à Noël ? Toutes les personnes avec qui il serait susceptible de passer les Fêtes sont là.

Amanda passa son bras dans celui de Teddy et le tira à ses côtés. Teddy avait envie de tourner sur ses talons, repartir en courant vers la maison et exiger de savoir à qui parlait Adam.

— Personne, répondit Amanda, c'est certainement pour le travail.

Teddy tordit le cou pour jeter un coup d'œil à Max qui arrivait derrière eux.

— Pourquoi est-ce qu'il appellerait le travail aujourd'hui ? Son putain de chef est là avec nous !

Sa voix montait de plus en plus dans les aigus à mesure qu'il piquait sa crise.

— Dunn avait une question à lui poser au sujet d'une affaire sur laquelle ils travaillaient ensemble, voilà tout, dit Max. Souviens-toi, tous nos collègues travaillent aujourd'hui pour que nous puissions passer Noël tous ensemble. Dunn s'est proposé de travailler aujourd'hui dans un élan d'altruisme, et il a été obligé de faire une croix sur le matin de Noël avec sa famille. S'il a une fichue question à lui poser, Adam peut bien prendre deux minutes pour lui répondre. Bon sang, Teddy arrête d'être aussi égoïste.

Teddy fit la grimace devant les réprimandes de Max.

— Eh bien, comment est-ce qu'il va nous retrouver ?

— C'est un flic, il nous trouvera, le rassura Amanda.

— Regarde en bas, lui ordonna Max.

Teddy regarda par terre tandis que le groupe tournait derrière la maison et se dirigeait vers une rangée de conifères bien taillés comme un troupeau de moutons, avec Chaos qui les encerclait pour s'assurer qu'ils restent bien ensemble.

— Il ne va pas nous perdre, dit Max.

C'était vrai. Leur groupe imposant laissait beaucoup d'empreintes de pas derrière lui, même dans le fin manteau de neige.

— Je devrais retourner à l'intérieur pour lui tenir compagnie.

Amanda le tira auprès d'elle, si fort qu'elle faillit lui déboîter le bras.

— Non, il nous rattrapera plus vite si tu n'es pas là pour le ralentir.

— D'accord, souffla Teddy avec agacement. S'il faut qu'on envoie une équipe de recherche... et qu'ensuite, on retrouve mon Adam gelé comme un glaçon...

— Alors tant mieux, en bonus, il sera raide pour l'éternité, dit Amanda en le tirant violemment par le bras.

Vingt minutes plus tard, Teddy avait le nez engourdi, le groupe continuait de marcher sans s'arrêter, et pas d'Adam en vue. Il avait envoyé cinq messages à son fiancé, qui étaient restés sans réponse.

— Ça ne me plaît pas. Il faut que quelqu'un rentre voir où est mon fiancé.

Tout le monde ignora sa crise de panique, comme s'il ne s'agissait que d'un caprice puéril de sa part, et continua à avancer. Ils se fichaient de potentiellement retrouver Adam mort gelé entre les rangées de sapins, ou bien... ou bien...

Ou bien il avait une liaison.

Un gémissement lui échappa des lèvres.

— Arrête, lui siffla Amanda.

— Il est peut-être en train de murmurer des mots doux à l'oreille d'un autre homme à l'instant même où nous parlons et... *tout le monde... s'en... fiche !* chouina-t-il.

— S'il fourre sa bite dans le cul d'un autre homme, je l'abattrai en personne, grogna Max.

— Oh.

Cet accès de colère était surprenant de la part de Max.

— Merci de défendre mon honneur, ronronna-t-il en battant des cils.

— Je ne l'ai fait que par souci de me préserver, car je ne supporterai pas de t'entendre pleurnicher comme ça jusqu'à ce qu'on devienne complètement fous.

— Teddy, arrête de faire ta comédie.

Amanda commençait visiblement à perdre patience, elle aussi. Elle reprit :

— Adam ne te trompe pas. Il t'aime. Il essaie de devenir détective, alors il se plie en huit en ce moment.

— Oui, comme te le dit mon petit génie de femme, dit Max. Bon, pourrions-nous profiter de cette promenade en silence ?

— Peut-être devrions-nous chanter des chants de Noël en marchant pour étouffer les jappements des coyotes, suggéra Ron au-devant du cortège.

— Quels coyotes ? demanda Teddy, paniqué. Vous voyez ? Les coyotes pourraient pourchasser Adam et en faire leur quatre heures, parce que c'est un vrai petit délice. Mais c'est *mon* délice.

— Oh bon Dieu, grommela Amanda.

Teddy recourba une main au coin de sa bouche et cria :

— Adam ! Tu es là, dehors ? Tu t'es perdu ? Je suis là, chéri ! Crie mon nom.

— Teddy ! lui cria en retour Jet, la sœur d'Adam. Tu gâches notre promenade hivernale jusqu'ici tout à fait tranquille. Mon frère va bien.

— Tu as de ses nouvelles ?

Jet roula des yeux et continua d'avancer. *Bon, alors très bien, si elle n'en avait rien à faire de son frère.*

Ron agita le bras en l'air en tête du groupe et la meute prit un virage à gauche.

— Je ne sais pas bien pourquoi on passe notre temps à arpenter les rangées de sapins. Il n'y a que ça à perte de vue. Des arbres, de la neige, et la mort qui nous pend au nez !

Amanda le tira violemment par le bras lorsqu'ils coupèrent leur chemin à travers deux rangées d'arbres. Les branches des conifères, recouvertes d'un manteau de neige, les effleurèrent et firent virevolter un nuage de flocons qui vint se mêler à l'air glacial.

Lorsqu'ils parvinrent dans une petite clairière, Teddy s'arrêta d'un pas hésitant. Amanda lui lâcha le bras et se décala pour qu'il puisse avoir une vue dégagée sur l'espace circulaire de la clairière.

Son cœur se mit à battre la chamade dans sa poitrine.

De petites lumières blanches, alignées dans les arbres tout autour du périmètre, étaient allumées sous la fine couche de neige qui recouvrait les sapins, laissant se refléter une douce lueur, visible même à la lumière du jour.

Des pétales de couleur arc-en-ciel étaient éparpillés sur le sol couvert de neige.

Teddy aspira une bouffée d'air glacial de cette fin décembre.

Des roses kaléidoscope ! Il avait dit en vouloir pour son bouquet de mariage, mais là, elles étaient éparpillées partout sur le sol. Qui donc aurait pu avoir l'idée de faire une chose pareille ?

— Oh... mon... Dieu ! gloussa-t-il en plaquant une main contre sa bouche lorsque son fiancé apparut entre deux sapins couverts de neige.

Adam était plus beau que jamais, vêtu d'un costume sombre soigneusement taillé décoré d'une rose kaléidoscope et d'une touffe de gypsophiles qu'il portait en boutonnière.

Bordel, mais qu'est-ce que c'était que tout ça ?

Son amant tenait un petit bouquet de ces mêmes roses colorées à la main.

Teddy tenta de déglutir mais n'y parvint pas. Il avait la gorge trop serrée pour cela.

— Est-ce que je suis mort pendant la promenade ? Est-ce qu'on est au paradis des gays ? parvint-il à demander à Amanda.

— Oui, tu as réussi à y accéder, répondit-elle en relevant le menton en direction d'Adam. Va chercher ta récompense éternelle.

— Est-ce que c'est ce que je crois ? murmura-t-il, et sa voix commença à s'alourdir lorsque son fiancé vint se poster sous une arche faite de branches de vigne vierge séchées et entrelacées, couverte de petites lumières blanches clignotantes et de rameaux de sapins.

— En réalité, il s'agit d'un sacrifice, et nous t'avons désigné pour en être la victime, lui dit Amanda. Il y a un pentagramme dessiné sous la neige. Max, attrape-le pour qu'il ne puisse pas s'échapper.

Teddy se mit à rire entre les larmes qui commençaient à lui monter et repoussa doucement Amanda. Alors que celle-ci faisait un pas en arrière pour reprendre son équilibre, il la saisit par les épaules, l'attira contre lui et la serra fort dans ses bras.

— C'est toi qui as aidé à préparer tout ça, hein ?

— Peut-être, murmura-t-elle, mais nous avons tous apporté notre pierre à l'édifice.

— C'est pour ça qu'il passait tant de temps au téléphone ?

— Oui.

— Je n'aurais jamais cru que ça arriverait, murmura Teddy.

— Je sais, murmura-t-elle en retour.

— Adam m'aime vraiment.

— Bien sûr qu'il t'aime, on te l'a dit. *Il* te l'a dit. C'est toi qui as remis ça en question comme un idiot alors que personne d'autre n'en doutait. Allez, va chercher ton mari. Il t'attend.

Il lâcha sa meilleure amie du monde, la meilleure d'entre toutes, et s'écria :

— Oh... euh... bon sang ! Je vais me caser !

— Pas si tu vas dans cette direction, lui cria Amanda en le poussant.

Des ricanements s'élevèrent en cercle tout autour de lui, où se tenaient tous ceux qu'il aimait, les personnes les plus importantes dans sa vie. Ils attendaient, les observaient, prêts à assister au spectacle de leur mariage, à Adam et à lui, et à les voir s'engager l'un envers l'autre pour le restant de leurs jours.

Ils allaient pouvoir fonder une famille rien qu'à eux.

Adam allait lui passer la bague au doigt.

Enfin.

C'était le meilleur Noël de tous les temps.

Teddy frappa brièvement dans ses mains et rejoignit d'un pas sautillant Adam qui l'attendait patiemment. Celui-ci releva son bouquet à mesure que Teddy approchait. Il le lui arracha des mains et porta les roses à son nez pour inhaler leur doux parfum.

Elles étaient parfaites.

Tout cela était parfait.

Tous ceux qui se tenaient en cercle autour d'eux les aimaient et les soutenaient, au point que Teddy se sentit quelque peu submergé par l'émotion.

Une larme lui coula le long de la joue.

— Teddy Bear, murmura Adam en l'essuyant avec son pouce, sois heureux.

— Je le suis.

— Tu es surpris ?

— Je suis estomaqué. Tu es tellement canon, et moi je suis là, en haillons. Si j'avais su, je me serais mis sur mon trente-en-un, dit Teddy en désignant sa tenue d'un geste.

Adam fit rouler ses yeux bleus dont Teddy avait l'impression qu'ils l'aspiraient, l'attirant à lui pour toujours.

— Tu n'es jamais en haillons, et puis, si tu avais su, ça n'aurait pas été une surprise.

Adam lui prit la main et l'attira tout près de lui. Teddy, bien sûr, ne résista pas à cette occasion de s'offrir un moment d'intimité avec son amant.

— Je t'aime, Teddy Bear, murmura-t-il.

Cette phrase n'arracha-t-elle pas une petite larme à Teddy, encore une fois ?

— Je t'aime aussi, chéri. Je n'arrive pas à croire que tu aies organisé tout cela.

— Ce n'est pas tout. J'ai d'autres surprises.

Teddy ouvrit une bouche béante.

— Quoi ? Tu me réserves autre chose que de devenir ton mari ?

— Oui, mais ça va devoir attendre. Il faut d'abord qu'on prononce nos vœux.

Teddy était ravi d'entendre cela. Il avait commencé à croire que ce jour ne viendrait jamais, et il était venu.

— Tu as les alliances ?

— Bien sûr. Je veux que tout le monde sache que ton cœur est pris.

— Je veux que tout le monde sache que *ton* cœur à toi est pris, sourit Teddy.

Il regarda autour de lui.

— Qui est-ce qui va nous marier ?

Un homme trapu aux cheveux gris sortit à point nommé d'entre les arbres, vêtu d'une parka par-dessus son costume.

— Le juge Thomas a eu la gentillesse de prendre de son temps personnel en ce jour de fête pour venir nous rendre service, dit Adam. C'est le magistrat de district [1] de la région.

— Sommes-nous prêts à initier la cérémonie ? demanda le juge Thomas.

— Attendez ! J'ai quelque chose à dire avant.

Teddy lâcha la main d'Adam et se retourna pour faire face à tout le monde.

— Juste une chose ? demanda Matty, un sourire tordu aux lèvres tout en se balançant doucement avec le petit Levi sanglé contre son torse dans l'écharpe porte-bébé.

En les voyant, Teddy se rappela qu'il ferait mieux de se dépêcher. Tout ne tournait pas autour de lui aujourd'hui, c'était une fête de famille, en l'honneur de tous ceux qui se tenaient ici en cercle.

— Je suis vraiment navré d'avoir passé mon temps à me plaindre pendant la promenade. Je n'avais pas idée que cette marche de la mort que nous avons faite aujourd'hui allait me mener droit vers ce petit coin de paradis.

Les sourires s'élargirent et l'on entendit certains convives renifler plus bruyamment. Maris et femmes se tenaient la main, les enfants étaient blottis contre leurs parents, les chiens jouaient à se courser entre les rangées de sapins et le petit chiot faisait tout son possible pour suivre le rythme des plus grands.

Teddy n'aurait pas su dire si quelqu'un avait encore un œil qui ne soit pas humide de larmes à la fin de la cérémonie, car tout devint flou pour lui après qu'Adam lui eut déclaré son amour et sa dévotion pour l'éternité.

Il fit ensuite de même.

Teddy était désormais officiellement un Bryson.

Il aurait bien eu envie que quelqu'un le pince pour être sûr que c'était non seulement un rêve, mais un rêve devenu réalité.

Chapitre douze
Matt & Carly

Carly était assise sur une chaise pliante près de la petite piste de danse improvisée au rez-de-chaussée de la grange, en train de donner le biberon à Levi qui avait faim. Cela avait été un gros travail de transformer cette vieille grange en un hall de réception pour le mariage, baigné dans une ambiance hivernale féérique, mais ils y étaient miraculeusement arrivés.

L'intérieur était d'ailleurs à couper le souffle.

Comme la grange n'était pas chauffée, ils avaient loué des chauffages portatifs qu'ils avaient disposés tout autour du grand espace ouvert. Comme dehors, lors de la cérémonie, de petites lumières blanches avaient été accrochées partout, telles de petites guirlandes, ce qui donnait à cette gorge d'apparence rustique une lueur romantique. Des rameaux de sapin et de houx verticillé ornaient les murs. Dans un coin se trouvait un petit sapin de Noël illuminé et abondamment chargé de décorations faites main par les enfants, avec les cadeaux de mariage rangés dessous.

Des musiques de Noël résonnaient doucement dans la pièce, depuis des enceintes dissimulées quelque part.

Des poinsettias avaient été disposés au centre de la longue table rustique sur un chemin de table orné de motifs de Noël, alternant avec des chandeliers d'un rouge profond entourés de brindilles de houx verticillé laissant échapper un délicat parfum de cranberry. La table était assez grande pour que Teddy et Adam puissent s'asseoir l'un à côté de l'autre tout au bout, tandis que le reste de la famille avait pris place le long de celle-ci.

Une autre table avait été disposée le long du mur, sur laquelle les employés du traiteur étaient en train de dresser un buffet. Un gâteau de mariage à deux étages, décoré de deux mariés en son sommet, trônait sur une table à part, à l'abri des enfants et des chiens. L'une des deux figurines sur le gâteau portait un uniforme de policier, l'autre un costume bleu canard avec une ceinture de smoking rose lui entourant la taille, une jambe relevée derrière lui, et les petites figurines s'embrassaient.

Carly l'avait fait faire et livrer sur commande. Elle avait eu peur que le gâteau n'arrive pas à temps, mais comme tous les événements de ce jour-là, la livraison s'était déroulée sans encombre.

Le premier Noël de Levi était une journée pleine de joie mais chargée d'émotions pour toute la famille, et la fête était loin d'être finie. Ils avaient encore le dîner devant eux, le bal des mariés ainsi que des jeux pour les enfants plus tard dans la soirée, après quoi ils allaient récupérer les restes de nourriture.

Au moment où la fête toucherait à sa fin, tous allaient être épuisés, le ventre bien rempli, prêts à se mettre au lit et à dormir jusqu'au Nouvel An.

En jetant un coup d'œil tout autour de la grange, Carly

s'émerveilla de tout le chemin qu'avait parcouru la famille ces dernières années. Si elle avait été la dernière épouse à venir l'agrandir, elle avait tout de même contribué à mettre au monde l'aînée des petits-enfants Bryson ainsi que tous ceux qui étaient arrivés après elle.

Y compris son propre fils.

Elle baissa le regard sur les joues potelées de Levi qui aspirait la tétine du biberon, les yeux ouverts d'un trait. Il allait vite s'endormir, le ventre plein, tandis que tous les autres convives allaient se remplir la panse.

Elle avait à peine eu le temps de manger ce matin, alors elle mourait de faim. Les plats que les employés du traiteur étaient en train de disposer avaient l'air délicieux et avaient une odeur tout aussi alléchante. La table était remplie des plats préférés d'Adam et de Teddy.

Adam n'avait pas lésiné sur les moyens pour mettre sur pied un mariage aussi chaleureux et intime. Il avait accompli un énième miracle en parvenant à tout organiser sans que Teddy n'en sache rien, lui qui aimait mettre son grain de sel dans les affaires des autres.

Un miracle, exactement comme son fils.

Levi avait à présent les paupières fermées, et bien que ses petites lèvres en forme d'arc de Cupidon continuent de se mouvoir, il était repu. Elle reposa le biberon, et avant même qu'elle n'ait le temps de faire faire son rot à Levi, Matt arriva à ses côtés, le lui prit des bras avec précaution et posa le bébé contre la serviette étalée sur son épaule, qu'il avait sortie du sac à langer.

— Je m'en occupe. On ne va pas tarder à manger.

L'estomac de Carly se mit à grogner en réponse.

Matt sourit en entendant ce bruit et s'écarta avec leur fils dans les bras. Il lui tapa doucement dans le dos et s'éloigna du brouhaha autour de la table où tout le monde prenait place.

À l'inverse de la plupart des réceptions, il n'y avait pas de plan de table à l'exception des places de Teddy et Adam. Son beau-père lui tira la chaise à l'autre bout de la table, de façon à lui laisser de la place par terre, à sa droite, pour pouvoir garder Levi auprès d'elle, dans son siège auto.

— Pourquoi est-ce que tout le monde s'assied alors qu'on va devoir se relever tout de suite pour aller chercher à bouffer ? demanda Marc en s'installant à la place en bout de table en face de Carly pour que leurs jeunes fils, Austin et Jax, puissent être assis entre lui et Leah.

— Parce que nous allons porter un toast en l'honneur des mariés avant que tout le monde n'aille se remplir la panse.

Ron prit place à la droite de Teddy, Randall à la gauche d'Adam, et Cathy et Mary Ann vinrent s'asseoir à côté de leurs maris, presque comme s'ils étaient les parents du gendre et de la mariée... ou plutôt du gendre et du gendre.

Bon sang, cela ne dérangerait pas Teddy d'endosser le rôle de la mariée toute timide, ou plutôt d'une jeune mariée excentrique. Il était resté étonnamment calme pendant la cérémonie, mais une fois qu'ils eurent prononcé leurs vœux et se furent pratiquement mangé le visage en s'embrassant, Teddy avait de nouveau exhibé sa personnalité excentrique et spontanée.

Bien évidemment, il s'était assuré que tout le monde ait vu au moins trois fois les alliances assorties qu'Adam avait choisies pour eux, au cas où les convives n'y avaient pas prêté attention les deux premières fois.

Teddy et Adam formaient un couple adorable, bien que Carly doute qu'Adam ne soit très emballé par ce qualificatif étant donné qu'il était un Bryson, un Marine et flic – en résumé, un triple mâle dominant et imposant comme tous les autres hommes de la famille Bryson.

Son triple mâle dominant à elle posa le siège auto à côté

d'elle et prit place au moment précis où Ron se levait et annonçait :

— Puisque je suis le doyen de cette assemblée, c'est moi qui vais inaugurer le discours, et si quelqu'un veut dire quelque chose ensuite, il ou elle sera le bienvenu. Si quelqu'un n'est pas content, il pourra déposer une plainte auprès du service des plaintes, géré exclusivement par une seule personne : moi. Je m'engage à prendre le temps de lire cette plainteavant de la jeter au feu. À présent, levez vos verres.

Tous les adultes, à l'exception de Leah, levèrent leurs coupes de champagne tandis que les enfants, Greg et la belle-sœur de Carly, les imitèrent avec leur verre de mousseux pour porter un toast.

Puis tous les convives se turent, prêts à verser leur petite larme tandis que Ron peinait visiblement à s'exprimer. Il se racla la gorge à deux reprises alors que Mary Ann lui serrait le bras et s'essuyait les yeux.

— Nous avions trois fils, donc je n'aurais jamais cru qu'il y aurait un quatrième mariage dans la famille. S'il y a bien quelque chose qui nous caractérise, nous les Bryson, c'est notre entêtement et notre loyauté, en conséquence de quoi les femmes qui ont choisi de nous prendre pour époux vont devoir nous supporter à vie. Nous prenons au pied de la lettre notre engagement dans le mariage jusqu'à ce que la mort nous sépare, alors mes garçons ne se remarieront jamais. Ils ont chacun trouvé l'amour de leur vie, les mères de mes petits-enfants, et je suis on ne peut plus heureux pour eux.

— Mais en vérité, reprit-il, nous n'avons pas trois fils. Nous en avons quatre, dont nous sommes très fiers. Quelqu'un a laissé notre porte entrouverte d'un trait, et un quatrième garçon s'est faufilé chez nous. Lorsqu'il est arrivé dans notre famille, nous l'avons accueilli comme notre fils, et nous refusons de le rendre à qui que ce soit. Même s'il croit qu'aujourd'hui est le premier jour de sa vie en tant que Bryson, c'est faux. C'est un Bryson depuis longtemps déjà. Je ne lui souhaite donc pas la bienvenue dans la famille, car il occupe une place centrale au sein de notre clan depuis des années.

Teddy avait plaqué une main sur sa bouche, et Adam le tenait par l'épaule, un sourire tordu aux lèvres, essayant de ne pas craquer.

Les femmes pleuraient, les hommes se raclaient grossièrement la gorge de temps à autre, et les enfants ne comprenaient rien à tout ce tapage, car Teddy avait toujours fait partie de leur vie. Il avait toujours été pour eux leur oncle Teddy.

Ron releva sa coupe de champagne un peu plus haut.

Santé et félicitations aux jeunes mariés, M. et M. Bryson.

Il but une gorgée de champagne et tout le monde l'imita.

— J'en ai assez dit, je passe à présent la parole à mon frère, dit Ron en fronçant les sourcils. Qui est-ce qui est à présent aussi le beau-frère de l'autre ?

Ron secoua la tête.

— Peu importe, je ne veux pas savoir.

Il se rassit et Mary Ann se pencha vers lui pour l'embrasser sur la joue.

Randall se mit debout et leva son verre.

— Alors je lui souhaite la bienvenue dans *ma* famille.

Il se retourna pour faire face à Adam et à Teddy.

— Je dois dire que lorsque vous avez littéralement fait votre coming-out [1] en sortant de ce placard tous les deux au mariage de Marc et Leah, je n'ai pas cru que ça allait durer entre vous, tant vous êtes diamétralement opposés l'un à l'autre, mais voilà où vous en êtes arrivés. De plus, aujourd'hui, j'ai eu un autre fils. Je dois aussi ajouter, Teddy, que tu es l'un des plus beaux cadeaux qu'Adam nous ait jamais faits.

Un rire collectif s'éleva autour de la table, et Teddy envoya des baisers à son nouveau beau-père.

— Voilà, j'en ai fini. Je ne suis pas très doué pour les discours. Félicitations ! Oh, d'ailleurs, je crois que nous aimerions tous que vous vous activiez un peu pour nous donner notre premier petit-enfant, n'est-ce pas ? Nous avons encore du pain sur la planche pour rattraper mon frère.

Jet, assise deux chaises à la droite de Carly, baissa sa tête couverte de cheveux sombres, la secoua et grommela :

— Il va falloir t'y faire, l'avertirent de concert Carly, Leah et Amanda.

Toutes trois se mirent à rire.

— Est-ce que quelqu'un d'autre souhaite dire quelque chose ? demanda Ron.

Tous ensemble, les adultes se mirent debout, levèrent leurs verres, et Max cria :

— À Teddy, qui a enfin réussi à se caser avec son mec Bryson !

Tous se mirent à rire en prenant une autre gorgée de champagne.

— Oui ! hurla Teddy en tapant dans ses mains et en gigotant sur sa chaise.

Il leva une main par-dessus sa tête.

— Est-ce que tout le monde a vu ma bague ?

Au milieu des râles qui s'élevèrent, Greg s'écria :

— Je veux manger ! J'ai faim !

Carly fut étonnée de voir que personne ne se précipita vers le buffet, écrasant quelque convive au passage sans lui laisser le temps de regarder la bague au doigt de Teddy qui agitait sa main en l'air.

— Reste-là avec Levi. Je te rapporte une assiette.

Elle sourit à Matt lorsqu'il lui déposa un baiser sur le front et alla faire la queue.

Si quelqu'un lui avait dit que cet abruti de flic bougon qui était venu à sa rescousse lorsque sa voiture avait heurté un cerf se révélerait le meilleur mari du monde, elle aurait protesté.

Et elle aurait eu tort.

— Alors, quand est-ce que tu commences ? demanda Matt à Jet, qui se tenait à l'écart et regardait quelques membres de la famille danser un slow sur la piste de danse.

Max dansait avec Hannah, Cathy avec Greg, Amanda avec Oliver, Randall avec Teddy, et Adam s'était emparé de Carly. Leah essayait de danser avec son petit garçon de 4 ans, Jax, tandis que Marc dansait avec leur aîné de 6 ans, Austin.

Ron et Mary Ann se déplaçaient lentement autour de la piste de danse, serrés l'un contre l'autre.

Ses parents arboraient un sourire plein de bonheur.

— Après le Nouvel An, répondit-elle. J'ai hâte de travailler pour Max, et je lui suis vraiment reconnaissante de m'avoir proposé ce poste.

— Ce n'est pas un très grand commissariat, la prévint-il.

Ça, elle le savait déjà, mais il préférait être sûr qu'elle ait conscience qu'elle n'aurait peut-être pas beaucoup de possibilités d'évolution, contrairement à ce que pourrait lui offrir un plus grand commissariat dans une mégapole.

— Il n'est pas aussi petit que celui dans lequel je travaille actuellement. Je suis la seule femme et les hommes ne me respectent pas du tout.

— Ça me rappelle quelqu'un, grommela Matt en fixant du regard son frère Marc, qui pensait jadis que l'uniforme n'était pas pour les femmes.

Leah lui avait prouvé qu'il se trompait.

Matt avait patrouillé d'innombrables fois avec Leah en voiture pendant leurs heures de service, et il lui faisait confiance à cent pour cent pour lui venir en renfort. En réalité, il préférait patrouiller avec elle qu'avec un ou deux officiers qui avaient intégré le commissariat plus récemment. Après qu'il avait été déchargé de ses fonctions chez les Marines et de nouveau revêtu l'uniforme du commissariat de police de Manning Grove, Leah et lui s'étaient rapprochés et avaient toujours conservé des liens étroits. Ils étaient décontractés et à l'aise l'un avec l'autre à la fois dans un cadre professionnel et en dehors. Matt était heureux que Marc ait fini par revenir sur ses idées arrêtées et lui ait ensuite passé la bague au doigt.

Marc n'aurait pas pu choisir meilleure épouse pour supporter son caractère de brute, et d'ailleurs, lui non plus. Carly était parfaite pour lui, c'était un vrai roc auquel il s'accrochait lorsqu'une tornade d'émotions se déchaînait en lui.

Amanda était elle aussi parfaite pour Max. Son frère aîné pouvait être un vrai petit con autoritaire parfois, et Amanda savait parfaitement comment le remettre à sa place.

— Ils me traitent de tous les noms de lesbienne qu'ils connaissent.

— À ton nez et à ta barbe ?

Devant son nez ou pas, ils n'avaient à l'insulter en aucune façon. Il sentit son sang se mettre à bouillir.

— Non, ils le font quand ils croient que je ne les entends pas.

— Attends, tu ne l'es pas, hein ?

Car si c'était le cas, alors première nouvelle pour Matt. Cela dit, il ne savait pas qu'Adam était homosexuel jusqu'à il y a à peine quelques années, lorsqu'il avait fricoté avec Teddy au mariage de son frère.

Jet se mit à rire.

— Non, mais le fait d'avoir affaire à ces couillons me donne envie de traiter les hommes de tous les noms.

— Oui, on peut être de vrais abrutis, parfois.

Carly ne cessait de l'appeler comme ça au début de la relation, et il n'avait rien à dire pour sa défense là-dessus. Il s'était vraiment comporté comme un abruti, alors il l'avait mérité.

— Sans blague. Je m'inquiète seulement de savoir s'ils me soutiendront quand j'en aurai besoin.

— Oui, il faut que tu fasses confiance à tes frères en uniforme, ou plutôt tes sœurs en uniforme, s'empressa-t-il de rectifier. Max est un très bon chef. Il est né pour diriger, avoua Matt. Il ne tolère aucune remarque à la noix venant de qui que ce soit, ni envers Adam ni envers Leah. Il faut dire aussi qu'il doit mener tout le monde à la baguette.

Jet leva les yeux vers lui d'un air soulagé.

— Ça fait plaisir à entendre. Peut-être que quand il prendra sa retraite, l'un d'entre nous la prendra aussi.

Une longue mèche de cheveux sombre avait glissé de sa queue de cheval et était venue se coller sur sa joue. Elle la remit en place.

— Oui, l'un d'entre vous, les jeunes officiers, mais pas moi. J'ai assez fait le sale boulot comme cela.

Jet repoussa le tissu de l'écharpe porte-bébé pour jeter un œil à la figure endormie de Levi.

— Est-ce que vous comptez adopter d'autres enfants ?

Matt fixa son fils.

— Je ne crois pas, non. Nous avons eu de la chance que Levi arrive chez nous quand il est né. Il se trouve que Carly s'est trouvée au bon moment, au bon endroit, comme si c'était écrit.

Le mot *destin* résonna dans son esprit.

— Est-ce que sa mère est présente pour lui ? demanda Jet. Sa mère biologique, je veux dire.

— Autumn est restée vivre dans le coin, et crois-le ou non, elle continue de nous donner du lait maternel pour Levi.

Matt leva une main devant l'expression perplexe de Jet.

— C'est elle qui l'a décidé, je crois que ça l'aide à faire face plus facilement à toute cette situation. Mais elle ne l'a pas revu depuis sa naissance. Je crois que tout est encore trop frais pour elle pour le moment. Elle a besoin de beaucoup de temps pour se remettre de ce qu'elle a vécu dans un premier temps, mais nous avons voulu lui laisser cette possibilité.

Jet fixa la bouteille de bière qu'elle tenait à la main.

— J'ai entendu dire que toute cette situation avait été chaotique.

— En effet.

Chaotique n'était même pas le bon terme pour la décrire, et Matt ne connaissait toujours pas toute la vérité sur ce qui avait pu se tramer dans le clan Shirley. Il craignait, s'il l'apprenait, de monter tout en haut de cette montagne, de faire une bêtise et de foutre sa vie en l'air.

S'il finissait en prison après avoir pété les plombs contre ce clan de dingues, cela n'allait être d'aucun secours pour sa famille. Levi et Carly avaient besoin de lui.

Bordel, il avait besoin d'eux.

Il valait donc mieux qu'il ne connaisse pas tous les détails. Autumn vivait à présent une vie meilleure, et Levi était en bonne santé et couvert d'amour. C'était tout ce qui importait pour l'instant.

— Elle s'est retrouvée mêlée d'une certaine façon au clan Shirley qui vit en haut de la montagne. Nous nous assurerons de te donner toutes les informations nécessaires les concernant bien avant que tu ne commences ton premier service toute seule. Il faut que tu gardes ces salopards à l'œil, car ils détestent tout ce qui a à voir avec le gouvernement. Bordel, ils se croient au-dessus de la loi. Du moment qu'ils restent perchés sur leur montagne, nous les laissons tranquilles, en général.

Jet le regarda en plissant ses yeux bleu cristal.

— Tu ne crois pas que je vais avoir une altercation avec eux, si ?

— Oh non, je *sais* que tu vas avoir une altercation avec eux, je te le garantis. Nous avons tous droit à ce plaisir. Tu dois juste savoir à qui tu as affaire et à quoi t'attendre quand ça t'arrivera.

— Il sera agréable d'être dans un commissariat où les autres officiers seront là pour me venir en renfort.

— Je suis heureux que tu te joignes à nous.

Matt le disait sincèrement. Jet avait toujours été le genre de fille sans chichis à l'allure de garçon manqué lorsqu'elle était plus jeune. Elle serait certainement capable de se défendre convenablement si elle était amenée à se battre avec un individu.

— Tu as déjà trouvé un logement ?

— Non, mais tes parents m'ont dit que je pouvais squatter chez eux aussi longtemps qu'il me plaira. Je vais peut-être accepter leur proposition pendant un moment.

— Ça m'a l'air d'être une bonne idée. Leah a vécu chez eux au début, elle aussi, et elle n'était même pas de la famille.

— Et maintenant, elle l'est.

— Et maintenant, elle l'est, répéta Matt en regardant sa femme s'approcher d'eux.

— Je peux te voler les hommes de ma vie ? demanda Carly à Jet.

La cousine de Matt rit doucement.

— Oui, on ne faisait que parler boulot, de toute façon, chose qui devrait être proscrite à Noël.

— Oui, aujourd'hui est un jour de repos. Profitez-en bien, murmura Carly.

Elle se tourna vers Matt.

— Danse avec moi, cher mari.

— Ma femme est un peu autoritaire, murmura Matt à Jet comme si c'était un secret.

— Alors elle s'accorde parfaitement avec le reste de la famille Bryson.

— Ça c'est sûr, bordel de merde, grommela-t-il avant d'adresser un grand sourire à Carly.

Sa femme le regarda en roulant des yeux, mais lui sourit tout de même et lui tendit la main.

— Est-ce que tu veux que je passe Levi à maman pour que l'on puisse s'adonner à une petite danse lascive ?

Carly se mit à rire.

— Non, nous aurons tout le temps de nous adonner à une danse lascive plus tard, rien que tous les deux. S'il dort, laisse-le dans l'écharpe.

Matt acquiesça et lui prit la main. Elle le mena sur la minuscule piste de danse puis se retourna pour lui faire face.

— Hé, ma jolie petite femme, murmura-t-il.

— Hé, mon petit mari canon.

Carly enroula ses mains autour du cou de Matt en faisant attention à ne pas écraser Levi entre eux deux.

— Tu sais que je ne sais pas danser, la prévint-il, alors fais attention à tes orteils.

— On va simplement traîner les pieds.

— Ça, je sais le faire.

— Matt... dit-elle en inclinant la tête lorsqu'elle releva les yeux vers lui.

Son sourire s'était effacé.

Était-ce de sa faute ? Qu'avait-il encore fait ? Avait-il fait quelque chose de mal sans s'en rendre compte ?

— Qu'est-ce qui ne va pas ?

— Rien, tout va bien, murmura-t-elle.

Il se pencha vers elle en essayant de ne pas écraser le bébé et déposa un baiser sur ses lèvres.

— Merci d'avoir entièrement remis de l'ordre dans ma vie.

— Je ne suis pas la seule à t'avoir apporté mon aide, dit-elle doucement.

— Je sais, mais tu as joué un grand rôle dans ma guérison.

— Tout le monde a mis la main à la pâte pour y arriver, et toi aussi. Nous en avons parlé hier. Ne pensons qu'à des choses joyeuses aujourd'hui, et rien d'autre.

— Tu me rends heureux, lui dit-il.

Elle lui caressa l'arrière de la nuque tandis que tous deux esquissaient un lent pas de danse en cercle.

— Pareillement.

Elle vint se mettre à côté de lui, appuya son front sur l'épaule de Matt, et tous deux continuèrent de danser doucement dans leur petite bulle.

Matt ferma les yeux et sentit le poids de son fils contre son torse en étreignant sa femme, tout en songeant à la seule chose qui importait.

La famille.

Pas l'argent, pas les choses matérielles.

La famille.

Il n'aurait pas pu en trouver de meilleure. Il n'aurait pu rêver d'une famille plus ouverte et tolérante que la sienne, plus aimante et prête à le soutenir quelles que soient les circonstances.

Rien que pour cela, il était l'homme le plus riche du monde.

Épilogue
Ron & Mary Ann

Mary Ann entra dans le salon d'un pas traînant. Elle portait la nouvelle robe de chambre et les chaussons que lui avaient offerts certains de ses petits-enfants et avait deux tasses de tisane à la camomille dans les mains. Son mari était assis près du feu dans son fauteuil à bascule, vêtu de son nouveau bas de pyjama à carreaux et un T-shirt usé et moulant qui soulignait sa corpulence encore athlétique, même après toutes ces années.

— Est-ce que les enfants dorment ? demanda-t-elle.

Hannah, Oliver et Greg étaient les seuls à rester dormir, car Max et Amanda partaient le lendemain matin pour leur deuxième lune de miel aux îles Fidji. Ils avaient trouvé plus simple de laisser les enfants dormir chez leurs grands-parents plutôt que de devoir les ramener chez eux aux aurores.

La maison allait être remplie les deux semaines à venir, surtout lorsque Jet allait emménager. Mary Ann avait hâte d'avoir une autre femme à la maison, même si ce n'était qu'à titre temporaire.

— Ils sont complètement épuisés. Ils dorment tous comme des souches, à présent.

— Chaos aussi.

Elle lança un regard au border collie étendu devant le feu qui brûlait doucement dans la cheminée en se tordant les pattes, perdu dans ses rêves de chien.

La petite femelle, Chamboule-tout, s'était effondrée dans une caisse au coin de la pièce.

Ah, les enfants et leurs noms de chiens incongrus... Mary Ann aurait pu jurer qu'ils le faisaient exprès rien que pour lui faire de la peine.

Elle scruta son mari en s'approchant de lui. Même à la soixantaine passée, cet homme était toujours un régal pour les yeux. La meilleure décision qu'elle ait jamais prise de sa vie avait été de dire oui à Ron lorsqu'il l'avait bassinée pour qu'elle accepte de sortir avec lui il y a bien des années. Elle avait fini par céder lorsqu'il avait joué sur la corde sensible en lui disant qu'il était soldat des Marines et allait bientôt être déployé. Elle n'avait pas cru à l'époque que leurs quelques soirées allaient aboutir à quoi que ce soit, mais le moins qu'on puisse dire, c'est qu'ils avaient bel et bien débouché sur une grande histoire.

Ils avaient eu trois fils, trois belles-filles, Greg, Teddy et les petits-enfants dont Mary Ann avait toujours rêvé depuis que ses fils étaient devenus des adultes responsables. Elle avait construit toute une vie avec un mari aimant, loyal et entièrement dévoué envers elle et sa famille.

Elle ne pourrait rien demander de plus.

Elle lui tendit l'une des deux tasses, mais il secoua la tête et lui dit :

— Pose ça une minute.

— Elle va refroidir.

— Tu n'as pas besoin d'une tisane pour te tenir chaud. Pose-la.

— Mon mari me donnerait-il des ordres ? demanda-t-elle avec un léger sourire en levant un sourcil.

— Ce soir, oui.

À la seconde où elle posa les tasses, Ron la saisit par le bras et lui dit dans un grognement sexy, en l'attirant de profil sur ses genoux :

— Viens là, ma bonne dame.

Mary Ann ravala un cri aigu pour ne pas réveiller les enfants ni le chiot.

— Ron, je vais t'écraser.

— Mais non, je suis plus costaud que ça.

Elle lui tapota le torse.

— Tu es une vieille branche solide.

Elle entortilla un bras autour de son cou et déposa un baiser sur sa joue rêche sur laquelle naissait l'ombre d'une barbe de trois jours. En sa qualité de flic à la retraite et ancien soldat des Marines, Ron était habituellement toujours rasé de près, mais lorsqu'il se laissait pousser la barbe un jour ou deux, Mary Ann avait bien de la peine à le laisser sortir du lit.

Elle n'éprouvait de toute façon aucune difficulté à le convaincre d'y rester. Ron avait toujours été quelqu'un de passionné, et il avait transmis cette passion à ses fils. Ses prouesses sexuelles, entre autres, avaient contribué à maintenir leur relation solide au cours des années.

Toutefois, ils cachaient cette information à leurs enfants, car les garçons n'aimaient pas entendre la vérité sur la façon dont ils étaient arrivés sur cette terre. Ils préféraient croire qu'ils avaient été déposés par une cigogne chez leurs parents.

Mary Ann poussa un léger soupir tandis que Ron laissa retomber sa tête, une lueur malicieuse dans ses yeux bleu cristal, et vint effleurer ses lèvres des siennes. Il intensifia le baiser et Mary Ann ne tarda pas à connaître ses intentions de plus en plus manifestes.

— Il y a des enfants ici, souffla-t-elle tout contre ses lèvres.

— Et nous sommes devenus de vrais maîtres de l'art de faire ça en silence lorsque les garçons vivaient ici.

— Et Leah aussi.

Il ricana.

— Oui, quand Leah habitait ici aussi. Marc péterait certainement une durite s'il savait que ses parents étaient en train de faire leur petite affaire à deux portes de la chambre de sa future femme.

Mary Ann poussa un soupir de dédain.

— Comme si les garçons n'avaient jamais fait crac-crac dans la maison, ou bien dans la grange.

— Ou bien comme s'ils n'avaient jamais été grillés dans la biscuiterie Nonos. J'ai surpris Marc et Leah à l'intérieur, un jour.

Mary Ann sourit.

— C'est peut-être là aussi qu'Hannah a été conçue.

Elle posa une main sur le torse de son mari.

— Quelle journée parfaite nous avons passée. J'ai cru que mon cœur allait exploser de joie d'être entourée de toute cette petite famille que nous avons fondée, et de voir à quel point ils s'aiment les uns les autres. Nous avons beaucoup de chance.

— Oui, en effet. Maintenant, tu vas pouvoir arrêter de t'inquiéter pour Matt.

— Je ne m'inquiète pas...

— Quelle connerie, ma chère, dit Ron. Ne me mens pas. Personne ne te connaît mieux que moi.

Mary Ann appuya son front contre la mâchoire de son mari et lui caressa le torse.

— Eh bien, tu me culpabilises de me faire du souci pour lui ?

Non, absolument pas. Lui-même avait passé bien des nuits d'insomnie à s'inquiéter pour le plus jeune de ses fils. *Bon Dieu*, il s'était fait un sang d'encre pour eux tous, mais plus particulièrement pour Matt.

Ron et son frère avaient été poussés à suivre le chemin de leur père, et c'est ce qu'ils avaient fait.

Cela n'avait peut-être pas été une mauvaise décision de s'engager dans l'armée pour ensuite devenir agents de police, étant donné que Randall et lui avaient pu offrir à leurs familles respectives une vie confortable.

Mais il avait refusé d'infliger la même chose à ses fils. Il les avait laissés choisir ce qu'ils souhaitaient faire dans la vie et les aurait soutenus même s'ils n'avaient pas emprunté le même chemin que lui. Randall avait lui aussi laissé Jet et Adam choisir leur voie.

Malgré tout, Ron aurait porté une lourde culpabilité sur ses épaules si l'un de ses fils n'était jamais revenu. Même si Matt avait fini par rentrer chez lui en fin de compte, il n'était pas revenu en un seul morceau.

Ron était donc en effet rongé par une culpabilité toute particulière sur ce point, et ce même des années plus tard, tout comme Mary Ann qui pensait que c'était de sa faute si Matt s'était éloigné d'eux.

Ce qui était loin d'être la vérité.

Avec l'âge, leur plus jeune fils avait acquis une certaine sagesse qui, avec le concours de toutes les heures passées en thérapie, l'avait aidé à voir les choses différemment. À présent, Matt était en train de fonder sa propre famille, comme l'avaient fait Max et Marc.

Ron était on ne peut plus fier de ses fils. Ils travaillaient dur et aimaient leurs épouses d'un amour encore plus fort. Il espérait seulement que la nouvelle génération prendrait exemple sur eux.

— Tu as tout ce que tu as toujours voulu avoir.

Il tourna la tête, planta un baiser sur la douce joue de sa femme et fit glisser sa main le long de sa cuisse jusqu'à son genou, sur lequel il fit de petits mouvements de va-et-vient avec son pouce par-dessus le tissu de sa robe de chambre.

— La vie m'a donné davantage que tout ce que j'aie jamais désiré. J'ai aujourd'hui des filles, des petits-enfants, je t'ai toi. Même s'ils ont mis nos nerfs à rude épreuve, et que c'est toujours le cas, je suis on ne peut plus fière que nos fils aient suivi les pas de leur père.

— Et du mien, lui rappela-t-il.

Mary Ann appuya une main contre le cœur de son mari, ce cœur qui battrait toujours pour elle.

— Vous avez ça dans le sang.

— Nous verrons ce que feront les garçons quand ils seront plus grands.

Elle laissa échapper un léger soupir.

— Pour être honnête, je ne serai pas déçue s'ils ne rentrent pas dans l'armée.

Au vu de l'état actuel du monde, Ron ne serait pas déçu, lui non plus.

— Ils pourraient plutôt entrer à l'université, suggéra-t-elle.

— Nos fils se sont bien débrouillés, chérie. Ils ont servi leur pays et sont à présent au service de leur communauté. Je suis extrêmement fier d'eux.

— Je sais que tu l'es. Mais nos petits-enfants devraient être libres de réaliser leurs rêves. S'ils veulent servir la patrie et ensuite porter l'insigne, ce doit être leur décision, pas la nôtre ni celle de Marc, de Matt ou de Max.

Ron caressa vigoureusement le genou de sa femme puis fit remonter la paume de sa main le long de l'intérieur de sa cuisse jusqu'à effleurer son sexe chaud dont il se saisit doucement.

— S'ils sont heureux, je serai heureux moi aussi.

Mary Ann gigota sur ses genoux.

— On dirait bien que quelqu'un d'autre se réjouit aussi. Je crois que tu es sur le point de réjouir ta femme également.

— Tu n'es pas trop fatiguée ? la nargua-t-il avant de retracer les contours de son oreille du bout de la langue.

— La journée a été très longue, et tu sais que les enfants vont encore nous faire lever tôt.

— Alors je me lèverai en même temps qu'eux et laisserai ma femme dormir.

— Oh... on dirait que tu es d'humeur à négocier.

Il la regarda en haussant un sourcil.

— Ai-je vraiment besoin de négocier ?

Elle gloussa, et cela rappela à Ron leur première rencontre, du temps où à peine âgés de 19 et 20 ans, ils flirtaient éhontément l'un avec l'autre. Il avait dû s'y reprendre à une demi-douzaine de fois avant qu'elle n'accepte d'aller au cinéma avec lui.

Du reste, il appréciait toujours de se lancer à la conquête d'un objet de convoitise.

D'une certaine façon, avec Mary Ann, c'était lui qui s'était retrouvé conquis.

Elle lui avait complètement fait tourner la tête.

Une fois sous son charme, il n'avait rien fait pour s'en libérer et ne mordait que plus fort à l'hameçon. Il ne pouvait imaginer sa vie sans elle à ses côtés.

Et voilà qu'à présent, presque quarante-six ans après, ils

étaient toujours aussi amoureux. Peu de couples pouvaient se targuer de la même chose et le penser sincèrement.

Ils avaient également eu la chance de voir leurs fils éprouver un jour ce même amour éternel. Ron espérait seulement que Mary Ann et lui vivraient assez longtemps pour voir leurs petits-enfants connaître cela aussi.

— Je te porterais bien jusqu'à l'étage, mais si je force trop sur mon dos, je ne serai peut-être pas en mesure de satisfaire aux exigences et aux besoins insatiables de ma femme.

— Si tu me portes jusqu'à l'étage et que tu perds l'équilibre, nous pourrions redescendre l'escalier en faisant un roulé-boulé et nous casser une hanche.

Il se mit à rire.

— Oui, c'est vrai aussi. Alors, que dirais-tu que je prenne ma femme par la main pour l'escorter jusque dans mon antre ?

— Et si j'invitais plutôt mon mari dans la mienne ?

— Cette idée est parfaitement du goût de votre mari, madame.

— Je le sais bien. Je sens la preuve qu'elle l'est.

— Alors ne laissons pas passer cette occasion.

Elle descendit de ses genoux.

— Allons-y, vieille branche.

Elle poussa un cri aigu lorsqu'en se retournant en direction des escaliers, Ron lui colla une grosse claque sur les fesses. Mais avant qu'elle ne puisse lui échapper, il la saisit par la main, l'immobilisa et la fit se retourner dos à lui.

— On a changé d'avis ? le titilla-t-elle.

— Avec toi, jamais, murmura-t-il en laissant retomber sa tête jusqu'à sentir le souffle de sa femme tel un murmure sur ses lèvres. Comme toujours, j'ai encore une chose à te dire.

Elle leva les yeux au ciel.

— Merci pour tout ce que tu m'as donné.

— Ron... murmura-t-elle, ses yeux se mettant instantanément à scintiller.

— J'espère que nous passerons encore quarante Noëls ensemble.

Elle empoigna son T-shirt entre ses doigts.

— Moi aussi.

— Je t'aime.

Mary Ann inclina la tête en direction des marches de l'escalier.

— Montons pour que tu puisses me montrer à quel point.

— Je doute de pouvoir tenir aussi longtemps, mais je ferai de mon mieux.

Elle combla la faible distance qui les séparait et lui donna un rapide baiser.

— Comme toujours, *Marine*.

— *Hourra*, murmura-t-il avant de suivre sa femme à l'étage.

Du reste, il la suivrait partout.

Même jusqu'aux confins de la terre.

Semper Fi ~ Toujours fidèle

J'espère que vous avez apprécié les retrouvailles avec la famille Bryson. Ce n'est pas la dernière fois que vous les verrez. Ils feront une apparition de temps à autre dans ma toute nouvelle série, Blood & Bones : Blood Fury MC, *qui a également pour décor une petite ville de la Pennsylvanie du nom de Manning Grove.*

Jeanne St. James

Inscrivez-vous à la lettre d'information de Jeanne pour connaître ses prochaines sorties, ses ventes et bien plus encore (En anglais):

http://www.jeannestjames.com/ newslettersignup

Inscrivez-vous à la lettre d'information de Jeanne pour connaître ses prochaines sorties, ses ventes et bien plus encore (En anglais):

Si vous avez aimé ce livre

Merci d'avoir lu *Des Frères en Uniforme : Noël Chez la Famille Bryson* . Si vous avez aimé l'histoire, merci de publier un avis sur votre site de vente préféré et/ou catalogue en ligne de type Goodreads pour en informer les autres lecteurs. Les avis sont toujours très appréciés et quelques mots suffiront à aider énormément une auteure indépendante comme moi!

Livres en Français

Série Des Frères en Uniforme

Des Frères en Uniforme : Max (Tome 1)
Des Frères en Uniforme : Marc (Tome 2)
Des Frères en Uniforme : Matt (Tome 3) - comprend aussi
Teddy (Nouvelle 3.5)
Des Frères en Uniforme : Noël Chez la Famille Bryson
(Tome 4)

La suite est à venir !

À propos de l'auteur

JEANNE ST. JAMES est une auteure de romances, dont les best-sellers sont en vente dans le monde entier et figurent au classement de *USA Today*. Elle adore mettre en scène des femmes fortes et des mâles alpha. Elle n'avait que treize ans quand elle a commencé à écrire. Son premier texte publié était une nouvelle érotique, dans le magazine *Playgirl*. Elle a écrit sa toute première romance en 2009. Depuis, elle est l'auteure de plus de cinquante romances contemporaines. Ses sujets de prédilection sont les histoires M/F et M/M, les trios M/M/F et les couples mixtes. Elle écrit aussi sous le nom de plume J.J. Masters. Envie de découvrir un peu plus ses œuvres ? Téléchargez un extrait gratuit en anglais : Book-Hip.com/MTQQKK

Pour ne rien rater de ses actualités et de ses parutions, consultez son site web www.jeannestjames.com ou inscrivez-vous à sa newsletter (en anglais): http://www.jeannestjames.com/newslettersignup

www.jeannestjames.com
jeanne@jeannestjames.com

Jeanne's Groupe de lecteurs: https://www.facebook.com/groups/JeannesReviewCrew/
TikTok: https://www.tiktok.com/@jeannestjames

Amazon.fr: https://www.amazon.fr/~/e/Boo2YBDE7O

facebook.com/JeanneStJamesAuthor

instagram.com/JeanneStJames

bookbub.com/authors/jeanne-st-james

goodreads.com/JeanneStJames

pinterest.com/JeanneStJames

Aussi par Jeanne St. James

Retrouvez mon ordre de lecture complet ici:

https://www.jeannestjames.com/reading-order

* Disponible en livre audio (anglais)

Des livres qui se suffisent à eux-mêmes:

Made Maleen: A Modern Twist on a Fairy Tale *

Damaged *

Rip Cord: The Complete Trilogy *

Everything About You (A Second Chance Gay Romance) *

Reigniting Chase (An M/M Standalone) *

Brothers in Blue Series:

Brothers in Blue: Max *

Brothers in Blue: Marc *

Brothers in Blue: Matt *

Teddy: A Brothers in Blue Novelette *

Brothers in Blue: A Bryson Family Christmas *

The Dare Ménage Series:

Double Dare *

Daring Proposal *

Dare to Be Three *

A Daring Desire *

Dare to Surrender *

A Daring Journey *

The Obsessed Novellas:

Forever Him *

Only Him *

Needing Him *

Loving Her *

Tempting Him *

Down & Dirty: Dirty Angels MC Series®:

Down & Dirty: Zak *

Down & Dirty: Jag *

Down & Dirty: Hawk *

Down & Dirty: Diesel *

Down & Dirty: Axel *

Down & Dirty: Slade *

Down & Dirty: Dawg *

Down & Dirty: Dex *

Down & Dirty: Linc *

Down & Dirty: Crow *

Crossing the Line (A DAMC/Blue Avengers MC Crossover) *

Magnum: A Dark Knights MC/Dirty Angels MC Crossover *

Crash: A Dirty Angels MC/Blood Fury MC Crossover *

In the Shadows Security Series:

Guts & Glory: Mercy *

Guts & Glory: Ryder *

Guts & Glory: Hunter *

Guts & Glory: Walker *

Guts & Glory: Steel *

Guts & Glory: Brick *

Blood & Bones: Blood Fury MC®:

Blood & Bones: Trip *

Blood & Bones: Sig *

Blood & Bones: Judge *

Blood & Bones: Deacon *

Blood & Bones: Cage *

Blood & Bones: Shade *

Blood & Bones: Rook *

Blood & Bones: Rev *

Blood & Bones: Ozzy

Blood & Bones: Dodge

Blood & Bones: Whip

Blood & Bones: Easy

Beyond the Badge: Blue Avengers MC™:

Beyond the Badge: Fletch

Beyond the Badge: Finn

Beyond the Badge: Decker

Beyond the Badge: Rez

Beyond the Badge: Crew

Beyond the Badge: Nox

Notes

Chapitre un

1. N.d.T. : Diminutif du prénom Oliver qui, en anglais, signifie également « foie ».
2. N.d.T. : Célèbre marque américaine de produits cosmétiques.

Chapitre deux

1. N.d.T. : Fête des récoltes aux États-Unis ayant lieu le dernier jeudi du mois de novembre.

Chapitre trois

1. N.d.T. : En français dans le texte original.

Chapitre cinq

1. N.d.T. : Cocktail chaud à base de whisky, de miel et d'épices.
2. N.d.T. : Sorte de beignet ressemblant à un mélange entre donut et churros.

Chapitre huit

1. N.d.T. : Ensemble de lacs situés au nord de l'État de New-York, dont la forme allongée rappelle celle de doigts, d'où leur nom.

Chapitre onze

1. N.d.T. : Magistrat chargé de la célébration des mariages civils aux États-Unis, remplissant un rôle plus ou moins analogue à celui du maire en France pour les affaires de mariage.

Chapitre douze

1. N.d.T. : Jeu de mots entre le sens littéral de *coming-out* (« sortir ») et le fait de révéler son homosexualité.